允華文創

鍾肇政大河小說論

The Study of Roman-fleuve by Chung Chao-cheng

第 一 冊

「我的生命主題：臺灣是什麼、臺灣人又是什麼！」——改自《鍾肇政回憶錄1》

《濁流三部曲》與《臺灣人三部曲》的交響——出自錢鴻鈞之《鍾肇政大河小說論》

錢鴻鈞——著

推薦序：漫漫歷史長夜中的守更人

國立清華大學臺灣文學研究所副教授　陳建忠

一、大河小說的命名與研究

　　眾所皆知，錢鴻鈞教授是鍾肇政文學史料最忠誠的守護人。十多年來，除了整理百萬字的書信，他更鉅細靡遺地討論鍾老作品，眼下這本三十多萬字的大作，實在非有心人無以致此。

　　雖然我個人也長期提倡臺灣歷史小說的研究，並且自十年前就開設臺灣長篇歷史小說的課程，談過不少次鍾老的作品，但對於這樣重量級的文學巨人，實在沒有留下深入的考察成果。相對於此，鴻鈞兄則慧眼獨具並堅持至今，成果豐碩，實在讓我汗顏。因此，對於他一路以來所意欲開拓的研究領域，我不僅是見證人之一，也是積極追隨的研究同好，眼見他能夠提出這樣夠份量的研究專著，更感臺灣歷史小說研究的主張勢有可為。

　　如果從研究史的立場上來看，既有的歷史小說研究顯示，臺灣學界並未將不同次類型的歷史小說視為一個有意義的敘事傳統，而是分論個別的作家與作品，彼此互不交涉。然而無論是以臺灣史與中國史為題材，在臺灣所出現的這些歷史小說都是臺灣歷史的實然現象，為求整體思考臺灣歷史小說發展的特殊性與獨特性，實有必要刷新對臺灣歷史小說的認識視野，並尋求更符合臺灣主體脈絡的分析方法。

　　依個人淺見，若依據題材與美學變革的差異，兼及歷時性歷史小說發展的階段性變化，目前可以理出四種主要的臺灣歷史小說類型，至少包括：

　　其一是傳統歷史小說：常被歸於大眾或通俗小說類型。此類小說乃受中國史傳傳統影響，以重大歷史事件、重要歷史人物為主角或主題之小說，強調歷

史考證與傳奇性格，如高陽《胡雪巖》、孟瑤《風雲傳》等的歷史小說屬之。

其二是反共歷史小說：「部份」反共小說亦反映國共鬥爭的歷史經驗，以特定史實為背景，重點在揭示江山易幟的根源導因於萬惡共黨，從而描述赤禍綿延的場景，以及暗示來日重新復國的可能，如陳紀瀅《華夏八年》、姜貴《旋風》等的歷史小說屬之。

其三是後殖民歷史小說：習稱大河（歷史）小說。作品重點在於恢復被殖民者的我族歷史，特別著重在日本殖民史、國民黨戒嚴史、二二八史、白色恐怖史的重述。歷經多次殖民的臺灣社會，嚴重缺乏具主體性的歷史記憶，後殖民歷史小說正是以抵拒歷史消音、重建歷史記憶的角度出發的創作，如鍾肇政、李喬、東方白等的大河歷史小說屬之。後繼者如莊華堂等，則又將大河小說推進到平埔族活躍的時代，成果可期。

其四是新歷史小說：受新歷史主義與後現代主義思潮之歷史觀的影響，改以小歷史為重點，解構主流、權威敘事的傾向明顯，意識形態立場多元紛陳。其中至少有李昂、施叔青、平路為代表的女性新歷史小說；有如張大春、林燿德、朱天心為代表的戰後新移民第二代新歷史小說；有如王家祥、詹明儒為代表的漢人書寫之原住民族新歷史小說。因其尚在發展中，次類型將隨之增加、變動，有待持續觀察、描述。

這四類臺灣歷史小說，彼此有著或隱或顯的歷史因緣，但各自想處理的歷史問題敘事手法又多所不同。我想，必須在理解各種次類型歷史小說的敘事傳統情況下，才能找到適切的研究方法，這與認識論的釐清其實又互為辯證。

鍾老的大河小說，寫的是殖民地問題，寫在殖民地之後，寫於不得回憶殖民歷史的戒嚴時代，這自然是臺灣後殖民歷史小說的當然代表。甚且，此後殖民文本的解殖工程尚不只針對前一個殖民主義，還「意在言外」地針對了如同內部殖民體制一般的戒嚴體制。這類小說在出版之時，絲毫不受重視，反而是中國史的歷史小說大行其道，其間怎能不存在著一種政治體制與教育體制下的權力不對等關係？如此一來，臺灣歷史小說研究當然需要以更全盤性的眼光出之不可，鍾老的小說更不妨和傳統與反共歷史小說並列而論。

既然鴻鈞兄的工作如此重要，筆者深感佩服之餘，綜觀全書更覺得他所提出來的看法有三大重點，值得有志於此的研究者多加參詳、對話。

二、《鍾肇政大河小說論》的三大重點

重點之一，書中主張鍾老的歷史小說並非以寫實主義為創作觀，而是秉持著浪漫主義歷史觀。

此一觀點，可以解釋鍾老小說主角為何並非取材自特定歷史人物，卻始終充滿著對族群與土地之愛，發揚了臺灣人精神，與帶有國族建構意識的浪漫主義史觀不謀而合。此說可以與既有的寫實主義美學詮釋觀點相互辯證，具有啟發性。書中說到：「如以浪漫史觀中追求歷史進步、民族精神之思想，而歷史動力為精神、人類追求光明的理想與意志來看，鍾肇政的思想，所表現在《歌德激情書》與歷史小說中是一致的。並且也皆以愛情作為更廣大的土地之愛、生命之愛的象徵。換言之，對土地之愛、對人類之愛也正是鍾肇政筆下主角以知識份子視點下個人前進的動力，同樣也是歷史前進的動力」。

文中論證鍾肇政為浪漫主義歷史觀，從其歷史小說乃源自於史詩的文類說起。作品表現皆是英雄人物的歌頌，發而為民族精神的象徵。鍾老選擇的歷史題材都是以反抗不公不義的壓迫行動為基礎，而以風俗民情描寫為輔，眾多勞苦人民跟隨著知識份子的領袖，群起合作團結。而知識份子也懷著向土地、農民學習之心，成長向上，自我磨練。

重點之二，鍾肇政文學在接續文學傳統方面，無疑是連接了日治及戰後的兩個世代，而成為跨語世代的代表人物。本書針對他的大河小說進行研究，實在也是在解釋戰前與戰後文學史的轉折與發展，可以補足目前研究成果上較貧乏的跨語世代研究。

此一世代，歷經皇民化運動與白色恐怖，為了避禍，發展出一種特殊的話語型態，必須仔細解讀。書中強調：「本書首先是採用的是細讀法，從文本內的象徵、隱喻著手。但是新批評下的閱讀方法是絕對不夠的，所以至此，是說明本書是以作品論為主。而特別要從一些隱微、扭曲、空白的對話與情節的注意，指出作者沒有說明或者隱晦、衝突的部份，甚至顯示作者潛意識的部份，這其實就是一種癥狀閱讀法」。

書中強調，此研究試圖補充對臺灣文學創作發展史的瞭解，諸如解釋鍾肇

政與吳濁流、鍾理和之間創作影響的關係。並認為《濁流三部曲》之第三部《流雲》，與他在解嚴後的作品《怒濤》，有相互呼應與連結。《怒濤》又可以說是了解鍾肇政作品在政治意識、臺灣認同表現的入門書。本書討論的作品以《流雲》開始，作為在鍾肇政在解嚴前創作作品的入門書，不僅在意識上、藝術上，特別在結構上，都含有重大意義。《濁流三部曲》裡每一階段的愛情，象徵了民族認同的潛意識心理。愛情與國家認同有隱喻關係，這不僅是佛洛伊德心理學的中個人情慾問題與人格分析，本書更認為是表現了民族的集體意識；另一方面，民族潛意識的作用下，也會倒過來影響到理想愛情的選擇。

重點之三，本書重新塑造「日本精神」的特殊意義與臺灣作家的精神史。

對於經歷過殖民統治的世代而言，談「日本精神」實在是相當沈重的包袱。書中不僅不迴避此問題，相反地，認為「日本精神」帶給鍾老此世代知識份子，一種生命與生活的積極態度，這並非是親日，套句「詭辯」一點的說法，這乃是「知日」。鍾肇政對莊永明的《臺灣百人傳》評說：「好一個臺灣人民的史觀，這不就是說，老友除了擴大眼界之外，還把觸覺深入臺灣人的靈魂深處，予以詮釋、發揚，臺灣人的精神隨之隱約浮現！這該是一項大工程吧。」書中認為：「其實這也正是鍾肇政對自己的生命主題這麼說的。鍾肇政的史觀，也就是臺灣人民的靈魂的史觀，也就是建立臺灣人的精神史」。

例如《滄溟行》與法理抗爭一章中，是戒嚴環境所產生的文學表現。本章由臺灣人精神的源流之一的日本精神，觀察書中主人翁陸志驤的教育背景、性格、活動。以正面的態度理解日本精神，去感受作者所刻劃的追求光明的時代主題與戰鬥不撓的臺灣人形象。本書尚有附錄兩篇，分別是討論《怒濤》與《戰火》，在鍾肇政的浪漫主義歷史觀下，牽涉到日本精神與高砂精神之間的辯證關係。關於「臺灣魂」的問題，鍾肇政如何轉化日本精神是本書的一個重點。

不過，在皇民化運動下所吸收的日本精神，考其源流，日帝所為臺人設定的積極精神，並非用之於解殖，而只是片面的提倡獻身與勇敢精神。甚且，所謂勇敢與積極的生命態度，亦非日本人所獨有，則如何在我族傳統與日本影響之間適當地描述、評價，對於鍾老及其同時代作家的精神史，似乎也還存有不少探討空間。

三、等待黎明：將鍾肇政文學發揚光大的意義

葉石濤於 1966 年針對鍾肇政的小說，第一次提出「大河小說」一詞來談論臺灣作家的作品。葉老公開提出「大河小說」一詞，乃是在評論《流雲》的時候。〈鍾肇政論：流雲，流雲，你流向何處？〉一文裡，這樣寫到：「凡是夠得上稱為「大河小說」（Roman-fleuve）的長篇小說必須以整個人類的命運為其小說的觀點」。

兩年後，刊載過程幾經波折的鍾肇政「臺灣人三部曲」首部小說《沉淪》出版，葉老即時做出評論。他在〈鍾肇政和他的《沉淪》〉中強調：「這種不以特定的個人境遇來剖析時代、社會的遞嬗，而藉一個家族發展的歷史和群體生活來透視，印證時代、社會動向的小說手法，在許多結構雄偉的大河小說（Roman-fleuve）是必然的手法」。

最終，鍾老陸續完成了多部長篇歷史小說，開創了臺灣大河小說的敘事傳統，葉老評論的促進之功實在不容或忘。但更值得注意的是，葉老之所以期待於鍾老的文學志業，同時也是針對他自己所提出來的期許。試看一段葉老在窮困無法寫作的時代裡寫信給鍾老的話，在 1966 年 1 月 4 日的信裡，葉老說到：

> 肇政兄：謝謝您的來信。我一生的經歷有如下述，……民國四十年夏末曾坐過監，過了三年暗無天日的生活。目前進入臺南師範就學，沒有收入。家中有妻子及兩名男孩，前途可說是一片黑暗。最大的嗜好是煙與酒，女人也是我的所愛，但僅限於欣賞而已。一生最大的願望也跟先生一樣，就是做文學的鬼（駕馭者）。如果要再補充一點的話，就是我已抱定決心，不惜犧牲一切，為臺灣人確立臺灣文學的基礎。

葉老後來完成《臺灣文學史綱》，證明臺灣文學被她的群眾所忽略的命運，而必須繼續置身在詮釋權爭奪的潮流裡。這樣一個視文學為志業的作家，與這樣為他所相信的歷史作見證的一部書，似乎更能啟發我們作為「人」，或「臺灣人」必須為自己發聲的思考。葉老無非是試圖證明：臺灣有文學，臺灣文學

有她自己的自主性格；最終，臺灣文學的歷史必須由臺灣人自己來訴說。

鍾老與葉老的文學志業，其實尚有很多未竟之處，也有更多需要後輩闡釋的地方。因此之故，默默研究鍾肇政大河小說的鴻鈞兄，極像是知識社會學創始人曼海姆在形容知識份子的社會定位時所說的：「在人間漫漫黑夜中擔當守更人的角色」。他的工作如同在漫漫臺灣歷史長夜裡的守更人，默默為我們留下希望的火種。很多基礎工作，必須有人接棒去做，尤其在黎明之前，更要能夠捱得住寂寞。鴻鈞兄的研究成果，已有豐碩果實，但我相信他還會繼續耕耘下去，因為任重道遠，他所要發揚的鍾肇政文學，仍有待他繼續堅持到底，相信有朝一日，定能讓屬於一代人的寂寞與榮耀都迎向燦爛朝陽，為世人所傳誦、思索。

2013/1/22 敬序 於新豐（紅毛）

目　次

第一部份
綜論

第一章　鍾肇政大河小說緒論

第一節　前言

　　鍾肇政的代表作是所謂的「大河小說」（Roman-fleuve），並且他還有兩部，一是《濁流三部曲》，一是《臺灣人三部曲》。而臺灣文學似乎也因為有大河小說的產生與後續的影響，而有一系列下來以臺灣歷史為背景的創作，大多以三部曲的形式，如李喬的《寒夜三部曲》、東方白的《浪淘沙》、黃娟的《楊梅三部曲》，甚至於施叔青的《臺灣三部曲》。讓臺灣評者認為臺灣文學能夠在世界文壇上有一地位而挺起胸膛。對於臺灣作家而言好像必須有一個三部曲的大河小說，才夠格擠身大作家行列，或者自我認同作為一個臺灣作家的使命感。

　　當然也持續有其他作家或完成，或在努力當中，如莊華堂《臺北四部曲》、邱家洪《臺灣大風雲》等。甚至於較少被列入受到鍾肇政影響的脈絡中，或者並非以臺灣歷史為背景的，其他長篇巨構而也被稱為大河小說的，如李榮春的《祖國與同胞》、李永平的《海東青》。而鍾肇政個人的《濁流三部曲》因為故事發展時間只有短短三年，並以自傳體形式，而被認為不具大河小說資格。最後似乎只有《臺灣人三部曲》這類相當於歷史小說的作品，才是大河小說，或者說是臺灣大河小說的代表作。確實在影響力來說，《臺灣人三部曲》居首位是正確的。

　　不過，黃娟的《楊梅三部曲》也是自傳體小說，雖然是時間從戰前跨及至2000 年之後，也會如《濁流三部曲》一般產生爭議。可以說《楊梅三部曲》等於是將《亞細亞的孤兒》的體裁，跨越夠大的時間長度，而在敘事形式上結合了《濁流三部曲》的體裁。甚至另外，有施叔青的力作《臺灣三部曲》並非基

於明顯的臺灣人意識的打造，也可能模糊了原本評者對臺灣大河小說，此一特定名詞的內涵。[1]也就是，最後一般認定的臺灣大河小說的代表作，似乎指的只有鍾肇政的《臺灣人三部曲》、李喬的《寒夜三部曲》、東方白的《浪淘沙》三部作品。

　　二十年來對名詞「大河小說」的定義、誰是第一個臺灣的大河小說作者、鍾肇政又受了誰的影響等等討論與研究是非常有趣的研究主題。[2]並且也有詹閔旭討論李永平小說，希望以跨界角度，豐富臺灣大河小說的範疇。[3]這裡則對第一個造就「大河小說」之名的葉石濤說法開始討論起。

第二節　大河小說的辯證

　　葉石濤是 1966 年的《鍾肇政論》中對《濁流三部曲》提出的說法。一方面葉石濤說這一系列的長篇小說「是鍾肇政的自敘傳，而非私小說。因為有冷嚴的客觀性為其骨骼。」並且說明鍾肇政的手法是「把一個人的生長和時代、社會的動向緊密地連結在一起，企圖從一個人的生活史上發掘時代、社會蛻變的巨大力量。」[4]

　　但是葉石濤又說：「凡是夠得上稱為『大河小說』（Roman-fleuve）的長篇小說必須以整個人類的命運為其小說的觀點。」因此在形式上葉石濤認為《濁流三部曲》是屬於大河小說之列，但內容上則待商榷。則該討論的問題將分為兩點：

　　首先是大河小說是翻譯名詞，原意來自於羅曼羅蘭的《約翰克利斯朵夫》。

---

[1] 當然這個臺灣意識有無的論斷，仍值得商榷。何謂臺灣意識也需要隨著時代變化而重新定義。但仍要肯定施叔青在毅力與魄力上為屬於臺灣的大河小說之列的藝術創新。

[2] 論者如陳芳明、褚昱志等，後者根本忽略拙著對《流雲》的重新詮釋。而被討論的作家牽涉到吳濁流、李榮春與鍾理和。也有香港評論人吳國坤挪用或者受到臺灣的學界討論大河小說的影響，另外塑造中國的早期作家李劼人的三部作，似有比下作為臺灣大河小說傳統的根源意義。

[3] 詹閔旭，〈從李永平的「書寫臺灣」創作談臺灣大河小說界定〉，清華大學臺灣文學研究所《臺灣文學論叢第二冊》，2010 年 3 月，頁 297。

[4] 收錄於，葉石濤著，《臺灣鄉土作家論集》，臺北：遠景，1979 年 3 月。

羅曼羅蘭在 1908 年的序中問自己,希望自己看待這個角色的故事像一首詩還是寫實小說?他回答的是,他看待克利斯朵夫的人生像流動的河。這個流動之河的隱喻,是有前途、有理想的,也就是詩意的表現。所以回歸這部小說的形式,可以說「大河小說」原意就是系列小說,長度當然是遠超過約二十萬字的長篇。在 1930 年代,才真正為法國人引申為「大河小說」,其內容是每部各自獨立,各部反映了一個社會或時代的,而以一個主要角色或者一個家族為核心來演出。[5]然後評論者往前追溯,將巴爾札克、左拉的小說也稱為「大河小說」。只是這兩位作家的大河小說結構並不嚴密,僅僅是一部書中的次要人物,又出現在另外一部書而成為主要人物。倒是綜合起來是符合其題名如「人間喜劇」與「盧貢-馬卡爾家族」,都是描寫了廣泛的社會風貌,或者表現好幾代的家族的故事。其後則有馬塞爾・普魯斯特的自傳體小說《追憶似水年華》,結構更為繁密而完整。如此,比較接近羅曼羅蘭的作品的大河小說,反而是鍾肇政的個人自傳體的《濁流三部曲》。

再延伸到《戰爭與和平》、《卡拉馬助夫兄弟們》等超長篇小說被稱為大河小說。又特別是波蘭作家顯克微之的衛國三部曲之歷史小說《火與劍》、《洪流》、《伏沃迪約夫斯基先生》。其史詩內涵歌頌著民族英雄,這樣的形式與內容可與鍾肇政的《臺灣人三部曲》類比,其結構、歷史寫作與意圖是相當的類似。

基本上按照法語原意,翻譯成「長河小說」比較恰當而可以與一般的長篇小說區隔。或許葉石濤受到 1963 年日本 NHK 開播大河劇所影響,[6]才翻譯成大河小說。最後,臺灣的評論者以葉石濤的翻譯與附加的小說內涵來探討,「大河小說」成為接近葉石濤所發明的新名詞,而為眾評者所認同。

其次,依照葉石濤對符合大河小說的思想內涵的說法,他對《濁流三部曲》表現整個人類命運的說法,予以質疑。重點在於《流雲》並未設定在臺灣戰後的狂風怒濤的情節,至少要能反映二二八前夕的臺灣風貌。而使得如葉石濤所

5　這一點,大致也是鍾肇政在 1982 年代對大河小說的看法。只是增加了兩個群體的對抗,是更為龐大的寫作規模。

6　主要以日本歷史人物為主,大多是戰國或者幕府時代,經過詳加考證、或也有改編歷史小說的創作,而有凝聚日本國民意識的政治作用,但當以製成趣味來欣賞為主。

言《流雲》止於賺取傷感的青年男女之眼淚。

因此本書在第二章〈大河小說的起點〉，與第二部份的第一篇，也就是第四章的〈《流雲》三論——顛覆、藝術與結構胚胎〉中，指出葉石濤囿於戒嚴時代所帶來的閱讀的侷限性，而未能發現，其實在隱喻的層面，《流雲》正表現了葉石濤所要求的歷史內涵與佈劃人類理想的前景。

而本書的第二部份：《濁流三部曲》論，也希望能夠從細節與結構面來探討《濁流三部曲》的藝術表現，重新定位《濁流三部曲》是無愧於大河小說之名的。只是《濁流三部曲》影響不如《臺灣人三部曲》這麼大。這並非後者的藝術性就比較高。而是要以自傳為題材，有暴露個人生平的危險之外，眾多作家不一定敢為。並且《濁流三部曲》所選中的時代，或者鍾肇政在青年最敏感的時期，恰好是臺灣歷史變動最大的歷史轉捩點，如彭瑞金所說的歷史沸騰點。其他世代的作家，要仿造自傳性小說《濁流三部曲》外，還要找到帶有複雜的歷史背景，是相當困難的。

大河小說除了自傳體與歷史小說的分法，還可以採取分為長時間與短時間的大河小說。時間長，自然也會帶有大的空間與家族的角色，如《臺灣人三部曲》、《寒夜三部曲》與《浪淘沙》。但也有自傳性的方式，如黃娟的《楊梅三部曲》。短時間的，只有鍾肇政的《濁流三部曲》，挖掘的是個人內心中的大河，比較以知識份子為核心，仍有觸及農民與百姓的生活。在愛情的描述中揭示了背後的文化意義。在使用精神分析的方法探索後，可挖掘其含有豐富的家庭與社會史、以及表現出國家認同的細膩變化，絕不能輕忽自傳式的大河小說。

有論者陳芳明認為吳濁流的自傳體小說《亞細亞的孤兒》，再加上吳濁流的自傳《無花果》、《臺灣連翹》就有大河小說的樣子。由這三部小說綜合起來的字數、所跨越的時間來看，特別就《亞細亞的孤兒》一家三代的情節，而與大河小說的形式做連結，這是很值得注意的說法。如果，《無花果》專講二二八事件，《臺灣連翹》則談臺灣 1950 年代。那麼，吳濁流將是臺灣大河小說的第一人。超越了鍾肇政對於臺灣人的思考這個主題的創作規模。可是《無花果》、《臺灣連翹》重複性太高，於結構與藝術性上不免有損。但是陳芳明所指出的吳濁流始自《亞細亞的孤兒》所開拓的歷史規模，是相當可觀的。如果

吳濁流能夠多寫胡太明的父親或者祖父為成長背景的歷史小說，那確實可列為大河小說之林的開創性成果。

　　因此，探討臺灣大河小說，由鍾肇政所開創的主題，其內涵是什麼呢？也就是「臺灣人是什麼」這個命題，這牽涉到的是身分的認同。這種身分，就是臺灣人如何被特殊的看待，並非一視同仁的。而無法歸到整個群體，那麼作為臺灣人的他應該要怎麼認知自己呢？於是，鍾肇政認為臺灣人有臺灣人的歷史、故事以及英雄。臺灣人有臺灣人的命運與精神。基本上是凝視了現實與鄉土，但是充滿理想性格與反抗精神的。現實與鄉土，其實簡單說就是臺灣的過去與未來、鄉村與城市。之所以有這樣的內涵，那是因為鍾肇政的思考核心就是臺灣。基本上鍾肇政是帶有浪漫精神的，也就是著重於理想面與精神。這接近於民族意識與精神，是要追求自由、平等與尊嚴，而且已經有現代國家的觀念，民主與法治。

　　而臺灣史在鍾肇政眼中是什麼呢？是被壓抑的歷史，是後來的強者統治先前早來到臺灣居住的弱者的歷史。客觀來說，戰後的時代是否認與漠視臺灣人的存在，抹消臺灣人有自由意志選擇未來的想法。如果臺灣人有任何違背反共與抗日的想法，就是受到外國勢力的影響，等於是間接否認臺灣人有自己的獨特的想法。或者否認臺灣人有深刻的想法，而僅僅是由政治、權力來思考，而非尊嚴與文化的思考。就是有自主文化的思考，也被貶為是狹隘的、存心不良的，等於否認臺灣人的智慧。

　　鍾肇政個人的祖國意識崩潰後，在遭受上述的打壓之下，鍾肇政的臺灣人身分與臺灣意識的原型、臺灣文學的創作歷程與學習中，逐漸發展為站在中國意識、中國文學與中國人的對立面。這也就是鍾肇政在這樣的環境中產生了大河小說的想法，並不斷的與這種高壓統治的鬥爭中，更進一步的感受到以臺灣人來發聲時，所受到的政治、文化環境的壓迫。從國族意識與文學的政治、民族文化面而言，鍾肇政是相當前衛的。

　　鍾肇政就是在這個弱者的歷史經驗中塑造出臺灣人，尋求突破。並且反思更早來到臺灣的少數民族與弱者如原住民，將早來後到的臺灣人，融合為一整體的歷史，希望超脫這個罪孽，一起產生新的希望、再生的信心。這也是鍾肇政之後，李喬、東方白、黃娟等一起構建出來的臺灣大河小說的思考方式。這

四位作者的作品，除了採寬鬆的小說長度來認定大河小說外，在臺灣的大河小說還可分為歷史、自傳性，或者混合型三類。

第三節　傳承與定位

　　那麼鍾肇政作為臺灣大河小說的開創者，在藝術形式上的表現，其地位無可質疑外。在內容上卻必須追溯吳濁流的《亞細亞的孤兒》以及鍾理和的《笠山農場》。在此脈絡來展開討論。因為無論是《濁流三部曲》或者《臺灣人三部曲》，其主題都與臺灣人是什麼有關，而無論吳濁流是否影響了鍾肇政，在這個「臺灣人的形象」主題上，《亞細亞的孤兒》佔了歷史的先機。而《笠山農場》卻是表現了臺灣文學第一個永恆的女性形象。而永恆的女性是鍾肇政在兩個三部曲中，分別在第三部的重要主題。並且也是因為這個完美的女性的形象的刻畫與著重於愛情的書寫，而非之前兩部以英雄反抗事件為核心，而改變了讀者的閱讀期待，造就了鍾肇政模式的三部曲的結構。

　　因此以臺灣文學史的定位角度來看，鍾肇政在這兩個角度上，是承續前人的。但是另一個角度，鍾肇政卻也是集其大成的。傳承並非指直接的影響，而是鍾肇政在臺灣文學史中的定位中，前人總是披荊斬棘，先佔了歷史先行者的有利位置。

　　首先就超越《亞細亞的孤兒》之處來討論。吳濁流是第一個描繪出臺灣人的形象，並且帶有預言性。[7]與《濁流三部曲》的關連性、二二八的主題，值得比較。但是創作上的影響是難以判斷。可是內涵上則有重疊之處。在下一節，比較了兩書，而斷言鍾肇政文學在內涵上的獨特性在那裡。而文字、藝術、結構的龐大完整，當然更是鍾肇政藝術獨特之處，這是顯而易見的。只是吳濁流也在臺灣人形象佔了臺灣人創作者的書寫首位位置。

　　相對於吳濁流的歷史小說，鍾肇政在《臺灣人三部曲》中所表現的題材，

---

[7] 錢鴻鈞，〈《亞細亞孤兒》之神話原型批評〉，聯合大學臺灣語文與傳播學系主辦「吳濁流與客家文學研討會」，2012 年 10 月 12 日。

基本上是影響整個臺灣的事件史，但並非是上層建築的統治階級的觀點，而是被統治者的觀點。而被統治者的觀點，比較是以地主與知識份子的觀念，對階級、性別都是加以浪漫化。

吳濁流則是長時段的文化潮流與思想的變化。在吳濁流的三本長篇都這麼做，特別是要解釋當下的時代，而追溯長時段的過去而書寫所謂的遠因。《臺灣連翹》在二二八發生當下的前因後果討論則略多。吳濁流利用的仍是觀念與思想的變化，立足點仍是知識份子對歷史的想像。這一點來說吳濁流也是表現出浪漫風格的。

而鍾肇政是把幾個事件加以連結，縱貫的是精神的傳承，與隨著時代而變的精神變化與進步。書寫底層則有濃濃的庶民文化的表現，與大眾和知識份子之間的學習與交流。

在 1950 年代鍾肇政產生後來所謂的大河小說的創作，想要寫臺灣人是什麼、臺灣人的歷史故事，基本上是尋求臺灣人的自我定位。主要的是整個中華民國的國家與政府架構，在 1949 年後，完全架接到臺灣後積極提倡反共復國，而引發的臺灣人的再一次的孤兒危機感與受歧視的心理，當家作主的希望受挫。當然另當時的臺灣作家聯想到二二八事件的記憶，也是非常重要。

對於鍾肇政個人而言，則是正義感的心理，受到其好友沈英凱的啟發，從個人的思想底轉為民族與社會的思想。專注於臺灣人身分受到漠視的、臺灣作家與文學受到輕視的反抗心理與歷史命運。這是鍾肇政創作大河小說的動機。

這在戰前的吳濁流發現到中國人懷疑而不信任臺灣人，令吳濁流嚇了一跳的情況相當。只是 1950 年後，臺灣人已經有徹底切割祖國的態度。如同 1920 年代臺灣人的民族意識的崛起，所反彈的是日本人對臺灣人的不平等待遇。但當時臺灣人沒有足夠的現代文學的創作經驗，發表機會也不大。所以「臺灣人是什麼」的創作內涵的長篇小說也無法產生，遑論大河小說。也要直到吳濁流於戰爭結束前，還是偷偷摸摸的寫，發表還是要到戰後，才有這類主題的小說。

而 1970 年代後的臺灣人意識的崛起，則是受國民黨教育的新生代對於臺灣人在中華民族的歷史觀之下的迷失感與渺小感所興起的。這時，也就是戰後第二代作家，他們第一步是找尋臺灣人在日據時代的歷史經驗，企圖與鍾肇政這一代人的歷史經驗接軌。而產生鍾肇政之後的新一代的大河小說。而於 1980

年代完成臺灣人的時代共識。大河小說陸續出現更多更長的創作。

　　其次為鍾肇政在永恆的女性的表現部份延續了《笠山農場》。鍾理和是第一個描繪出臺灣文學的永恆的女性，並且這個形象成為典範。有關《大武山之歌》與《臺灣人三部曲》關連，則於本書第二章有仔細的討論。鍾肇政是結合女性形象與臺灣充滿光明與希望的歷史、救贖的小說家。

　　鍾理和在《笠山農場》中，描寫知識份子致平，如何融入山林的生活，並且跟農民老百姓相處。然後有機會接近他們的思想與生活，特別是男女戀愛的山歌調情。他甩開知識份子的姿態，去欣賞他們，尤其是幾位純樸女性的美讓致平心儀。並且有機會與其中一人淑華朝夕相處，而先前致平也放棄了另外一女子對他的追求。終於致平、淑華兩人爆發愛的火花，不顧同姓婚姻的禁忌，勇敢追求愛情幸福。而女性是更為矜持、又更為主動的，這部份的描寫相當的有力。

　　相對的，鍾肇政筆下的陸志龍對銀妹、陸志驤對奔妹，雖然描繪兩個女性都非常可愛、富有個性、野性。可是兩位男性角色的姿態仍相當高，自己也常常在反省會愛上這樣的山村女子嗎？雖然主角漸漸發現到銀妹、奔妹的美，卻主要是兩人不由自主的愛上男主角。似乎女主角更為主動些，好像是命運安排，女主角一定要愛上男主角。可以說，主角愛上山中女性，是相當刻意的，或者說是靠著相當神祕的力量，而這神祕的力量，也可以說是鍾肇政要作為一種對臺灣身分的認同的隱喻。

　　愛情與女性的描寫，特別是唱山歌一段描寫，鍾理和的成功刻畫是居創造性的首位作家。鍾肇政的愛情與女性的描寫，不可謂不成功。只是多了微微的刻意的虛構而少了真實感。但是，鍾肇政也是集女性刻畫與其象徵臺灣認同的大成。這一點在鍾理和的女性形象的表現是缺乏了文化與象徵的內涵的。

　　第三個要比較的是鍾肇政與以纖細精神的刻畫現代人心理糾葛分析著稱的龍瑛宗。鍾肇政不僅是短篇小說，在大河小說也有這方面的表現。這部份本書已經用精神分析法來表現，撰寫於第七章。但是基本上鍾肇政還是比較用純樸的筆觸、細緻的表現民俗風情的筆調、穩重流暢的文體來表現。一方面也不希望讀者閱讀長篇小說造成太過疲勞，失去了作為國民文學的意義。過於斷裂的文筆，對於泥土味的文字風格，並不適合在大河小說中揮灑。

　　總之，鍾肇政可以說是集過去客家作家如吳濁流、鍾理和與龍瑛宗之大成。表現了完整、精密的組織成龐大的作品。並且題材上、意識上、藝術上都有超越過去的小說家之處。

第四節　鍾肇政大河小說的獨特性

　　鍾肇政所以能夠集過去創作者之大成，除了個人毅力、歷史條件之外。在書寫的方式來說，也是相當獨特的。也是因為這個獨特的書寫方式，讓鍾肇政在結構上的表現，能夠呈現有機而明晰、簡潔的構成。

　　鍾肇政的大河小說分為兩個書寫系列，一個為自傳體小說書寫、一個為歷史小說書寫，因此前者筆者以精神分析為工具，在個人情慾的成長中與民族的認同做聯繫在第二部份討論《濁流三部曲》。後者則以歷史觀建立民族的精神為理論根據討論《臺灣人三部曲》。

　　實際上，前者雖然以自傳為題材，但是牽涉到的事國家認同、民族心靈的歷史。後者則是民族精神上的成長，也算是一種成長小說的文體。

　　鍾肇政的獨特的書寫方式，可說是結合了成長小說與歷史小說的書寫。也可以說就是浪漫主義的歷史觀，才可將兩者加以結合而成。浪漫歷史觀這是本書第三章所討論的。而且，基本上成長小說的起源，在世界文學思潮的脈絡中，本來就是在浪漫主義時期。

　　在《濁流三部曲》被歸類為成長小說，或者德國人說的教養小說，英國人則稱藝術家小說，這是可以成立的。不過也可以強調，這部書是有強烈的歷史背景的小說。特別是在性心理分析之下，其身分認同與國家、文化認同有關係。也就是說《濁流三部曲》其實以個人內在的世界，召喚了臺灣大歷史的變動與見證。主角個人雖已非英雄可以回應整個歷史，個人為歷史所輾過，但是個人的尊嚴仍是大歷史下真正的值得見證與記錄的。在中間呈現了鍾肇政的歷史觀為理想與追尋光明，永不放棄的人類正面形象、人性不被時代抹煞的紀錄，這樣的信心作為人類歷史前進的動力。

　　《臺灣人三部曲》則也可強調成長小說的書寫，特別是指臺灣人精神上的

成長。例如在《滄溟行》就是以維樑的成長經歷，象徵著整個臺灣在現代化的進展。《插天山之歌》本來就接近個人的傳記小說，隱射鍾肇政創作當下的精神成長歷程。主角接受了嚴酷的鍛鍊，而獲得世界觀的成長。那是一種紮根於臺灣泥土的精神意識。

茲轉引盛鎧的博士論文所引的巴赫金對成長小說的看法：

> 人的自我改造的過程，已經「融進了整個社會瓦解和改造的過程，亦即融進歷史過程」，因而也具有內在之社會性與歷史性的意義。[8]

其實，簡單的意涵，就是個人隨著時代的變動而精神產生推移，進而能夠超越時代給予的限制，雖然不一定能夠改變時代，但是留下了歷史的見證，寫下了個人的尊嚴的歷史。於是本人的成長，也自然就是有內在的社會與歷史的意義了。這正是合於鍾肇政個人所定義的大河小說中的一類。[9]不僅在《濁流三部曲》呈現了，在《臺灣人三部曲》通過個人的成長，也象徵了整個臺灣人精神的成長。但是，這裡並非是巴赫金所言的「現實主義的成長小說」與資本主義下的地方理想與浪漫主義的崩潰。而是臺灣人受到異民族統治之下的反抗與成長。簡單的來說是人與世界的同步的成長，而且是歌頌人的精神的超越或者守護人類的尊嚴而不屈服。

而不僅《臺灣人三部曲》為歷史小說中的事件史小說，而《濁流三部曲》更有濃濃的歷史背景，雖然主角個人不如《亞細亞的孤兒》在空間上離開臺灣，去了日本與中國，時間上長達五十年表現一家三代在新舊思潮中的歷史演變。但是《濁流三部曲》在歷史的轉捩點間，主角所接觸的小小的時間與空間內，卻在戀愛上、人事上與不同文化背景的女性交往，而有國家認同的象徵。主角更是在精神上受到歷史變動的極大影響。主角表現的就是臺灣人的故事，自然可以知道臺灣人所經歷的歷史為何。特別是臺灣最猛烈的變化的歷史的一段。這個歷史所呈現的意義，也就是臺灣的時代精神。同樣的根據盛鎧援引歌德對

---

[8]　盛鎧博士論文，頁 133。為求尊重啟發筆者的緣故，以轉引方式保留啟發筆者的作者名字。

[9]　鍾肇政，〈簡談大河小說〉，《中國時報》，1994 年 6 月 13 日。

於歷史小說的看法：「過去與現在融為一體的感覺」，也因此《臺灣人三部曲》與《濁流三部曲》除了再現過去的歷史外，更有與創作當下的歷史對話的意義。

有些評者，在歷史與個人之間，加了家族這個層次或者向度，這當然是可以豐富文本的詮釋。[10]如此臺灣的大河小說有評者分為家族史與個人史兩種，也是很方便。前者則有楊照以北歐的 saga 來類比，成為臺灣大河小說的根源之一。[11]

雖然 saga 豐富了大家對於大河小說的想像，但是 saga 詞彙發展至今，偏向是大眾通俗的長篇故事如《魔戒》。遠古北歐給人的印象還是偏於野蠻與奇幻，何況 saga 作品並未在文學世界留下知名作品，其內容是散文體的口語。雖然 epic 也難免為如電影小說《星際大戰三部曲》、《暮光之城》所套用，但是其源流畢竟是以西歐中心為觀點，連結了希臘的古典文明，epic 的嚴肅性、民族性、宏大、壯麗，給人高貴的感受，雖然史詩作為詩的重點不在於押韻，而是其詩性或者說文體充沛的隱喻與象徵性說法，epic 還是比較接近葉石濤與羅曼羅蘭的原意，裡頭也確實難免有主流、權威的價值判斷。更重要的是鍾肇政在大河小說的名稱之前，常提的臺灣人有臺灣人的史詩這樣的說法，來表明個人的志向。Epic 是更為普遍的文學用語。

也因此，如果將《戰爭與和平》說成是 saga，將有點不搭調的感覺。又如果將《約翰克利斯朵夫》、《濁流三部曲》說成是 saga，那麼令人更感到奇怪。所以，saga，似乎只適合是家族的系列小說。或者除非我們將主角約翰克利斯朵夫、陸志龍當成是人間的、自視甚高的一個古代的王者，或許勉強可稱之為saga。從這觀點來看，以 saga 來說明大河小說的形式與內涵，似乎又限縮了大河小說的原意。

但是基本上，歷史影響著個人、塑造個人，而個人反抗歷史，也建構歷史，

---

[10] 如丁世傑、吳欣怡的碩士論文。

[11] 楊照，〈歷史大河中的悲情——論臺灣的「大河小說」〉，收於《文學、社會與歷史想像——戰後文學史散論》（臺北：聯合文學出版，1995 年 10 月），頁 92。原發表於 1993 年 12 月 16 日，聯合報主辦的「四十年來中國文學會議」。從發表時間先後的巧合性來看，楊照似乎是參考了葉石濤在〈開拓多種族風貌的臺灣文學〉（《臺灣研究通訊》，1993 年 11 月）所提到的 saga 說法，葉石濤原意是強調臺灣文學的母體是原住民的口傳文學。如同北歐的現代文學源自於北歐神話。楊照擴大了解釋與大河小說作了連接，似乎與西方的大河小說原意有差距。

至少在歷史的洪流下，個人在表現不屈不撓，而留下高貴精神的見證。家族當然也塑造人，個人也反抗家族。但是在鍾肇政的《臺灣人三部曲》，家族最重要的是其中某個人的英雄事蹟，而作為家族的精神代表，影響著主角。家族僅僅是一個大河小說所需要的演員來推動情節，家族並非是小說的核心，核心還是大歷史與個人，以及英雄所帶領的群眾。但是，確實的在《臺灣人三部曲》中，鍾肇政投射了個人的家族，從來臺祖怎樣落地大溪、龍潭的經過。

其實，就鍾肇政而言，他的出發點就是臺灣人的史詩要由臺灣人來寫。一如荷馬作品的概念，但是荷馬作品被後人作為塑造民族精神的文本。而《濁流三部曲》原僅為自傳小說的概念，但是鍾肇政見證歷史的主題已經在心中醞釀很久，以個人身心最為敏感的時期，又碰到臺灣歷史最為動盪的時刻。因此演變為另外一種自傳形式的，卻有濃厚歷史背景的大河小說。而無論自傳體、家族史的大河小說，在臺灣大河小說中，最為重要的意涵，則是申豐惠在碩士論文中所提的「介入社會的能動性」。也就是不僅是作者設法介入創作時的當下社會，干涉與反抗來自於統治者對臺灣的歷史詮釋。而其藝術性，也將是其是否提出的理想性與作品開展了廣闊的詮釋空間，而影響未來的讀者而定。[12]

除了大型的作品，鍾肇政在其中表現了文字、結構的優美外。在題材與問題的處理上，鍾肇政的獨特性在於，臺灣人充滿希望的歷史命運而構建出臺灣魂。另外除了表現客家人的文化作為臺灣民族文化的開展外，但是鍾肇政的眼光不光是表現客家文化為滿足。而是表現整個臺灣人在歷史上的反抗精神的進展。

吳濁流雖然是第一個描繪出臺灣人的歷史形象，而鍾肇政方面，特別以第一部的《沉淪》為例，這是一個歷史書寫中的事件史，而不光僅是鮮明的歷史背景的刻畫。也就是說，鍾肇政的歷史書寫是接近國家史的層次，撰寫出國家的重大歷史事件，隱含著民族的獨立的靈魂。這是相當危險的書寫層次，挑戰了統治者的認知底線。事實上，鍾肇政也因此部書而受到警總注意。確實，警總注意也是應該的，因為鍾肇政明明白白的打出「臺灣人」，這是一個國家與

---

12 傅素春則以「歷史能對性的與否」來區分「大河小說」與「長篇歷史小說」。換言之，大河小說含有歷史觀而不僅是歷史感，「大河小說」內容的歷史詮釋，將重新建構臺灣歷史意識。

民族層次的符號。而與吳濁流的《亞細亞的孤兒》的「臺灣人」形象，層次上是大不同的。

這中間，鍾肇政文學的另外一個獨特性更在表現族群融合的主題，特別是對克服閩客情結，鍾肇政施以關注。而《插天山之歌》特別加入了主角與原住民的友誼，作為《臺灣人三部曲》的最後一部，在臺灣島內的族群議題上，有畫龍點睛的味道，增加了思考臺灣人內部的融合問題。

第五節　研究方法與限制

本書首先採用的是細讀法，從文本內的象徵、隱喻著手。但是新批評下的閱讀方法是絕對不夠的，所以至此，是說明本書是以作品論為主。而特別要從一些隱微、扭曲、空白的對話與情節的注意，指出作者沒有說明或者隱晦、衝突的部份，甚至顯示作者潛意識的部份，這其實就是一種癥狀閱讀法。特別本書第二部份、第三部份，將三部曲各篇加以閱讀、研究，總是對過去研究者在繼承之外，更重要的是推翻過去研究者的解讀方式，也就是與前人研究來對話，發前人所不見。這基本上就是需要在，過去前人在閱讀文本中，位注意到細微末節上找尋重新詮釋的空間。

當然這種癥狀的閱讀法，還是需要從作者的成長背景與歷史背景的了解著手。也就是抱著特定的視角來閱讀，挖掘字裡行間的矛盾、扭曲、隱晦、衝突，甚至空白的部份。有一個重點是，筆者因為拜解嚴之賜，所以可以暢所欲言、張開雙眼，不必擔心白色恐怖。又與作者接近，有許多詢問機會。更重要的是許多書信的公布，更獲得了詮釋學所說的預設的視野。而能以更接近作者在白色恐怖下創作時，為表現其真正的心靈，而不屈不撓，用各種隱藏、象徵的方式來創作。而解釋的完整需要不斷的修正預設是也，而與作品之間，形成正向的循環詮釋。

除此之外，相關的還有用精神分析作為理論基礎，解釋愛情與認同的相關性。這部份在探討《濁流三部曲》中獲得不少成果。

又如，從閱讀鍾肇政在戒嚴後所寫的《怒濤》，也就是等於兩個三部曲的

共通第四部，作者第一次解除心防，而寫下過去只能寫到二二八之前的時代。而在書中，筆者獲得了日本精神的預設視角。也就作者受到日本教育的影響而擁有的人格與思考、文化模式。筆者在研究《滄溟行》與《插天山之歌》得到不少新成果。

從一般細讀法到徵兆閱讀法：前者是一種作家的背景論，後者是心理學的、語言學變形的閱讀方式。前者是因為白色恐怖的關係，後者則可以擴大到更廣泛的詮釋理論背景。

在研究的限制方面，沒有加上對鍾肇政短篇小說的探討，也尚未對鍾肇政的小說觀、人生觀全面性的研究。因此也尚未從風格、藝術性、文字來探討鍾肇政的大河小說。本研究偏重於情節上的結構，歷史的幽微之處來挖掘其文學性，也就是國族想像與象徵的部份。

其實以日本精神的視點來看，這個先前視野，就是以作者教育成長背景與歷史時代的變化，兩者的融合，使得作者加重日本這方面的精神意涵，並加以轉化為臺灣精神。另外客家精神影響鍾肇政的部份，在本論文中就少提及了。

所以要突破本研究的限制，應該要從鍾肇政的短篇小說中，來提煉出鍾肇政的人生觀與文學觀，然後再一次的探索鍾肇政的大河小說，會更加的深入與全面。

在本書的浪漫主義歷史觀的架構下也有限制，因為寫實與浪漫的區分，只是鍾肇政的文字敘事風格，非現代的意識流寫法，而是依照傳統的時空鋪陳與樸實的文字，有特定的時代歷史背景、扎根在臺灣人的精神與生活，就說鍾肇政是屬於寫實風格。事實上，兩個三部曲中，裡頭多有些是現代人的心理、時空也有相當多的穿插。

而歷史觀點比較多探討了國家與歷史的認同，而較少討論到鍾肇政個人的慾望方面。雖然永恆的女性、日本精神等等都是與鍾肇政的人生觀、文學觀有關連，但是本書比較重於鍾肇政對於臺灣社會改造、臺灣人意識上的表現。以及比較侷限在上進的、創造理想世界的層面上。少觸及與鍾肇政個人的成長背景的牽連。或者成長背景也比較與其政治意象做探討。

第六節　前人文獻探討

　　葉石濤不僅是臺灣文學史的開創者與重要的評論者，也必然是鍾肇政文學重要的詮釋者，為鍾肇政文學開創議題，做出歷史定位，影響至今，更是本書的書名的來源。一直到李喬在鍾肇政女性塑像的精密分析下，產生了土地與臺灣的象徵的詮釋，整個翻轉評論者對於鍾肇政文學流於愛情的通俗故事的印象。特別對《插天山之歌》作扭轉式的見解，在語言、藝術的探討外，而建構臺灣人靈魂趨向於象徵臺灣心臟的高山深林的詮釋。並持續從宗教面，救贖的觀念而有別於《亞細亞的孤兒》的境界提出批評。也在鍾肇政大河小說有縱論性看法。

　　而林瑞明對《臺灣人三部曲》各篇作精細的討論也是開山之作，特別是對《滄溟行》與創作時當下時代的對話關係，有相當深刻的闡釋。而彭瑞金在對鍾肇政的《濁流三部曲》的鄉土語言的建構，預視了彭瑞金成為幾位評者集其大成的鍾肇政評論專家，不僅大小評論、解說，且在《鍾肇政全集》的基礎上，最後構成《鍾肇政評傳》，使得整個鍾肇政文學有了最嚴謹的與綜合的闡釋。當然彭瑞金是鍾肇政文學在臺灣文學史上以大河小說的開創者作全面定位的第一人。

　　而碩士論文，最為集中討論鍾肇政大河小說者為林美華，於 2004 年以殖民地經驗為題，整理了前述幾位的評論。而第一個討論大河小說則為王淑雯，於 1994 年，以族群認同的主題，比較了鍾肇政、李喬、東方白的三部大河小說。同年 1994 年黃靖雅則是第一個以鍾肇政作品為主題的碩士論文，包括所有長篇與短篇。並將長篇的題材分為三類：歷史素材、個人經驗與原住民小說。

　　張謙繼於 1996 年的碩士論文單獨討論《臺灣人三部曲》，除了對小說類型、主題探討、寫作技巧、人物塑造等四個重點，有系統的研討外。特別是寫作技巧的討論，他由情節著手，討論敘事觀點、語言文字的應用、文學與歷史的合一的可能。最重要的是張謙繼，對整個情節與結構的探討，從中討論作者是如何運用這些技巧使作品串連成一個有機體。這個結構層次在研究者是相當少見的，給了本書相當多的參考。

　　而 1999 年，王慧芬以客籍作家為範疇，比較了幾位客家作家如吳濁流、鍾理和、鍾肇政、李喬的長篇小說的文化認同。其摘要內容為：談作家自我意識開始到歷史與經驗所造成的民族意識，最後解讀臺灣意識的建構與臺灣本土文化的認同。更細節則是，探究歷史形式下的精神文化，也就是屬於建構集體認同的部份。其討論歷史進程中的民族認同，探究歷史環境中的集體文化意識的傾頹與建構，大致上分為日本與中國與臺灣三個認同單位。最後則論說最後的文化認同對象與內涵，即是指臺灣意識的建立與臺灣本土文化的認同，並以「臺灣」為主體論述對象，內容包含臺灣族群、物質文化、歷史與文學等細項。是本書最重要參考的碩士論文。

　　2001 年林明孝研究鍾肇政的自傳小說，主要為探討《濁流三部曲》，說明鍾肇政「藉由陸志龍之口見證了時代的變動，臺灣人民的悲喜、矛盾、掙扎、苦悶與激越。同時也大膽的剖析了內心的世界，對年少的自我重新做一番審視。鍾肇政的長篇自傳性小說，不僅反映了終戰前後臺灣社會的樣貌，也充分表現了一位知識青年對成長中自我的追尋。」並認為呼應了戰前戰後兩個殖民統治者使得個人意志不能自主的呼應。

　　新一代的年輕學者、評者，如楊照對鍾肇政大河小說的定義與詮釋，陳建忠、藍建春、申慧豐對鍾肇政歷史觀、鍾肇政文學的接受與鍾肇政的土地觀的討論，也是本書必須參照與對話的。其他更細的前人文獻研究與探討，將在本書各篇說明。所以並未整個將文獻探討整理放入此章，乃是各章節所處理的每一本三部曲的各部書，都有個別的前人論文，本書各章節都有延續與推翻前人研究的說法。所以在這裡僅僅縱論整個鍾肇政大河小說的研究狀況。雖然如此，下一節之本書章節介紹將顯示本書的整體的結構的探討。在第十三章的第一節，並與新一代的評論者與碩士論文做對話，顯示本書所集結綜合的論文，對新的研究者的影響與批評討論。

　　在臺灣討論大河小說的專書，有歐宗智所著《臺灣大河小說家作品論》，他提出：

　　　　臺灣大河小說因賦予「臺灣史為敘述主體」的重要屬性，承繼本土文學論述的傳統，向來被視為「本土認同的重要象徵與符碼」，而自鍾肇政

《臺灣人三部曲》、李喬《寒夜三部曲》起，直到東方白《浪淘沙》，以及最新的邱家洪《臺灣大風雲》，一路走來，已匯集形成臺灣文學的歷史長流。

與本章專注於「鍾肇政大河小說」，所相同的觀點，就是屬於臺灣的，並且表現臺灣史敘述的主體性。當然也是屬於世界的大河小說的一支流，只是臺灣文學有臺灣文學的特色，也就是紮根於泥土、紮根於臺灣，以臺灣人為核心的作品。歐書中論及鍾肇政作品甚多，雖數針對鍾肇政幾部長篇的散論或比較，仍是本書重要參考。

本書的貢獻，除了在解讀方式上的不同，對個篇進行解說，也在此基礎上，對整個三部曲的結構做了探討，特別是兩個第三部在整個三部曲結構上的位置。做了分析。使得過去比較不看好的第三部，在意義上的有了新的發現，而在整個結構上，第三部更是有異軍突起、讓三部曲的視野、意涵更廣更大的效果。文章排序在第一單元，先討論第三部，因為第三部隱含更多徵兆的問題，以及第三部在結構上的重要性。

第七節　篇章介紹

在本書（二冊）分為四部份，第一部份是綜論，首先進行鍾肇政大河小說論的緒論，之後討論臺灣大河小說的起點，以及鍾肇政的浪漫主義歷史觀。再進行本書的主文第二部份《濁流三部曲》論，第三部份為《臺灣人三部曲》論。最後再第四部第十三章，與學者再對話、討論兩個三部曲與《怒濤》的關聯性。第十四章為總論，最後加上兩個附錄。

第二章：臺灣大河小說的起點。鍾理和未完成的遺作《大武山之歌》到底是什麼內容，引人好奇。特別鍾理和的計畫獲得鍾肇政的響應。而鍾肇政終於完成，又更令研究者想要探究兩個三部曲的差異。當然，斷簡殘篇是不可能進一步瞭解鍾理和的長篇計畫。只是接在彭瑞金之後，他對兩位作家的作品有不少次的排比討論。在今日「大河小說」的詮釋方興未艾，討論二書的創作起點

特別有意義。

　　本章除了從糾正兩個三部曲的資料開始外，盡力利用資料建構《大武山之歌》的可能內涵後，先對鍾肇政的《臺灣人三部曲》與鍾理和的《大武山之歌》作時間、創作動機方面進行比較。然後對《大武山之歌》可能的內涵作猜測，以對臺灣的「大河小說」特色的瞭解有所幫助。該特色本章認為作為一個新時代的臺灣人，必須與新時代的臺灣現狀對話。而不僅是歷史見證，或為區隔於中國人的歷史發言。

　　而對鍾肇政另外一部大河小說《濁流三部曲》，在近日來由於對後世的大河小說創作影響性較弱，而有被忽略的傾向。但是本章認為其表現屬於內心潛意識世界的大宇宙，且仍有時代、社會、國家的意涵，仍無愧於大河小說稱號。故於本章將《濁流三部曲》與《臺灣人三部曲》、《大武山之歌》一起討論，以便詮釋臺灣大河小說的歷史起點。

　　本章討論另創作歷程的史料，將可補充對臺灣文學創作發展史的瞭解，諸如解釋鍾肇政與吳濁流、鍾理和之間創作影響的關係。本章認為事實上是相當薄弱。特別與吳濁流的《亞細亞的孤兒》等書的傳承，在第一章縱論已經有提及。而第一章也把臺灣大河小說的想法為何產生於 1950 年代，將當時的客觀環境與鍾肇政個人的成長經驗做了連結，並顯示了鍾肇政大河小說的獨特性。所以第二章不再重複此時代的起源問題，而僅探討鍾肇政、鍾理和的創作大河小說的想法的關連差異的問題。

　　第三章：鍾肇政的浪漫主義歷史觀。本章利用鍾肇政的隨筆、書信印證鍾肇政的歷史小說所表現的浪漫主義歷史觀。首先整理浪漫主義歷史觀的概念與理論根據。然後以其中的核心概念如民族精神與時代精神開始，與鍾肇政在隨筆提出的同樣概念，作為印證鍾肇政的歷史觀。並探討鍾肇政在浪漫主義歷史觀下的藝術表現，以更進一步的印證鍾肇政的歷史觀。為研究兩部大河小說的全書研究，做一個歷史觀與鍾肇政個人的人生觀與思想視野做定位。而本章討論有所侷限之處，並在第十三章的第二節有關寫實與浪漫的時代歷史因素做進一步的探討。

　　在第一部份的縱論、大河小說的起點、歷史觀的探討，對全書有了探討脈絡的方向與鍾肇政大河小說獨創性的定位論證。在第二部份與第三部份分別討

論《濁流三部曲》與《臺灣人三部曲》，以各部的分析開始，最後做結構的探討。可以進一步的看出，兩個三部曲並非僅僅是自傳體形式與歷史小說的差異，而是以有交響性質的，為臺灣人的歷史形象與精神做不同心理與時代層次的表現。

　　第二部份討論範疇為《濁流三部曲》。首先為《流雲》，次為討論《江山萬里》而順序下來，應該探討第一部的《濁流》，但是筆者已經用六、七兩章中討論了整個《濁流三部曲》，特別以精神分析的方式，串連其愛情與認同的主體。因為第一部《濁流》的重點，都已經在六、七這兩章中說明了。所以不另起一篇討論《濁流》。並且在最後一篇，第八章中整體的討論《濁流三部曲》的結構，也論及《濁流》不少。

　　第四章：《流雲》三論—顛覆、藝術與結構胚胎。首先研究第三部《流雲》，以三個小論的方式展開與過去評論的不同看法，分別是：顛覆、藝術與結構胚胎三個主題來討論。這是筆者最有影響力的、也是研究鍾肇政大河小說裡頭最早的部份。並且一新過去對鍾肇政作品意義的挖掘。這部書與他在解嚴後的作品《怒濤》，有相互呼應的與連結的。《怒濤》又可以說是了解鍾肇政作品在政治意識、臺灣人認同表現的入門書。《流雲》到《怒濤》等於是臺灣人精神如何從日本精神轉化為臺灣精神，以及戰後社會如何的紊亂與未來方向迷離，轉為臺灣認同的重要著作。

　　對本書第二部份中以第一篇來討論的作品，從《流雲》開始，等於是對鍾肇政，作為在解嚴前創作作品的入門書。不僅在意識上、藝術上，特別在結構上，都含有重大意義。

　　第五章：《江山萬里》中的鄭成功再現方式與主題。《江山萬里》是《濁流三部曲》的第二部，也是在《流雲》的時代之前，日本戰敗前夕臺灣人從日本認同的覺醒到祖國意識有所期待的一幕。

　　本章探討鄭成功在《江山萬里》的再現方式以及代表的意涵。並總結在作者所表現的浪漫思想人生觀下的文學主題為何？作品中除了以日據末受日本教育的臺灣青年視角來看鄭成功廟外，還延伸了主角所發現的「江山萬里」碑，此再現方式豐富了鄭成功的形象。除此外，以小說藝術的手法，加入了蔡添秀、李素月兩個角色，象徵鄭成功的母親是日本人的成份。使得有關鄭成功所代表

的祖國意識與反抗意識的覺醒的形象，有了更多情節上的細節來探討。

　　從整個作品主題來看，主角受到二戰的大時代的影響，在充滿死亡與虛無的人生中，是如何透過友情、愛情、親情的人性刻畫來反映其人生觀，度過成長過程中的種種挑戰，勇敢的走向下一階段的人生呢？作品主題融合了民族意識上的身分、時代、歷史的醒覺，與平凡人的意志磨練、力爭上游、衝破難關與不斷向上的人生觀。

　　第六章：《濁流三部曲》的愛戀心理三典型。我們以佛洛伊德心理學分析《濁流三部曲》主角陸志龍的三階段戀情，分別為戀母的、精神性與動物性的愛情，並與三部曲一一對應。表現在作者對於主角成長各階段的自我心理狀態，並搭配愛戀女性對象，做為主角自我心靈的投射。

　　筆者將用多方引文分析，證諸作者以私小說、懺悔錄形式與意識流等藝術技巧，細膩的刻劃志龍精神與肉體的成長。各階段的愛情反映出主角在每一階段的自然人性的慾求。主角在歷經各個成長階段的苦痛，使他豐富與悔恨。

　　本章在最後綜合討論，作為第三部的作品《流雲》，其中幾位女主角可作為前兩部的總結，作者再一次讓主角經歷諸個愛情模式的選擇，使得第三部成為整個三部曲的敘事高潮。我們並分析申論了作者個人的愛情經歷與小說中愛情典型的相關性。

　　第七章：《濁流三部曲》的認同與愛情——精神分析研究。本章闡述在《濁流三部曲》所發現愛情與認同情節的雙線發展，是有強烈的聯繫而結構緊密。並且在精神分析下，主角對於愛情的選擇與遭遇與國家認同上的象徵性有其一致性。

　　在繼承上一章〈《濁流三部曲》的愛戀心理三典型〉已處理了愛情的部份，本章第二節先分析該書之認同的轉移，並將認同與愛情在精神分析的理論上作連結。第三節則綜合處理民族認同與愛情將之系統化，並討論作者的民族認同與女性觀。發現到作者的成長經驗與創作意圖，可印證本章的詮釋。

　　在三個成長階段裡，主角從戀母性的日本殖民認同，到第二部以自戀性心理為基礎，從「江山萬里碑」的象徵表現虛幻性祖國認同。最後第三部《流雲》純粹從本能的動物性愛情與有故鄉泥土象徵的銀妹結合，而與臺灣的認同作為聯繫。這細膩的鋪陳，正是以大河小說著稱的《濁流三部曲》最引人入勝的地

方。

　　這本著作在愛情、女性三典型存有整個鍾肇政文學的各種原型，特別是「永恆的女性」的造型。每一階段的愛情，象徵了民族認同的潛意識心理。為什麼愛情與國家認同會扯上關係，因為這不僅是佛洛伊德心理學的中個人情慾問題與人格分析，而且本書表現了民族的集體意識。而相反過程來講，民族潛意識的作用下，也顛倒過來影響到理想愛情的選擇。

　　第八章：《濁流三部曲》的結構藝術。本章在主題意識、心理學分析的基礎上繼續研究《濁流三部曲》，從人物在生活的豐富性、人物結構的完美、審美的藝術性等方面鞏固《濁流三部曲》做為臺灣第一部大河小說的地位。除了與《臺灣人三部曲》一樣有堅定的反抗精神外，也指出了人類嚮往美好與幸福未來的信心與希望。

　　首先在人物分析上，以老年與男性青年階層作分類。發現老年階層在作品中有相當多感人場面在人情味表現豐富，除了作為意識、文化的傳承外，也顯現閩客族群的美好互動。青年階層則從三部曲中，一部部來探討，發現一、二都是以反抗意識為核心，人物各是典型代表，人物是有機的構成，整部作品結構緊密。不僅在生活面上互動關係密切，且親密的友誼支持主角歷經感情風暴，而啟發主角從懵懂而反抗，步步迷惑、步步也持續向未來的人生走去。而到了第三部，青年階層從知識階層擴大到鄉村青年，整部作品的反抗意識卻歸到女性銀妹與敘事者，而讓銀妹的藝術形象更有力、意義更豐富。

　　本章以傷感性、日本精神式與泥土味三個審美角度分析，認為作者對生活與自然的刻劃、審美的意識與對女性的審美，兩相交融。進一步的搭配青年階層的反抗意識，也是有三種審美觀的層次。整部作品融合在志龍與銀妹的結合，而表現主角持續探索人生、追求積極生命意義、生活理想，主角精神性格發展表現細膩，富有反抗意識的啟蒙意義。這些歸納性的整理，相信幫助讀者在閱讀《濁流三部曲》產生有豐富有力的形象。最後討論《濁流三部曲》在社會關照與歷史的寬廣度的表現。

　　第三部份討論《臺灣人三部曲》，首先分析第一部《沉淪》。然後是第二部《滄溟行》，最後是第三部《插天山之歌》。各部都有個別強調的主題與時代背景。但是在討論中，已經隱含了整個三部曲串連的可能。因此，在三部份

別探討後，更重要的是整體的結構問題，本書以《插天山之歌》為核心，來探討《插天山之歌》，在整個三部曲中的結構下，又是怎樣的意義。

第九章：戒嚴體制下的反抗書寫──《沉淪》的臺灣人形象。本章探討《臺灣人三部曲》第一部《沉淪》的主題，在於刻劃臺灣人的形象。作者傳達了理想中臺灣人的形象，即1、臺灣人與中國人不同。2、願意與臺灣共存亡和為保衛家園起而反抗者。那就是作者鍾肇政要刻劃的臺灣人精神。鍾肇政在戒嚴體制下，以溫和、間接的表現對當局的反抗。在解嚴後那麼多年，應該還原其所要傳達的是強烈的臺灣人的反抗精神。

本章首先從探討作者的意圖出發，利用作者書簡、訪談等資料，探討作者的寫作過程、創作意識。然後從《沉淪》的文本，找出主題就在於作為真正的臺灣人的本質在於反抗精神，這也正是臺灣人與中國人的區隔之處。

其次，探討這本小說的結構、人物表現是否扣緊主題，以說明這部著作的文學性與藝術技巧。並論述這是一部結構完整，社會狀況表現真實、有豐富的文化內涵，是一部反抗精神強有力的作品。

最後結論部份，將討論二個問題：

1、說明作者的強烈的臺灣意識認同，這與賦予各個主角的祖國意識兩者間並不衝突，其中的關鍵就在於戒嚴體制。這可以就作者的寫作策略來分析，也可以從文本中細膩的挖掘內涵與解讀來得到印證。

2、討論整個《臺灣人三部曲》是否為代表整個臺灣人或者是客家人？本章指出這部書並未排除原住民、女性、福佬人，而是就客家地區作一個全島性的運動的抗爭歷史的象徵。本書所細膩刻劃的客家文化也正是最富於代表臺灣的時代特色。

第十章：論《滄溟行》與法理抗爭──論鍾肇政的創作意識。這是一篇主題研究的論文，本章詮釋《滄溟行》為臺灣人從武力抗爭轉變為法理抗爭的模式，藉由知識份子的成長歷程、參與農民的生活予以表現。其主題就是表現臺灣人歷史中的一段時代精神，本章將探討主題與作者的創作意識之間的連結。

本章將作品中有關法理抗爭的過程，有關文學性表現予以呈現出來。然後討論了作者背後的創作意識，分為四方面：1、臺灣人的主體意識，2、反國民黨統治，3、日本精神，4、純潔的愛與奮鬥的人生。以便進一步的瞭解《滄溟

行》感人的表現，本章所採用的閱讀策略為何，與創作者的中心意識之間的相關性。這是藉由外在的作者意識，與作品內容相互連結、相互印證的研究，也是本章掌握作品主題的方法。

本章還調查了作者編輯故事題材的來源。探討編故事的用心所在，也可以推測鍾肇政的創作意識。相對於前人研究，本章以主題挖掘與創作意識的相互對應的研究，確實可以真實的呈現《臺灣人三部曲》第二部《滄溟行》的文學表現與感人之處，也就是讀者該有的閱讀策略，這也是對作者寫作策略的瞭解。

本章認為要進一步的瞭解《滄溟行》，必須提及整個《臺灣人三部曲》的結構，甚至包含臺灣人的第四部《怒濤》一起討論，而結構的探討與作者的創作意識也有關連。總之，本章提供一種閱讀策略與瞭解作者的寫作策略的方法，而更得以瞭解《滄溟行》的預言性，以及思想性與文學性。還有作者本身的智慧與耐力、韌性的展現。

第十一章：《插天山之歌》與臺灣靈魂的工程師。故事背景設定於臺灣日據末最黯淡的時代，作者在《插天山之歌》裡仍以光明、潔淨的一貫文風描繪臺灣人，鼓舞臺灣人積極、樂觀、進取的精神。對於本書故事情節，需要揭開一層保護般的外衣，才可充分領略其文風與精神，這是戒嚴的環境所產生的文學表現。讀者以一種正面探求的態度，不僅僅對於領略鍾肇政文學的表達有所幫助，相信對於作者忠於「臺灣人作家」的創作態度本身，可以澄清過去的評論帶來的許多疑慮與定見，至少本章是提出了完全不同的領略。

本章由臺灣人精神的源流之一的日本精神，觀察書中主人翁陸志驤的教育背景、性格、活動。先以正面的態度理解日本精神，去感受作者所刻劃的追求光明的時代主題與戰鬥不撓的臺灣人形象。本章認為作者對於男性主角的刻劃是深刻的，並有時代特色與作者個人的風格。

作者從主角逃亡的敘述開始，即以一連串的精神與肉體上的磨練、砥礪來展現主題。本章將說明逃亡的故事與作者創作心理的相關，藉以瞭解此特殊的臺灣人精神的表現方式，也就是說作者由逃亡的故事來設計主角不服輸與充滿戰鬥力的反抗精神，而並非設計成轟轟烈烈的正面與日本人衝突的抗日故事。此種設計，也正是作者刻意的將本人受到壓迫時，其個人深刻的反抗意識的展現。

　　第十二章：《臺灣人三部曲》的結構與《插天山之歌》的新意涵。過去在《插天山之歌》在整個三部曲的結構上，被認為內涵是相當貧乏的。本章從時間的延續性在文化、法律、國家與民族三個內涵作結構上的探討。並以主題的延續性如族群、勞動與臺灣魂、愛與美來探討整個三部曲的結構。並從結構上來看，發現《插天山之歌》含有新的意涵將更使人獲得啟發，而提昇了整個三部曲在結構上表現的藝術與思想。並指出《插天山之歌》的新意涵，在整個《臺灣人三部曲》的結構中，所展現的力量。

　　《臺灣人三部曲》的第三部《插天山之歌》在主題上除了延續之前兩部的反抗精神與忠於工作的現代精神。結構有別於之前兩部《沉淪》、《滄溟行》以刻劃臺灣某一歷史事件為核心，而採用完全的虛構情節、以最簡單的結構，來召喚讀者對臺灣之美的想像力與認同。以歌頌愛情的偉大、堅定的信心與臺灣人必定勝利的希望。鍾肇政成功刻劃出以忠於職守的精神，來獵捕陸志驤的桂木，而不以政治的仇恨來看待陸志驤。在抓到後還讚賞志驤更強壯了。劇情結束前，作者安排在桂木協助下，女主角奔妹順利產下新生兒，象徵日本人也幫助了臺灣的新生。結局，男主角陸志驤以日本軍歌對著插天山等高唱，表現臺灣人勝利的狂喜的心情，將整個《臺灣人三部曲》劃下強有力的句點，以推陳出新的、出人意表的結構，表現更美更純潔的思想內涵。

　　第三部《插天山之歌》本身的主題就是愛與美，表現臺灣景觀的美好與永恆的愛情，歌頌人情與勞動之美，展現臺灣內部族群互助、互敬與互重。並象徵出反抗精神光有意志、耐力與不斷磨練還不夠，還要有愛與美，帶點宗教上的昇華意味，將臺灣人的精神提升到普世的境地。

　　第四部份為對話、再探與總結，有第十三章的對話、浪漫寫實與《怒濤》關連性。這章分成三點討論。首先是與前人研究者的對話與再對話、再來是浪漫歷史觀的時代因素與探討、最後為兩個三部曲與《怒濤》之間的有機性的討論。最後第十四章的總結。

　　而本書還附上兩篇文章。分別是討論《怒濤》與《戰火》，前者算是兩個三部曲的第四部。在鍾肇政的浪漫主義歷史觀下，鍾肇政如何連結兩個三部曲，與實踐其在戰後臺灣的理想世界與未來的追求。又鍾肇政另外一部未完成的大河小說《高山組曲》，由於其牽涉到日本精神與高砂精神之間的辯證關係。同

樣情況下，比較漢人接受日本人所帶來的正面精神的一面的情況，將是非常有趣。因此作為本書的兩個附錄是有必要的。特別是本書的臺灣魂的討論，鍾肇政如何轉化日本精神是本書的一個重點。

第二章　臺灣大河小說的起點

第一節　前言

一、研究緣起

　　鍾理和的長篇小說計畫，篇名《大武山之歌》，一開始在《文友通訊》出現就受到文友的注意，特別是獲得鍾肇政的熱烈回應，提出自己也有類似計畫。但鍾理和因病早逝，而未能完成，實在是臺灣文壇的一大遺憾。當時，鍾理和也好奇著兩人若都寫出來，比較一番，不知道多有趣。

　　而鍾肇政的小說已有相當多人研究，典律化過程也清楚展現出來。[1]研究者除了對鍾理和感到遺憾外，[2]並且看到鍾理和也熱烈回應鍾肇政的「臺灣文學」主張，令人不禁好奇鍾理和的長篇到底是怎樣的內容。

　　在《文友通訊》之前，根據鍾理和日記，記載著 1956 年 3 月 15 日他就開始著手寫《大武山之歌》。因此一般人會認為鍾肇政是被鍾理和鼓勵、激發、催生《臺灣人三部曲》。而在《鍾理和全集 3》附錄中，該全集之編者有按：

　　　　作者計畫寫臺灣人一家三代之故事，總稱《臺灣人三部曲》然僅寫第一
　　　　部《大武山之歌》數節，便自知體力不支，無法完成，遂寄望其好友鍾

---

[1]　藍建春，〈在臺灣土地上書寫臺灣人歷史——論鍾肇政《臺灣人三部曲》的典律化過程〉，（臺南：國家臺灣文學館籌備處，《臺灣大河小說家作品學術研討會論文集》，2006 年 12 月），頁 43-74。

[2]　楊傑銘，〈論鍾理和身分的含混與轉化〉，《臺灣學研究》4 期（2007 年 12 月）。另見，《鍾肇政全集 37》（桃園：桃園文化局，陳宏銘、莊紫蓉、錢鴻鈞編，2003 年），頁 435，「臺灣鄉土討論會」中聽眾提問；《鍾肇政全集 31》（桃園：桃園文化局，陳宏銘、莊紫蓉、錢鴻鈞編，2003），頁 86，「浩然藝文講座」觀眾提問。胡紅波，〈南北二鍾與山歌〉（清華大學主辦：「民間文學與作家文學研討會」，1998 年 11 月 21 日），頁 175-202。

　　　　肇政先生全力以赴，果成《臺灣人三部曲》，雖取材內容各異其趣，然
　　　用心則一。[3]

　　　編輯者認為鍾理和也打出「臺灣人三部曲」的作品標題，這部份有點誤導。
要還原事實的是，對鍾肇政而言打出「臺灣人」的標題，是經過一番曲折的。
原來鍾肇政的標題，就是「臺灣人」，並於 1965 年 3 月 30 日發表於《公論報》，
後並未完成。[4]原打算成書後將會如《濁流三部曲》一樣，分為「濁流」的第一
部、第二部、第三部。而成「臺灣人」第一、「臺灣人」第二、第三部。在鍾
肇政留下的一本起自 1963 年 2 月 2 日的 memo，封面是大壩二字。memo 其中
就有〈「臺灣人」第一部各章筆記〉的篇名，時間估計為 1967 年。可見於 1965
年於《公論報》發表的抬頭是一致的。並且在 1967 年 7 月（或者 6 月開始放暑
假）時第二次續筆一開始時，鍾肇政仍想照原題為「臺灣人」而尚未有《沉淪》
的書名。
　　　之後鍾肇政怕被誤為呼應臺獨主張，只好於 1967 年 11 月 14 日發表於《臺
灣日報副刊》時改為《臺灣人三部曲》的第一部《沉淪》，減緩原來名稱的政
治效應。因此，《鍾理和全集》的編輯者，認為鍾理和在鍾肇政之前便有「臺
灣人三部曲」，這樣的說法是不合事實的。
　　　但是在友人給鍾肇政的書簡中發現，在 1955 年暑假快要結束時，鍾肇政在
構思「巨大的三部作」[5]。雖然並未說是「臺灣人三部作」，但確實與兩鍾討論
的題材相關。只是，當時鍾肇政計畫如何，並未有詳細的史料出土交代。而該
年鍾肇政也只留下有相同抗日背景的五萬字中篇〈老人與牛〉，題材時間還延
續到戰後十幾年。此作於次年發表於《現代戰鬥文藝選集》。這個「巨大的三
部作」，有可能是 1956 年完成的長篇《姜紹祖》，可惜也只留下篇名。在 1958
年時，鍾肇政加以整理，改名為《黑夜前》九萬字。

[3]　《鍾理和全集 3》，（高雄：高雄縣立文化中心，鍾鐵民編，1997 年 10 月），頁 329。

[4]　錢鴻鈞，《臺灣文學的萬里長城──鍾肇政六百萬字書簡研究》（臺北：文英堂，2005 年 11 月），
　　　頁 399。

[5]　黃克明致鍾肇政信，1955 年 9 月 6 日。（原日文，李駕英翻譯，真理大學臺灣文學資料館，第一展
　　　示室，鍾肇政所藏書信卷，1955 年。）

　　而在鍾肇政至交好友沈英凱於 1951 年 3 月給鍾肇政的信提到，沈想寫一本題為「臺灣人」的作品。[6] 而 1964 年沈英凱未成為作家，反而是鍾肇政開始執筆「臺灣人」，沈又來信說對鍾肇政的：

> 《臺灣人三部曲》抱著相當大的希望，希望能夠像《大地》《陳夫人》那樣，寫出我們臺灣人的心路歷程。[7]

　　1963 年代或更早前稱為「臺灣人三部作」，1963 年後則稱「臺灣人三部曲」也好，這名稱在臺灣文學史上的重要性關係到兩鍾的計畫緣起。

　　若說鍾肇政受到鍾理和啟發，甚至說承吳濁流《亞細亞的孤兒》的遺續，開啟或觸發鍾肇政等人寫大河小說，而必須回到吳濁流的文學世界來觀察。[8] 不如深入瞭解，鍾肇政、沈英凱這一代臺灣人的內心世界。而吳濁流在 1968 年發表《無花果》，雖隱含臺灣人精神，也算是臺灣人的史詩，反映臺灣人的心聲。卻略晚於鍾肇政於 1967 年發表的《沉淪》。鍾肇政的視野不能說超過吳濁流，其實這並無法比較。幾位作家包括鍾理和，都是代表不同世代臺灣人的立場。

　　回過頭來看看鍾理和留下的些微史料，以比對鍾肇政的想法。首先他給廖清秀信提到：

> 我現在搜集和準備第二部作品的資料。我想自日人領臺前數年起，一直到現在臺灣人的生活史，由側面予以描寫，名為《大武山之歌》，分上中下三部，字數可能很長。[9]

[6] 錢鴻鈞，《戰後臺灣文學之窗——鍾肇政六百萬字書簡研究》（臺北：文英堂，2002 年 11 月），頁 423-425。

[7] 沈英凱致鍾肇政信，1964 年 8 月 10 日。（原日文，李鴛英翻譯，真理大學臺灣文學資料館，第一展示室，鍾肇政所藏書信卷，1964 年。）

[8] 陳芳明，〈戰後大河小說的起源——以吳濁流的自傳性作品為中心〉（臺北：聯經出版社，臺灣現代小說縱論，1998 年 12 月），頁 84。

[9] 鍾理和致廖清秀信，1957 年 3 月 22 日，《鍾理和全集 6》，同註 3，頁 96。

　　鍾理和的作品內涵是臺灣人的生活史，由側面描寫。所謂側面是指由臺灣的小人物做為主人翁，並受時局影響，起而反抗的生活變動。這一封信是給廖清秀的上所提。廖清秀在給鍾理和回信時，則提到自己的長篇計畫：

> 打算以蘭澳開墾為題材，寫一長篇小說「祖、父、子」，但心有餘而力不足，到現在還沒有動筆，近日中打算到蘭澳去住幾天，看看情形再決定是否寫，目前尚無法詳細計劃奉告我兄。[10]

　　小說中是單純的平民生存開發的開墾故事，描寫接觸的對象將是原住民。比起兩鍾，更無臺灣意識、或者反抗意識。有趣的是，廖清秀與鍾理和通信中，較以中國人自稱。在《文友通訊》中的作家，文心也是類似情況。似乎只有鍾肇政像是受到什麼人欺壓而忿忿不平，拚命的要強調臺灣作家、臺灣文學。

　　鍾理和在強調生活變動、小人物為主角，這一點與鍾肇政的《沉淪》類似，只是《沉淪》的核心是反抗鬥爭而並不在日常生活。他寫給鍾肇政的信則表示：

> 本年決計拋開短篇試將全力向長篇發展。頭一篇訂為《大武山之歌》內容描寫一家三代人在起自光緒末葉至今約七十年間生活和思想的演變。分三部。第一部，自開始至七七事變前後一段，字數暫訂二十萬字。[11]

　　因此，《大武山之歌》據鍾理和說法是敘述臺灣人的生活和思想的演變。以七七事變作為此書終點，則顯見要將臺灣人的祖國意識與思想加入其中。這與鍾肇政的第二部《滄溟行》的結尾若有所合。只是鍾肇政的結局設於 1925 年的中壢農民抗議事件的歷史（但作品中的設定是 1923 年），是臺灣農民運動風起雲湧，臺灣文化改造運動最為熱烈的時候。

　　鍾肇政在小說中也涉及臺灣人的生活在經濟、愛情、家族面。但據鍾肇政在回信表示，他自己所強調的風格是臺灣人的史詩。推論這表現該是莊嚴、轟

---

[10] 廖清秀致鍾理和信，1957 年 3 月 28 日，（收於鍾理和紀念館，尚未出版）。

[11] 鍾理和致鍾肇政信，1958 年 1 月 25 日，《鍾理和全集6》，同註3，頁23。

轟烈烈，並且以歌頌臺灣人的民族精神為內涵：

> 兄所言的新作，我也曾在「臺灣人」的總題下計畫過三部作，一部是臺
> 灣淪日為時代背景，第二部是日治時代，第三部是光復前後至現在，計
> 畫只不過是計畫，迄今仍無具體化的勇氣。我們生為臺灣人，任何一個
> 有志文學的人都會想到這樣一部作品的。……臺灣人的史詩，終歸需要
> 臺灣人來執筆的，當然，日後我如有這個「本錢」，我也要試試。[12]

　　鍾理和隨後回應鍾肇政表示，臺灣人的史詩確實需要臺灣人來寫。但是先
不管兩者分為三部在時間上的細微差異。也就是對於臺灣第一部大河小說的創
意，誰先誰後是其次的問題。重要的是對於瞭解鍾理和創作的《大武山之歌》
的初衷，到底與鍾肇政的差異何在，這是本章要探討的第一個問題。從比對兩
書的基本史料開始著手，並對《大武山之歌》的計畫稍作瞭解。然後探討「臺
灣大河小說」的特色。
　　本章第二個要處理的則是鍾肇政另外一部大河小說《濁流三部曲》。這部
書似乎目前影響性較低，特別是在大河小說的脈絡下比較少被討論。本章敘述
此書的創作歷程，然後討論其大河小說的地位與以上幾本大河小說的異同為
何？
　　至於有關幾位作家紛紛有創作臺灣巨型長篇，以臺灣歷史為背景的，後來
所謂的大河小說，為何發生於 1950 年代，在第一章的綜論已經有提及，與臺灣
人的時代處境相關，也與作者個人的認同問題相關。在這一章僅僅處理以上有
關鍾肇政、鍾理和創作大河小說的起點時的關聯性與意圖的比較。

二、前人研究

　　關於上節的第一個問題，可從研究鍾理和最透徹的彭瑞金的研究開始探

---

[12] 鍾肇政致鍾理和信，1958 年 2 月，《臺灣文學兩鍾書》（臺北：草根出版社，錢鴻鈞編，1998 年 2
月）。

討，他的看法是：

> 從整個小說的背景言，《笠山農場》具有人民生活史、土地變遷史的意
> 義。這樣的作品，和他的短篇〈故鄉四部作〉，以及他計畫妥當卻沒有
> 力氣執筆的——寫臺灣人一家三代故事的《大武山之歌》，都具有同樣
> 的創作動機，都是有意為臺灣寫史詩的使命作家。……。《笠山農場》
> 在文友們的鼓舞完成，但它同樣也鼓舞了文友和後進，其後鍾肇政寫《臺
> 灣人三部曲》，便是懷著臺灣人使命為土地立傳，為人民作史的使命使
> 然。……
> 以《大武山之歌》的寫作綱領看來，寫出第一部臺灣土地與人民的史詩，
> 應該非鍾理和莫屬。[13]

這段話點明《大武山之歌》延續《笠山農場》〈故鄉四部曲〉的內涵。彭
瑞金進一步的把《大武山之歌》與《臺灣人三部曲》等同並列：

> 兩鍾也都一致表示，他們借這樣的歷史材料想寫的是臺灣人的精神史
> 和生活史，要表達的是，臺灣人是如何從步步艱辛的歷史走過來、活
> 過來。[14]

基本上從彭瑞金的歸納，兩鍾有相同的使命，以及某種傳承的關係。有關
這一點彭瑞金進一步分析兩鍾作品的差異：

> 兩鍾的土地文學或者說他們的文學所呈現的土地觀，應該說是一致都建
> 立在生存思考的民生問題上，所不同的是鍾理和有勞動人民的實際體
> 驗，讓人注意到兩者的土地觀存在著「階級」的位差，一如他們的文學

---

[13] 彭瑞金，〈土地的歌‧生活的詩——鍾理和的《笠山農場》〉，《臺灣春秋》第二卷第一期，1989
年 10 月。

[14] 彭瑞金，〈臺灣客家作家的土地三書〉，2002 年 5 月 25 日，發表於美和技術學院「客家學術研討會」。
收錄於彭瑞金著，《臺灣文學史論集》（高雄：春暉出版社，2006 年 8 月）。

風格的差異。[15]

　　鍾理和作品並未有階級意識，應該是強調庶民的生活，但又以知識份子眼光為敘事觀點，而產生的不同層次的人民的生活內涵。而又更強調了庶民色彩。彭瑞金又說：

> 　　鍾肇政的《臺灣人三部曲》都是發生在土地上的故事，不過，抽離到理念層次的「保衛鄉土」口號，恐怕很難叫人從三部曲第一部《沉淪》裡，讀到那個時代一般人民的土地觀。由於他未觸及生產方式、經濟支配甚至生活事務，《臺灣人三部曲》並不以土地串接故事，也就看不到這些人物的土地觀了。[16]

　　本章認為這幾段話的比較，有進一步研究、闡釋的空間，以深入理解《大武山之歌》與《臺灣人三部曲》的差異。其實本章要探討的就是比較兩鍾的文學風格的差異。基本上鍾肇政呈現的是小地主的支配經濟，但是又充滿了和諧的分配方式。當然也有不同於鍾理和的土地意涵。但是，確實更重要的是鍾肇政將抗爭的精神帶到象徵的認同層次。鍾肇政的三部曲串接故事的中心思想，當然與鍾理和不相同。

　　而除了史詩的說法，兩人彼此共鳴外。還有鍾理和在信件中，也熱烈響應鍾肇政的臺灣文學的旗幟。不過在細部上也有差異，如鍾理和對「臺灣文學」的認知，當然是感受到臺灣人受到了歧視與壓迫。不過，一如〈祖國歸來〉〈白薯的悲哀〉的呈現，並不會讓作品帶有某種浪漫性、理想性，也就是覺醒與對抗。而是客觀的傳達他那一代所體會到的臺灣人的心聲。

　　再拿鍾理和與鍾肇政在《文友通訊》所討論的，在臺灣方言文學的看法，兩鍾頗有立場上的差異。鍾理和不僅從現實環境的角度，開宗明義的不贊成。而且以「我們中國」的角度看，希望能夠不分閩粵之外，也不分本省外省能意

---

[15] 同上註。

[16] 同上註。

思通達，感情融洽。不希望方言文學「標奇立異自分畛域」。可見鍾理和對於臺灣文學的歸屬比較類似西川滿，相對於東京文壇，而要建立南方文學的想法。鍾理和認為臺灣文學只保有特殊性即可。而鍾肇政則不惜造成隔閡。或許，鍾肇政已經看破了，隔閡確實早已造成，壓迫必須覺醒、反抗。一如他在抗日作品中的表現。其實，針對的並非是日據時代的統治者，而是當下的殖民者。因為當下的，比起日據時代的，並未好太多，或許是糟糕。

由於以上問題含有政治性認同上的差異，我認為將會影響鍾理和執筆《大武山之歌》的態度。甚至可以說，鍾理和並未有什麼「國族認同」轉向的問題。本人在另文提出一個論點，即鍾理和在政治、經濟基本上是走自然主義的科學與唯物的分析與思想路線。[17]因此鍾理和在「國族認同」上是認同祖國意識，但是並不必要標舉這類意識，甚至中國人意識也不必要標舉。他所注重的是大眾人民的生活，就算有批判一般來自閱讀報章雜誌下的思維，卻也沒有顛覆性的看法。一如彭瑞金在《鍾理和傳》也寫到：

> 民族對民族的批判不是〈夾竹桃〉的主題，鍾理和在乎的是人，他鄙夷、憤恨、「深惡痛絕」的視，有人放棄了做人的條件，竟然可以容忍人過著不是人的生活，人可以作非人的事……而安然自視。只要摘下「帝國主義」、「殖民與被殖民」、「民族主義」這些教條式的批判眼鏡，就可以清朗地看到鍾理和文學只是探索人的文學，而且不管他經歷多大的困苦和挫折，乃至生與死的抉擇，他都是堅持尊嚴人生的作家。[18]

也因此這段話，引申了如以「臺灣人精神史」來說明鍾肇政的《臺灣人三部曲》是很妥當的，但是同樣要以「臺灣人精神史」來掌握《大武山之歌》的表現，會令人感到有疑義。因為鍾理和對於國家、民族雖然有他個人的想法，但是在文學中的表現，重點卻不在於民族精神之類的。以「臺灣人精神史」的說法，若不進一步解釋，將會誤導讀者對鍾理和文學的認識為表現了強烈的反

---

[17] 錢鴻鈞，〈鍾理和風格論〉，尚未發表。

[18] 彭瑞金，《鍾理和傳》（南投：臺灣省文獻委員會，1994年6月），頁52。

抗性與浪漫性。去掉了民族意識的精神，而為不帶有意識型態的臺灣人民，特別是對抗大自然的、封建的生活壓力，應該是鍾理和要表現的重點。

而彭瑞金以土地之歌來掌握鍾理和文學，若比較李喬的土地觀，會覺得「土地」兩字過於政治性。以李喬對土地的愛恨情仇，是接近庶民的觀點。但是卻也常賦予這些庶民，以知識份子的態度來思考，政治意味無形中是相當濃厚。因此以精神史來掌握鍾理和文學，是過於浪漫性。特別比較鍾肇政在精神史的意涵有標榜對抗的，與含有國家民族的意義。因此，還是還原鍾理和用詞，以生活史來理解《大武山之歌》的內涵最為恰當。

在「大河小說」的前人研究中，無論是提到鍾理和與鍾肇政的關係，或者《臺灣人三部曲》、《濁流三部曲》常被認為繼承了吳濁流的遺緒。筆者已在另文討論了《濁流三部曲》與《亞細亞的孤兒》的比較。[19]並以哈姆雷特精神與臺灣的唐吉訶德說明兩者精神層次差異甚大，並以佛洛伊德心理學分析方法作了探討。兩者在臺灣人心聲的傳達上共通之處，但處理臺灣人的悲哀的方式有所不同。

楊照認為《濁流三部曲》的社會關照幅度不大，處理時間的縱深不能與《臺灣人三部曲》相比，因此文體規定加內容標準，《濁流三部曲》便較不具「大河小說」的代表性。[20]但是，《濁流三部曲》處理的時間比較起《臺灣人三部曲》，卻是拉到戰後，在臺灣發戰最重要的戰後半年。且在論及皇民化、戰爭時期臺灣人民的生活，比較《臺灣人三部曲》的第三部《插天山之歌》還要綿密。當然，從歌頌英雄的史詩上而言與關係到臺灣人內心中的潛意識、內在的史詩而言，兩者是可以互相比美的。

從彭瑞金的研究之後，看《大河之歌—鍾肇政文學國際學術會議》，到《臺灣大河小說家作品學術研討會》，兩個重要的研討會都沒有討論到《濁流三部曲》，變成一方面在文學史上把《濁流三部曲》列入大河小說，但是似乎著眼於影響性從李喬、東方白到黃娟，而又將《濁流三部曲》排除探討。或者受到

---

[19] 錢鴻鈞，〈《亞細亞的孤兒》與《濁流三部曲》的比較——從吳濁流與鍾肇政的浪漫精神談起〉（收錄於中壢：萬能科大，《戀戀桃仔園：桃園文史研究論叢》，2008 年 6 月）。

[20] 楊照，〈歷史大河中的悲情——論臺灣的「大河小說」〉，收於《文學、社會與歷史想像——戰後文學史散論》（臺北：聯合文學出版，1995 年 10 月），頁 92。

葉石濤批評的影響，認為其廣闊性稍低、未觸及人類命運。雖則彭瑞金的論文中已經與葉石濤對《濁流三部曲》有不同的看法。[21]既然如此，這也是本章要進一步從「大河小說」的角度定位《濁流三部曲》的原因。

第二節　《大武山之歌》與《臺灣人三部曲》創作緣起

一、基本史料比對的差異

在 1956 年左右，鍾理和與鍾肇政不約而同要寫以臺灣歷史為背景寫抗日的長篇故事。基本上兩個都住在客家地區，而此地正是流傳著無數的「走反」「抗日」英雄或逃難的故事。特別在國民黨遷臺之後，鼓勵抗日意識的作品。而各地文獻會也配合著書寫臺灣的抗日歷史。如鍾理和便在 1951 年的日記中記載母親告訴他的一段日本接收臺灣的情況。[22]鍾肇政也在 1955 年發表的中篇的抗日小說〈老人與牛〉，之前更有描寫相同背景但遺失的抗日長篇小說。也有以鍾九龍為筆名，但在當時沒有發表的抗日小說〈石門之狼〉。[23]這類題材在都市作家或者福佬作家較少發揮。

兩人在三部曲時間的設定上有微妙的差異。鍾肇政的《臺灣人三部曲》最後成書已經改變原來構想，三部間並非有連續性的主角，或者有父子關係的。而只是家族史，近乎遠親性質，以家族精神的傳承來貫串三部作品。[24]據該書的〈後記〉作者有言，為了「澄清」自己並非臺獨，而寫下的《插天山之歌》，作品背景恰與預定中的第三部雷同，鍾肇政心中只好下決心以此為第三部。這是開始執筆時鍾肇政就決定當作第三部來寫的意思。而非寫完後，加上《滄溟行》的完成，才設定為第二部、第三部，硬與第一部《沉淪》湊起來成為三部

---

[21]　彭瑞金，〈傳燈者〉，收錄於《瞄準臺灣作家》（高雄：派色文化，1992 年 7 月）。

[22]　《鍾理和全集5》，1951 年 1 月 1 日，同註3，頁147。

[23]　《鍾肇政全集37》（桃園，桃園縣政府文化局，錢鴻鈞、莊紫蓉編，2004 年 3 月），頁 519。

[24]　參考本書第九章。

曲。三部的連貫關係與結構，筆者將另文說明。

再說《臺灣人三部曲》在作品時間上，第三部是改到光復時就結束，而非一開始的計畫，寫到戰後當代，畢竟臺灣是在 1987 年才解嚴，且也仍要好幾年才脫離白色恐怖與言論獲罪的刑法。鍾肇政在 1964 年暑假開始執筆「臺灣人三部作」的「臺灣人」第一部。暑假結束時，已經有十萬字，第二年發表過程中被迫中斷，而沒有續寫。直到 1967 年才有機會完成與發表。

大概是 1955 年，臺灣光復十週年時鍾肇政便有超長篇的想法。而根據他在 1958 年給鍾理和的書信：

> 暑假，我要寫篇十餘萬字的長篇——題目暫訂「黑夜前」——取材於六十餘年前日軍入侵臺島時的臺胞抗日故事，腹稿已大體擬定，這將是我的第四部長稿。[25]

表示鍾肇政要著手的《臺灣人》第一部，《黑夜前》應該是就前身。後來完成的《沉淪》也證明這一點。就是說，鍾肇政的《臺灣人》第一部題材的核心就在於抗日走反的一小段時間。

而鍾理和則設定《大武山之歌》第一部從臺灣淪日前幾年，又延續到走反的許多年，一直到 1937 年的七七事變為止。場景時間比鍾肇政多了四十年好幾。顯然鍾肇政第一部的主題集中在歌頌臺灣人反抗的精神與鍾理和的生活史有所差異。

在七七事變第二年，鍾理和與臺妹私奔到滿洲。若鍾理和以自己為模特兒，則《大武山之歌》第二部在鋪陳祖國情懷為重點，與所見到的中國人民的生活。或者也有如《笠山農場》的臺灣生活與經濟型態的描寫。當然對比鍾肇政的《臺灣人三部曲》第二部《滄溟行》中的主人翁最後也是到了中國大陸。但是《滄溟行》的重點乃在於反抗精神的刻畫，只是不同於以往以武力反抗的方式，此時是以法理方式抗爭，也有臺灣人面對日本統治的順服方式的對照描寫。[26]臺

---

[25] 鍾肇政致鍾理和信，1958 年 6 月 10 日，《臺灣文學兩鍾書》，同註12，頁114。

[26] 錢鴻鈞，〈《滄溟行》的法理抗爭——論鍾肇政的創作意識〉，收錄於《大河之歌——鍾肇政文學國際學術研討會》（桃園：桃園縣文化局，陳萬益編，2003 年 11 月）。錢鴻鈞，〈論鍾肇政的隱喻

灣在日據時代歷史的整理，文獻當然是抗日的歷史觀點。鍾肇政會將之挪用，轉為自己的觀點。比方說，外表是抗日的色彩，但是要講臺灣人的精神。雖言抗日，但是實際上日本的形象很好或者主角實際上是認同日本文化，卻隱隱的轉為反抗國民黨。也就是說鍾肇政的所有作品、包括《臺灣人三部曲》都有與時代對話的企圖，這需要進一步的解讀才可明瞭。[27]

　　兩個三部曲最該被比較的是比較《大武山之歌》與鍾肇政的《插天山之歌》，兩座山一樣是作為故事發生的場景，特別會讓讀者以「歌」字作為聯想。不過從前者的風格來判斷，此山的作品是一個獨立於角色生活的自然景觀。當然仍能夠解釋大武山的人文形象。不過比較起來，鍾理和對大自然的觀念比較有神性、獨立的、超越凡夫的味道。而鍾肇政則傾向歌頌人類精神向上提升，而以插天山作為象徵主角的奮鬥精神、或者引為砥礪作用。書中常常在強調插天山聳入於雲霄，這是對主角精神的投射。更特別的是鍾肇政將主角灌入富有日本氣質的對抗風格，頗為有趣。[28]這在鍾理和作品中的文化氣質上是完全看不到，鍾理和透露人性微曦來讓讀者領受樸素精神、默默承受的人文主義。

　　從〈登大武山記〉的寫作時間為 1957 年 11 月來看，這篇是為了寫《大武山之歌》而起意的。此作中，鍾理和對大武山是感到親切、雄偉。而大武山有如慈母關懷愛護的角度，注視著村民的生活，大武山是這個村子的守護神。另外在〈校長〉一作，也提到大武山是莊穆、飄渺、幽遠的偉姿。此時，大武山的作用也有對應校長莊重、正直的形象。但是大武山仍舊是屬於大自然，而象徵鍾理和對於人性的良善的本質。面向大武山時，人相對上是比較卑微的。相對的在《插天山之歌》中，主角的意志才是重點，表現出人性試驗、靈魂焠鍊。

　　而《大武山之歌》乃是生活之歌，而非反抗統治者之歌，如鍾肇政仔細刻畫主人翁的表現臺灣人的意志精神之歌。鍾理和此種生活之歌，特別以自然風景加以表現，一如鍾理和的作品〈薄芒〉中描述：

風格——從《八角塔下》談起：日本精神與感傷的對話〉（中央大學客家學院主辦「第二屆客家語文研討會」，2011 年 12 月 11 日。

[27] 彭瑞金，〈《插天山之歌》背後的臺灣小說書寫現象探討〉，收錄於同上。

[28] 參考本書第十一章。

肥沃的大地，已結著累累的華實了。展開在眼前的視無限的豐饒與充實的生命，綠的樹梢，與白的花穗……一切在交織著生之歌曲。[29]

又如〈故鄉四部曲〉的第四部、也如同貫串《笠山農場》的山歌，表現命運觀念於生活之中，形成一種樂觀的生命態度。我認為《大武山之歌》所表現的也是如此。如同《笠山農場》的結局：

春天又裝好一個錦繡江山，一面讓宇宙萬物都有一個壯健、完美和快樂的生命，一面把那些屬於過去的、陳舊的、落後的、凋枯的、破敗的、不健康的、陰暗的、統統掃進於時間和忘卻的黑暗的深淵裡，永遠不再出來。[30]

臺灣人也將繼續生活下去，隱隱讓讀者體會到接受命運的安排外，又有一種樂觀，將不好的遺留在過去。《大武山之歌》情節計畫表，沒有到第二部、第三部，但從時間的安排上說，鍾理和的作品《笠山農場》〈原鄉人〉，等於是《大武山之歌》第一部的終結。《夾竹桃》是《大武山之歌》第二部的背景。而〈故鄉四部曲〉、《雨》的劇情背景，就等於《大武山之歌》的第三部。

而鍾理和兩部已完成的長篇小說的結尾部份，都將一切回歸大自然的規律。主角之外的人們若無其事的繼續經濟上的生活，不管劇情中間有什麼人間的愛與恨，主題回歸到鍾理和的生活觀與思想。也因此《大武山之歌》的主題，也並非什麼民族精神、臺灣人精神的發揚了。

倒是與〈故鄉四部曲〉同樣的回鄉題材，鍾肇政另外一部大河小說的《流雲》設定女主角奔逃的最佳去處在花蓮鳳林，而之前鍾理和在《笠山農場》也曾經設定主角可逃至花蓮。這是分別兩人對臺灣空間的想像。都是逃，但是鍾肇政的逃，更有政治的寓意，表現臺灣人未來的走向。

就陳韶華給鍾肇政的信，可以一窺《臺灣人三部曲》的意義：

---

[29] 《鍾理和全集2》，同註3，頁178。

[30] 《鍾理和全集4》，《笠山農場》，同註3，頁276。

上次返里，據衡茂兄說，您正準備撰寫百萬巨著「臺灣人」很高興聽到
這則消息，並希望早點拜讀大作。

一個民族，亡國並不可悲，沒有自己的歷史才是悲哀的，我記得連橫在
《臺灣通史》的序之裡說到這句話，但連氏的臺史似乎有很多地方不好，
他看來缺少「太史公」的條件。您認為怎麼呢？

小說雖然是虛構的故事，但可以寫出民族的特性來，毛姆的「不可征服
的人」，故事雖看來不怎麼匠心，但，已把法國的民族性表現出來。因
此，我希望吾兄的「臺灣人」亦能把我族的精神寫出來，則我七百萬人
將一致感謝您了。[31]

可見百萬巨著「臺灣人」受到鍾肇政友人的期待，是提升到一個國家、民
族的精神。再見另一鍾肇政友人陳世敏來信：

看到您的計劃，不禁暗自高興；「臺灣人三部曲」這是多麼需要的一本
書呀！幾十百年來，「臺灣人」的奮鬥、自力更生的經過便是一首有血
有淚的史詩，只是這裡頭的艱辛與影響尚未為人所重視罷了！尤其處在
這樣的時代裡，「臺灣人」的雙肩負著曠古未有的責任。[32]

由此可見鍾肇政以「臺灣人」作為標題，本身就飽含意義，並且影響重大，
周遭的朋友都受到鼓舞，特別是針對寫作上的朋友。陳世敏特別強調「處在這
樣的時代裡」。或許鍾肇政的想法對當時整個社會影響有限，但在歷史中是意
義重大，至今的影響深遠也仍可期。而《大武山之歌》就只能限於資料來揣測
內涵。

---

[31] 陳韶華致鍾肇政信，1964 年 8 月 11 日。（真理大學臺灣文學資料館，第一展示室，鍾肇政所藏書信
　　卷，1964 年。）

[32] 陳世敏致鍾肇政信，1963 年 2 月 27 日。（真理大學臺灣文學資料館，第一展示室，鍾肇政所藏書信
　　卷，1963 年。）

二、《大武山之歌》的計畫內容

　　《大武山之歌》所留下的殘稿與計畫大綱來判斷，鍾理和以 1895 年元宵節開始，一個槍聲的疑問展開序幕。連帶的提到百年來的閩客械鬥、還有與原住民的鬥爭。主角吳慶廷好鬥、也喜歡莊稼，大概以鍾理和的父親鍾蕃薯為模型。[33]其他人物海聰、海偉，則可能以鍾和鳴、鍾理和兄弟為模型。

　　鍾理和說側面予以描寫的。除了指的是生活與思想，我想特別指的是如巴爾札克式的經濟生活與風俗史。鍾理和的小說與鍾肇政最大的差異，在於經濟運作層面的刻劃，這是巴爾札克式的風俗史、社會史的意義。經濟就是左右村民生活的最大因素。如在鍾理和在《大武山之歌》的情節計畫表中，就有糖蔀的經濟型態的轉換到經營瓦窯、再到兼營青果出口。這也正是《笠山農場》以劉少興咖啡農場經營之前的商業經濟型態。

　　其次的內容是男女的生活，如鍾理和提到俗諺是男女生活的引用：

　　　　他和我談起朝鮮的民謠。他以為一個國民的生活，特別是男女的道德生
　　　　活——最好、最直接的反映——那便是民謠。[34]

　　有關《笠山農場》為封建所誤的愛情生活，將進一步呈現。再其次，鍾理和提到法律是時代精神、思想的一段說法：[35]

　　　　法律是人們的意志，對不對？而且法律是一切思想的先覺，是世間一座
　　　　微妙精確的氣象臺，能夠預知，因之也預防一切危險，對不對？那末，
　　　　我們要考察那時代的思想，那時代的精神，捨法律無她了。[36]

---

[33] 鍾鐵民，〈我的祖父與笠山農場〉，收錄於《鍾理和論述》（臺北：草根出版社，應鳳凰編，2004
　　年 4 月）。

[34] 《鍾理和全集 2》，〈柳陰〉，同註 3，頁 17。

[35] 比較鍾肇政的《滄溟行》，法律在此書是做為臺灣人抗爭精神的文化性轉型工具。參考本書第十章。

[36] 《鍾理和全集 3》，〈泰東旅社〉，同註 3，頁 234。

那麼法律是相對於封建的道德。鍾理和也將踏入現代人生活被不同的人文形式所控制的困境。最後，在《笠山農場》有一段分析，傳述臺灣先民的思想的轉變：

> 二百年前，他們的先民搭乘帆船，漂流到荒島來披荊斬棘拓開新生活的雄心，那種朝氣蓬勃而富於進取和創造的氣概，在他們身上已找不到一點影子，代之而起的是迂腐的傳統和權威思想的抬頭。[37]

因此，鍾理和的小說既然是生活史，有關經濟、愛情、法律與思想的變化。且作品中的人物，乃是採取小人物，而非歷史上的大人物，特別是採用家族的人物作為模特兒。從封建社會走入現代國家經營的型態下的生活、精神上的轉變。

三、臺灣大河小說的特色

同樣是傳達臺灣人心聲的史詩，在鍾理和是以生活形式來展開，也以生活做為終點，旨在表現臺灣人也有人類共通的不可侵犯的生存尊嚴。而在鍾肇政乃是以英雄人物作為時代精神的代表。刻劃也是庶民、小人物，卻成長為英雄的歷程，領導眾人為核心的反抗運動，特別富有浪漫氣息。並且反抗核心針對於外來的侵略者。在鍾理和乃是以社會、歷史流動的說法，例如表現在〈泰東旅社〉鍾理和提到類似客家精神的毅力與實踐：

> 如果這還是不得要領，那就讓它不得要領好了！我的目的，只是在說明事實罷了。至於他們需怎樣才好這種問題，只好讓他們自己去研究。好在他們是聰明的人種，他們所欠缺的似乎並不是辦法，而是毅力。是的，

---

[37] 《鍾理和全集4》，《笠山農場》，同註3，頁24。

他們大概是短少這種毅力，換句話說，也即是實踐！[38]

　　不過，相信鍾理和在《大武山之歌》並不會將所謂的客家精神顯性的加以刻畫，而把客家精神作為該書的主題。若是該書筆下的生活與思想有此精神，也是讀者閱讀後綜合發現的，而非鍾理和所設計的帶有理想性，或者民族精神。也就是作品中將不含認同的問題。臺灣人將一直是中國人的身分，臺灣人在中國人之內有臺灣人的特殊的歷史與遭遇。

　　而與《臺灣人三部曲》相同的是，兩者都關心臺灣人的生活。只是，鍾肇政所要問的是「臺灣人是什麼？」這樣的問題，而去關心臺灣人的未來。鍾理和藉由歌頌大自然，來隱射臺灣人淡薄而又不屈服的生活。從這角度來看，兩人的愛臺灣之心是不分的。

　　兩人的差異，最主要的在於愛土地與理解土地的方式。也就是對人與土地的、泥土的愛恨糾纏的看法，土地在鍾理和的理解指的是與現實生活的緊密關係而言。如果是農民，土地是他的生活的基礎；如果是知識份子、作家，土地是他的現實的故鄉，生活的環境。而鍾肇政的《臺灣人三部曲》表現的是反抗精神，地域性的，臺灣人的特有的歷史背景之下的奮鬥與成長的故事。土地當然也是臺灣人生活的基礎，是自己刻苦、開墾而來，不容外人加以掠奪。但是土地從農民層次到現代社會運動型知識份子、再到更抽象的讀書人的生命本質層次，刻劃對土地的感受。

　　這個差異，來自於兩人的成長時代背景。從鍾理和對於臺灣獨立與託管的態度來看，不免仍是中國民族的立場。[39]鍾理和在此少見的那麼憤怒，以豬狗等口吻，嚴厲的指責廖文毅。就算是臺灣人立場對比吳濁流，這可從吳濁流於1965年從日本回來，給鍾肇政的信上，看出吳濁流也是不信任主張託管的人的動機。但是吳濁流並未如鍾理和，強烈的認知託管這是一條奴隸的道路。1955年2月廖文毅在日本成立臺灣共和國臨時政府，消息傳回臺灣，倒是鼓舞了鍾肇政、沈英凱。而在該年光復節在報紙上報導、歌頌臺灣光復的同時，卻沒有

---

[38] 《鍾理和全集2》，〈夾竹桃〉，同註3，頁145。

[39] 《鍾理和全集5》，1951年3月21日之日記，同註3，頁76。

臺灣人作家的消息，使鍾肇政備感傷懷、痛心。[40]

在鍾理和的《大武山之歌》第一部、二部，仍是如《笠山農場》，以開墾土地作為開始，是描繪農民生活為主。至於鍾理和的《大武山之歌》特別是第三部的時間與人物，將以個人經歷為背景的話，將反映戰後經濟的凋疲，人心反應如〈故鄉四部曲〉，也如自己的生涯，接受命運的折磨。雖然鍾理和贊同以此做為臺灣人的史詩、臺灣文學有臺灣文學的特色，但是將無鍾肇政式的意識型態與政治色彩，《大武山之歌》也無法在文化民族主義的脈絡下解讀。

對於大河小說的歷史詮釋權可參考陳建忠的論文。[41]這裡先排除藝術面的探討，而從臺灣的特色來定位鍾理和與鍾肇政兩位的大河小說。雖然一個僅留大綱，一個歷經波折完成，但是還是相當有意義的問題。特別在鍾肇政於 1964年開始執筆之時，之前在撰寫《流雲》的年代所認識一位外省人馮馮，他來信給鍾肇政說明要寫「中國人」的小說，小說內容為：

> 計劃中要寫的是「中國人」（暫定名），寫自甲午至今，中國人的苦難，我將以一個人作主角：一個婦人，自出生至晚年，父、夫、子、女、孫，陸續在動亂中死去，她只是點點忍受，逆來順受，她平凡，不聰敏，有的只是時代賜予的痛苦與悲慘，我將寫百萬字左右，以甲午戰爭，八國聯軍，變法，……革命……軍閥混亂……瀋陽事變……抗戰……南京大屠殺……大陸淪陷……人民公社等作為背景（缺臺灣背景），我沒有企圖要表現數十年來思想的嬗變，這一點我辦不到，但是寫一個悲慘的中國人命運，也許尚可勉強對付，目前我在收集資料編製年代表，參考書籍，做筆記，用卡片圖表管制，望三年內完成。[42]

此信的在兩年前，1962 年這時馮馮仔細的閱讀了鍾肇政的《濁流三部曲》，

---

[40] 錢鴻鈞，同註 6，頁 332。

[41] 陳建忠，〈詮釋爭奪下的文學傳統：臺灣「大河小說」的命名、詮釋與葉石濤的文學評論〉，《文學臺灣》70 期（2009 年 4 月），頁 307-333。

[42] 馮馮致鍾肇政信，1964 年 4 月 6 日。（真理大學臺灣文學資料館，第一展示室，鍾肇政所藏書信卷，1964 年。）

馮馮也將完成《微曦四部曲》。可惜馮馮完成後投稿《中央日報》，主編孫如陵退稿，最後為《皇冠》接受。鍾肇政的第三部《流雲》也無法再上《中央日報》。馮馮頗為鍾肇政不平，予以鼓勵，而兩人互有來信。退稿原因，可能如文心所猜：

> 《濁流第三部》寫的是光復後的事吧？前兩部背景是日據時代，撰寫該題材的選擇當可自由，但第三部就得「慎」些，是不是因此而使中副躊躇不敢刊出？昨天，我還聽人家說，你的第二部較第一部寫的好呢！這就是仁者見仁，智者見智了。[43]

由此可見，當年葉石濤批評《流雲》未直接涉及二二八的動亂，實在很奇怪，[44]因為在白色恐怖時代只有吳濁流、楊肇嘉敢寫而已。再說，馮馮認為兩本小說都是以大時代與青年的思想觀念為題材。妙的是，當鍾肇政向馮馮表明要寫「臺灣人」時，馮馮也響應，因此才有上信說要寫一部「中國人」。而在下信，馮馮更將兩部書名並列，頗富象徵意義。

> 您筆下功力之深與寫實純樸的風格，正是我最傾慕而認為足以師法的，我不喜歡浮華不實的東西，但願您的「臺灣人」與我的「中國人」能早日完成，讓我們一同為這個苦難的時代留下一點東西。[45]

馮馮並不瞭解，鍾肇政並不信任他，更不懂「臺灣人」這部書，隱隱有相對於「中國人」的意涵，而並非只是突顯臺灣背景而已。或者馮馮雖然誠懇，但是難免讓人感到仍有告密的嫌疑。那也是做為臺灣人的原罪，就算鍾肇政的創作沒有政治意識，可是政治迫害自然還是會找上門。陳永善（即陳映真）來

---

[43] 文心致鍾肇政信，1962 年 10 月 15 日。（真理大學臺灣文學資料館，第一展示室，鍾肇政所藏書信卷，1962 年。）

[44] 若採用新的研究看法，拙作已詮釋《流雲》與二二八間接相關。參考本書第四章。

[45] 馮馮致鍾肇政信，1964 年 4 月 16 日。（真理大學臺灣文學資料館，第一展示室，鍾肇政所藏書信卷，1964 年。）

信說：

　　「P.S. 您的信直到二十九日才到我手。用語請謹慎。　　永善」[46]

　　鍾肇政應該是 1964 年 10 月 23 號就給陳信了。收信時間只是不明原因耽擱四、五天，就引起陳映真的疑慮。雖然說警總的監視，原有陳映真與共產主義者接觸的問題。但是，鍾肇政自然也是監視的對象。特別是這一年鍾肇政熱誠的告訴友人，他要寫「臺灣人」。就算馮馮本人沒有疑慮鍾肇政有什麼政治企圖，但是馮馮的外省籍朋友，不會覺得鍾肇政省籍意識太強烈、太狹隘嗎？特別是馮馮說自己想寫的倒是「中國人」。

　　因此，特別在鍾肇政有向時代對話的企圖，所謂臺灣人的心聲、臺灣人的苦難，必不只是《臺灣人三部曲》表面上所描寫，都是來自於日本殖民統治者。而是更來自於戰後，特別是五零年代臺灣政局、社會動盪稍稍穩定，臺灣人開始思考臺灣人是什麼？臺灣人的未來又是什麼，而產生如鍾肇政的好友沈英凱想寫「臺灣人」。這才是真正「臺灣大河小說」的特色，作為一個新時代的臺灣人，必須與新時代的臺灣現狀對話。而不僅僅是歷史見證，僅僅為區隔於中國人的歷史。特別是戰後幾年給臺灣青年的感受是什麼？才是《臺灣人三部曲》的創作起點。至於鍾理和也當然受到戰後臺灣人生活形態改變的影響，只是他基本上是接受了現有的意識型態，而想要記錄具有臺灣人特色的生活，將之藝術化。

---

[46] 陳永善致鍾肇政信，1964 年 11 月 1 日。（真理大學臺灣文學資料館，第一展示室，鍾肇政所藏書信卷，1964 年。）

第三節　《濁流三部曲》的發表歷程與大河小說的地位

一、《濁流三部曲》的創作歷程

　　《濁流三部曲》在 1961 年寒假開始撰寫，在史料上是比《臺灣人三部曲》與《大武山之歌》稍晚幾年。也就是在鍾肇政的種種資料中很少說明創作《濁流三部曲》的緣由。但在西方以自傳書寫的大河小說是相當常見，如羅曼羅蘭《約翰克利斯朵夫》、普魯斯特的《追憶逝水年華》。或者單純的自傳題材小說如托爾斯泰的《童年少年青年》來看，在西方文學史上，自傳性小說是非常重要的題材。

　　因此，可以說臺灣人的史詩，該要由臺灣人來寫。每一個臺灣作家都該要有「臺灣人」這部書，這句話是鍾肇政的想法。而從文學本身而言，每一個人更應該有一部如《濁流三部曲》的自傳小說。因為每一個作家的創作開始，應該都是採用自傳為題材。鍾肇政這部自傳性小說，如同彭瑞金所言，剛好鍾肇政就是設定在臺灣歷史的交換點，歷經三個國家的認同問題。本人則認為《濁流三部曲》最微妙之處在主角的性心理轉換的熱點，設定的時間就是從處男到成熟男人之間的爆炸點。而這彼此是相互呼應，也可以說個人的轉變是原爆，而將發展為國家敘事的核爆。力量之大，都足以毀滅人類。更何況是相加相乘的效應。

　　在鍾肇政創作此書的起點，當也在與鍾理和通信前後，當時鍾肇政自知還沒有能力處理任何一類題材的巨型長篇小說。而終於在《魯冰花》發表成功之後，獲得自信。且鍾肇政繼續寫下姊妹版本《鳳凰潭》，雖沒有獲得發表，又受到白色恐怖影響，題材乃決定避開當下時代，而轉往日據時代。那是國民黨能夠接受的抗日主題小說。

　　而《臺灣人三部曲》的創作引爆點為迎接臺灣光復二十週年，有點示威意味。這在鍾肇政給鄭清文信上有提到：

　　　　我覺得明年是臺灣光復二十週年，二十年的光陰，總可以造就一些臺灣

作家吧。讓人家看看咱們這些亻も們倒底能拿出些什麼貨色來。[47]

　　《濁流三部曲》則一開始在第一部裡，在對當下時代的抗議色彩，並沒有《臺灣人三部曲》那麼重。但是據楊照所講，卻有顛覆性。而一直到《流雲》，筆者研究下，才展現出相當微妙的，具有爆炸性的隱喻。

　　1961年寒假時，鍾肇政開始執筆《濁流》。暑假完成後，因為林海音已經壓鍾肇政其他稿件多時，鍾肇政只好直接投《中央日報》，獲得意外而巨大的成功。鍾肇政完全捧脫任何對手、任何臺灣作家。當然他還不滿意，也因此走到更高的層次與視野。

　　在《濁流》後，鍾肇政又獲得續刊《江山萬里》。而第三部《流雲》則在《中央日報》碰釘子。鍾肇政再將稿子轉給林海音幫忙時，林來信：

> 你的「流雲」，我沒有交給聯合報，他們現在的作風是摒棄文藝的。可是我一直還想給你推薦出去，所以沒寄還給你。日前我已給新生報副刊的編輯先生，請他看看，他很願意看，雖然他手中已經在看著其他作家的原稿，但不太滿意。希望他能欣賞你的作品的意義。有消息我再給你寫信。[48]

　　主編回覆稿件太長，雖然說明「對臺籍作者，特別應該鼓勵。」這一點鍾肇政看來應該很刺眼。或許這也是給林海音面子的場面話。但是最後還是未登。編輯童常在回信中表現：

5.……

d.…。

e.此文當有一大缺點，即主題的分歧。書名「流雲」，應該以男主角與

---

[47] 鍾肇政致鄭清文信，1964年6月12日，《鍾肇政全集26》，（桃園：桃園文化局，錢鴻鈞、莊紫蓉編，2003年），頁103。

[48] 林海音致鍾肇政信，1963年12月2日。（真理大學臺灣文學資料館，第一展示室，鍾肇政所藏書信卷，1963年。）

那位貧窮養女的戀愛故事為單一的主體，其他情節只能是陪襯，是穿針引你的材料，不該喧賓奪主，並駕其驅。

f.似乎是：以「光復及其後一個苦心的青年如何向上」為第一主題，並反映「光復」對臺籍青年的不好影響及社會轉變等；然後又以一個戀愛故事為第二主題，而書名又是以第二主題來命訂的。

g.結構太鬆散，與主題無關係描寫太多。又像是自傳。因此，不易討好。

6.所以，很想請您轉告作者，可否重寫，或逕用原文重加組合搭配，或分為兩部不同的小說？[49]

　　這可能是對《流雲》的第一篇評論意見，而來自葉石濤的意見，也有類似批評的地方。即當時尚未能詮釋出戀愛與時代兩個主題之間的關連性，而認為小說結構鬆散應該拆開為兩本。一直到李喬的評論出現才獲得結構上的肯定。[50]

　　雖然退稿意見中，並未表示出對戰後社會轉變的描寫有疑慮，但是對鍾肇政而言仍是一個該謹慎小心的地方。而《流雲》只是接觸到戰後半年時間，就引起年輕的文友的好幾位敏感的說出類似疑慮與猜測，例如：

　　　　「濁流」第三部未見刊，中副編者說讀者反應不佳。我朋友說是否第三部的是民國以來的事而這裡面寫得不討好，不符「中副」要求？[51]

　　由此信來看，鍾肇政敢於挑戰光復後到二二八之間的時代，就已經夠了不起了。《濁流三部曲》最受到本土派作家爭議的，應為在國民黨黨報《中央日報》發表。[52]發表問題上，歷代的大河小說家，根本沒有本土刊物以外的地方

---

[49] 童常致林海音信，1963 年 12 月 2 日；林海音將原信於次日轉給鍾肇政，並強調未將中副不願刊登《流雲》的事情告訴童常。（真理大學臺灣文學資料館，第一展示室，鍾肇政所藏書信卷，1963 年。）

[50] 李喬，〈女性的追尋──論鍾肇政的女性塑像研究〉，《臺灣文藝》75 期，1982 年 2 月。

[51] 林衡茂致鍾肇政信，1964 年 5 月 13 日。（真理大學臺灣文學資料館，第一展示室，鍾肇政所藏書信卷，1964 年。）

[52] 張良澤，《四十五自述》（臺北：前衛出版社，1988 年 9 月 15 日）。又見於《鍾肇政口述歷史》，（臺北：唐山出版社，莊華堂編，2008 年 7 月），頁71。

發表，在戒嚴時代，也少有本土刊物。如非鍾肇政支持在《臺灣文藝》等本土刊物，甚至可以說，沒有機會完成。又如解嚴之後黃娟的《楊梅三部曲》，除第一部發表於可說是剩下一口氣的《臺灣文藝》外，最後乾脆直接印出來。這表明什麼？有關出版與發表，鍾理和在林海音的聯副發表不順，是鍾理和，也是鍾肇政的一大遺憾。而從葉石濤給鍾肇政書簡，也可以發現發表困難對葉石濤的打擊有多大。[53]由此情況來看《濁流三部曲》《臺灣人三部曲》的發表成功，應該是可喜的。

而《濁流三部曲》在創作當初，原名為《阿龍傳》，鍾肇政並保留有「阿龍傳第一部人物表 memo」。可見計畫之初，就是三部作。我猜測分成三部曲是為了發表方便而分成三部。這書其實是擴大而改寫了前身《迎向黎明的人們》。雖然只留下書名而已，但從信件資料，可以看出此書在 1953 年創作之初就分為三部，只是當時僅為十多萬字的長篇小說：

九龍兄大鑒：

「黎明」篇業已續讀了，我很欽佩兄寫文章寫得很少毛病而流利，但現在就我，故意挑毛病的意識下想提醒你對第三部的內容。[54]

更有趣的是在 1958 年鍾肇政藉由李榮春的人生與創作故事寫成〈大巖鎮〉。鍾肇政在作品中提到主人翁的創作了《長江三部曲》，以影射李榮春的《祖國與同胞》。[55]在作品當中，鍾肇政不時以日記回顧、串場。由此可見，鍾肇政在1958年已然形成《濁流三部曲》的敘事模式。在將來的一天以自己的成長歷程，日記上題材、心理為本，而與時代對話，見證大歷史。〈大巖鎮〉那也就是《濁流三部曲》胚胎原型，並於該文中，第一次提到鍾肇政創作的女性重要造型「永恆的女性」。

---

[53] 鍾肇政、葉石濤往來書簡，《鍾肇政全集 29》（桃園：桃園文化局，錢鴻鈞、莊紫蓉編，李駑英翻譯，2003 年）。

[54] 鄭煥致鍾肇政信，以鍾肇政筆名九龍之稱謂判斷，年代當於 1953-1956 年.之間，12 月 17 日。（真理大學臺灣文學資料館，第一展示室，鍾肇政所藏書信卷，1953 年。）

[55] 參考本書第四章。

二、《濁流三部曲》的大河小說地位

在鍾肇政的作品中，《濁流三部曲》藝術性應該是不輸《臺灣人三部曲》，只是隱含的時代社會意義，更需要評論者詮釋。性心理的潛意識層面與認同的關係，是相當精采的。臺灣人生活、臺灣人未來的方向、反抗的精神，也是表現在潛意識的層面。以時空的觀點相比，大小是遠不如《臺灣人三部曲》。但《濁流三部曲》是屬於意識人心的內在大宇宙，而且人物頗多，所反映的臺灣人各階層關係，一點也不比《臺灣人三部曲》少。

在沈英凱給鍾肇政信中，就透露出《濁流三部曲》正是氣勢磅礡的題材，而指出這部作品並非僅僅是限於個人、地方的大作品：

> 我建議你不妨在一般性的題材上著眼，就像由溪流流向大海一般，溪流可取材的總是有限，如果是廣大浩瀚的大海，那就是取之不盡、用之不竭了。你為「濁流」三部花費無數心血，不正是因為這樣的關係嗎？[56]

這是沈英凱接到新書《魯冰花》，認為這是教員生活中體驗所得的小範圍的東西。而相對的，《濁流三部曲》則被稱為廣大浩瀚的大海。從好友身上所獲得肯定，雖無大河小說之名，卻早有大河小說景象，綿延不絕之實的認定。比葉石濤給鍾肇政的肯定，又早了若干年。

《濁流三部曲》除了筆者研究與林明孝在 2001 年的碩士論文，肯定該書的內心掙扎與反抗書寫，尚有戴華萱[57]以現代批評術語評論該書的成長內涵，肯定筆者的隱喻性詮釋，加以引用、予以深化《濁流三部曲》的批評內涵。

若以今日的新詮釋來總結，《濁流三部曲》同樣無愧於大河小說稱號，小說背後仍有葉石濤所言堅持臺灣人的未來與指向人類的理想與命運。在兩部大河小說於《遠景出版社》新版發表時，筆者曾為文提到《濁流三部曲》的主題：

---

[56] 沈英凱致鍾肇政信，1962 年 7 月 30 日。（原日文，李蔦英翻譯，真理大學臺灣文學資料館，第一展示室，鍾肇政所藏書信卷，1962 年。）

[57] 戴華萱，《臺灣五零年代小說家的成長書寫（1950-1969）》（臺北縣：輔仁大學中國文學研究所博士論文，2007 年 6 月）。

1、代表第二次世界大戰後，殖民地國家紛紛追求獨立、尊嚴的地位。2、作品充溢一股不屈不撓的反抗精神。3、細膩描繪個人成長經驗，尊重生命，表現人性之機微。

　　以及，藝術成就為：1、以多音語言的風格，充分傳達臺灣鄉土的史詩。2、以在地景物、人物塑造出文學的象徵境界、藝術造型。3、結構精密宏大、節奏控制合宜。可稱為臺灣文學的古典而作為國民文學的典範。[58]

　　換言之，《濁流三部曲》不僅充滿了人類的理想主義，也飽含鍾肇政獨特的藝術手法與思想。也因此能把臺灣社會的動向刻劃的精準而自然。筆者在另文也比較了兩個三部曲：「《臺灣人三部曲》傾向族群精神的建構與風土的美麗；《濁流三部曲》在於認同的複雜與成長時人性的變化與自我認識的細膩描寫。前者有人繼承，產生重大影響，後者卻如孤獨的高峰。」[59]而於《鍾肇政全集》代筆序言中，筆者也提到《濁流三部曲》：「是以他個人的命運所構成，也象徵著彼時臺灣大多數人的命運。作品中融合了個人成長與國家民族的思考，雖然表面上有認同中國人的意識，但事實上卻是在討論認同本身的混亂。民族認同、性心理成長，交叉混合、象徵性悠遠，如流水般細膩，結構之緊密，呈現出藝術作品的本質。」

　　在比較吳濁流的《亞細亞的孤兒》時，筆者提到鍾肇政：「十年的中文磨練，發展成跨越兩個時代，探討國民族認同的史詩，並往青少年心理成長方向挖掘而成所謂的『內在的史詩』，這種雙重敘事的史詩結構，相互交錯、彼此滲透，形成龐大兼又細膩的大河小說。」[60]以上幾點就是筆者肯定《濁流三部曲》為大河小說的理由。

---

[58] 錢鴻鈞，〈慶賀兩部大小河小說出版——談鍾肇政文學風格與思想成就〉，收錄於同註4，頁323。

[59] 錢鴻鈞，〈「客家臺灣文學」網站：鍾肇政的作家導讀〉，收錄於同註4，頁268。

[60] 錢鴻鈞，〈從大河小說《濁流三部曲》看臺灣文學經點《亞細亞的孤兒》〉，收錄於同註6，頁303。

第四節　結論

　　先不論內涵、形式，鍾肇政創作《臺灣人三部曲》的意圖，全然與吳濁流，甚至與鍾理和的想法是無關的。從本章的分析得知，雖然在時間順序上有先後，有諸多巧合。但是鍾肇政有他個人的時代背景與影響。特別是參照他與友人沈英凱的通信，顯示出這一代的臺灣人有他的特殊想法。

　　若以臺灣人的生活、認同的探索與糾葛、反抗精神的發揚、明確或者暗指出臺灣人未來的方向，等四點內涵來定位臺灣人的大河小說、或史詩，而不論美學的成功與否。鍾肇政的《濁流三部曲》《臺灣人三部曲》都是含有以上四點的。鍾理和的《大武山之歌》，或者吳濁流的《亞細亞的孤兒》、甚至李榮春的《祖國與同胞》都有不同於鍾肇政式的作品內涵。[61]

　　以臺灣人的大河小說，從形式、內涵來看，影響最為深遠的仍是《臺灣人三部曲》。這也是本章特別比較與討論《大武山之歌》的原因。本章對《臺灣人三部曲》的創作歷程的探討，比較鍾理和的「大武山之歌」的寫作計畫，若說《大武山之歌》說是《臺灣人三部曲》的催生劑，有商榷餘地。

　　從歷史動因來探討，其實在《臺灣人三部曲》所隱含的就是臺灣精神。書中臺灣人民的反抗意識，就是臺灣的民族意識，這就是歷史動因。三部曲在臺灣歷史各階段表現了不同的時代精神。相對的《大武山之歌》呈現的比較不帶意識型態的臺灣人生活，臺灣人在大自然、大環境的摧折下，隱微的呈現出人類生存的尊嚴。

　　而《濁流三部曲》比起《臺灣人三部曲》更早完成，以自傳性為題材的小說，又能夠呈現時代、社會的扭轉，並與潛意識的層面加以連結。其大河小說的地位，不僅該加以肯定，其影響性筆者認為將會比《臺灣人三部曲》更綿密深遠。而黃娟的《楊梅三部曲》就可以看做是鍾肇政兩部大河小說的融合才是，同時呈現自傳體形式，而時代又從戰前到戰後綿延了數十年，也可以看做是大

---

[61] 褚昱志，〈臺灣大河小說之先驅——試論李榮春的《祖國與同胞》〉，《臺灣文學評論》5 卷 3 期（2005 年 7 月 1 日），頁 84。陳凱筑，〈試就李榮春《祖國與同胞》探其與臺灣大河小說之淵源〉，（臺北：北教大臺文所與市北教大國語文研究所、臺東：臺東大學語教系碩士班合辦「三校研究生碩博士論文聯合發表會」，2007 年 4 月 28 日），頁 50。

型的《亞細亞的孤兒》，受到吳濁流小說的啟示而擴大，為黃娟撰寫的臺灣歷史主要事件僅有二二八事件較為集中。《亞細亞的孤兒》則沒有特別撰寫的歷史事件，僅有歷史的背景。

　　在此章大河小說的起點，比較不同作家的意圖與計畫之後，下一章講以浪漫主義歷史觀，為鍾肇政的創作之史觀，作為本書撰寫第二部份、第三部份探討兩部大河小說的框架。

第三章　鍾肇政的浪漫主義歷史觀

第一節　前言

有關筆者對於鍾肇政的歷史觀的研究探討，乃是受到陳建忠論文的啟發，在其論文中，他以鍾肇政與李喬之間的比較方式，認為鍾肇政沒有歷史觀，而李喬是表現出土地哲學觀與印證了張恆豪所言的「庶民的反抗觀點」。陳文提到：

> 以《臺灣人三部曲——沉淪、滄溟行、插天山之歌》這部鍾肇政最典型的大河小說為例，小說中所塑造的陸氏家族自陸信海老人以降承擔起抗日的使命，這一絕無弱者的家族當然也是為了護土衛家，但和後來李喬的《寒夜三部曲》相較，對於臺灣人如何與臺灣這片土地產生不可分割的連帶感，亦即「土地認同」此一上層結構的物質基礎，則由於缺少「開發史」的描寫而直接進入「武裝抗日」階段，可以發覺兩者對於描繪臺灣歷史變動之動力的差異。我以為，鍾肇政對於抗日的描繪，多以知識份子角度敘述（也即是用他個人主觀認知的歷史視角來敘述），意欲塑造臺灣客家先民英勇抗日的形象應是他作品的重點。
>
> 然而，從此作看來，鍾肇政對於整體臺灣歷史中臺灣人的土地意識與反抗意識之由來，似缺乏更全面的關照；也就是說，較缺乏一種屬於鍾肇政的「歷史哲學」（Philosophy of History），一種尋求臺灣整體歷史演變規律的形上思索。[1]

---

[1] 陳建忠，〈後戒嚴時期的後殖民書寫：論鍾肇政《怒濤》中的「二二八」歷史建構〉（收錄於陳萬

　　基本上陳文顯露出唯物史觀的筆調，但陳也並非是專以馬克思主義來探討歷史觀，但筆者認為鍾肇政的歷史觀恰恰與唯物史觀相對。筆者在疑惑鍾肇政的歷史觀的有無當中，開始了這方面的閱讀與思考。當然，陳建忠在該文中也提到鍾肇政也未嘗不具有歷史觀，他認為從《濁流三部曲》到《臺灣人三部曲》，都是以知識份子為歷史觀察者與記錄者的角度來書寫，可以把這段臺灣史稱之為知識份子的精神史。我覺得這倒是很中肯。其實，陳建忠也提到鍾肇政有所謂的歷史哲學觀，特別是他說：

> 鍾肇政並非沒有意識到促成臺灣歷史變動的力量有兩種，一是「臺灣人自古以來成為傳統的冒險犯難、奔向自由的精神」，一是「外來思想影響」下的日本精神。但顯然，前者被視為是隱性的基因，後者卻是直接的也是更重要的動力來源。鍾肇政於此又把前期作品中做為外力的祖國意識忽略，而把新外力的日本精神做為抵殖民的利器。[2]

　　只是陳建忠認為日本精神的歷史詮釋與李喬所詮釋的歷史動因並不相容。並且違背抵殖民的真正精神的本質，有違臺灣主體性的建構。此歷史主體性的問題，陳建忠認為似乎來自於鍾肇政的知識份子的觀點所致。而致使其認為鍾肇政的歷史哲學雖有又似無。也就是，如果有歷史哲學觀，就不會產生臺灣主體性的矛盾與荒謬的日本精神歷史動因說。但歷史觀乃是評論者所挖掘從作者的作品者所建構而來的，如果以浪漫歷史觀的轉化觀念，或許陳就不會因為「日本精神」被提出，而認為與臺灣主體性有所衝突。

　　陳建忠對鍾肇政的知識份子創作視點說法，我認為是符合的。雖則鍾肇政所建構的知識份子，我認為可以進一步的說，這裡面有鍾肇政個人的特色，如接近土地與農民、甚至向農民與土地學習。鍾肇政在一篇紀念父親的文章中提到說：

益編，桃園：《大河之歌》2003 年 11 月），頁 160。其中相關討論亦可見，申惠豐的討論，《臺灣歷史小說中的土地映像——土地意識的回歸、認同與實踐》（臺中：靜宜大學中國文學研究所碩士論文，2005 年 7 月），頁 26。

[2]　陳建忠，同註 1，頁 174。

爸：我但願也有您那一份面對大自然時的悠閒與自得；我更希望能夠有您那一份勤懇。「祇有土地是真正正直而誠實的，您滴了多少汗出了多少力，她便回報你多少收穫。」您曾不祇一次地這麼述懷過的，記得不？想起來，您雖然當了一輩子的教師，但是也大半輩子與泥土結下不解之緣。您的勤懇，您的熱愛泥土，是不是得自代代務農的我們鍾家血統？儘管我們家在您上面也出了幾個讀書人，可是自原鄉來臺以後的七八代人，豈不是多半都是農人嗎？[3]

文中將土地擬人化，好像人該信任土地，因為土地是正直的。土地好像也有了人的生命。人可以以土地來砥礪，並且熱愛泥土。鍾肇政所塑造的知識份子，正如這篇隨筆所言，也是其父親給鍾肇政的道德教訓。可以說鍾肇政其實對只會讀書、搖頭晃腦的人不以為然。這在《沉淪》中的仁智、《滄溟行》的維棟與《怒濤》中的志驎兄弟都可見到，鍾肇政並不讓這些角色討喜。毋寧晴耕雨讀、有行動力的知識份子，才是作為有領導力的主角。當然鍾肇政式的知識份子更不乏現代的民主與自由精神以及種種的猶豫與思索。也因此，鍾肇政小說更富於文化歷史性內涵，也使得本章進一步的討論鍾肇政歷史觀的問題。

在翻閱前人研究中，丁世傑對此問題則表示肯定態度。在丁著之碩士論文中，他認為鍾肇政觀察歷史學的視角，檢選歷史事實的主觀認知，也就是觀察到鍾肇政的歷史觀。從其創作意識來歸納乃是對於歷史學的第二層次的思考，是對於歷史的反思。而不僅僅是在第一層次上建構歷史的事實。丁文除了提出鍾肇政的反抗史觀與保護鄉土的土地認同觀外，丁世傑說：

鍾肇政與李喬所關心的不是具體的歷史細節，不是歷史變化的實在，而是企圖通過把握歷史整體來揭示歷史演進對於臺灣人的意義，具體的歷史事實在他們這裡是一種論證自己歷史觀的例證，以及一種用來充實其

---

[3] 鍾肇政，〈風樹篇──牽牛花蕾〉（《文壇》192 期，1976 年 6 月），收錄於《鍾肇政全集 19》，頁 341。

建構之臺灣人形象內涵的論說。[4]

　　根據上述所言，從傳統的血緣關係到現代社會精神，最後為表現在日常生活中的反抗並且揭露了人類固有的軟弱性。丁文並指出臺灣意識，才是鍾肇政描繪的焦點，以及從個人層面來看，臺灣意識是根植於人的自尊心。筆者認為這是很了不起的詮釋。這種反抗意識的成長描述，以及所謂自尊心，乃是表現了人類理性或者是光明面的普遍性主題。這與本章以更廣泛的浪漫主義歷史觀，試圖歸納鍾肇政的歷史觀，是相符合的。

　　鍾肇政在隨筆中提到一些小說表現的常識，作為他的原則，他認為主角人物的談吐一定要符合他的身分，這身分包含社會地位、知識水準。當然筆者認為主角思考方式多少溢出身分，或者以敘事者介入來思考，這是無太大傷害小說的藝術性，甚至也可以造成誇大、諷刺等溢出小說內涵的美麗思想。這中間差異，只是顯示出鍾肇政對敘事觀點的嚴厲自我要求，他的小說風格是平穩、幽深，寧靜中帶有力量的文字，漸至高潮的情節安排，有別於現代小說的跳躍、斷裂，而傾向於帶有浪漫精神的古典小說，標榜情節結構緊密之說。鍾肇政說：

> 你要寫知識份子，小說作品才會有更深的內涵、思想性等等，有各種說法。就是說，凡是作為一個人，都對於人生會有一些體悟，不分知識份子跟老粗。他同樣會想到人生，這甲乙兩者之間，他的思維所呈現出來的人生，一定會有不同的地方。[5]

　　對於臺灣歷史中的反抗事件，鍾肇政不分知識份子、粗野的人，都認為有共通的普遍人性，表現出來的也就是高貴的感情。其凝聚的集體行動，講法為時代精神也好，歷史前進與進步的的動力也好，他們都是對臺灣有真摯與純潔的感情的人。特別對如《沉淪》所描寫這樣的戰事，鍾肇政說：

---

[4]　丁世傑，《臺灣家族敘事的記憶與認同》（臺北：臺北教育大學臺灣文學研究所碩士論文，2007 年 6 月），頁 71。

[5]　〈莊紫蓉專訪鍾肇政之六〉（2001 年 6 月 5 日），收錄於《鍾肇政全集 30》，頁 342。

他們是全留下來打的，因為臺灣是他們的祖先辛辛苦苦流血和流淚開拓出來的美好之地，他們當然要拼死來保護。[6]

如此單純又美好的感情，正是他所要塑造的臺灣人歷史形象。本章首先整理浪漫主義歷史觀的概念與理論根據。然後以其中的核心概念如民族精神與時代精神開始探討，比對在鍾肇政的隨筆中提出的同樣概念，以作為印證鍾肇政的歷史觀。並在探討鍾肇政在浪漫主義歷史觀下的藝術表現後，可更進一步的印證鍾肇政的浪漫主義歷史觀。

第二節　浪漫主義歷史觀與概念、理論

一、浪漫主義歷史觀介紹

浪漫主義歷史觀基本上是西洋史學思潮的重要流派，承接著啟蒙史學而開拓了之後的客觀主義史學與實證主義史學。此流派的歷史理論與歷史編纂，其背後的思想與哲學源流還是從歐洲浪漫主義運動與德國唯心主義而來。基本上浪漫主義史學與啟蒙主義的理性史學，在表面上與實質上的差異都不明顯。前者還是依賴著後者的所建立的觀點，而僅僅對中世紀較為客觀的肯定，對中世紀史認真研究。在過去處理古代史料上，浪漫史觀拋棄過去輕視甚而無視神話傳說的作法，肯定他們的真實意義。因此浪漫主義史學繼承了啟蒙史家的歷史進步、歷史規律性等意識。[7]

這方面，特別對德國的歷史寫作，產生有力的影響。赫爾德便是這方面的思想代表。而法國的史學家米什萊在民主精神、民族主義思想上表現了浪漫主義的歷史觀。研究者克羅齊則認為浪漫史學觀乃是對過去的同情，把過去

[6] 鍾肇政，〈臺灣民主國的瓦解〉（《客家雜誌》31期，1990年8月），收錄於《鍾肇政全集30》，頁591。

[7] 郭小凌，《西方史學史》（北京師範大學出版社，1995年），頁253。

時代的智慧作為現在與將來的部份。柯林伍德受此影響，也認為對過去的歷史，歷史學家不該如啟蒙運動歷史學家以鄙視的態度觀之，應該以同情的態度看待他們，並在其中發現可貴的人類成就的表現。[8]新歷史主義者懷特說：

> 歷史學家常常回顧十九世紀，視其為歷史學科的古典時期，這不僅因為歷史在當時被視做看待世界的獨特方式出現的，而且因為在歷史、藝術、科學和哲學之間有一種緊密的工作關係和交流。浪漫主義藝術家在歷史中尋找主題，用「歷史意識」證明他們為使文化再生而付出努力的合理性，及把過去變成其同時代人的活的現實。[9]

　　基本上，民族性與民族歷史就是浪漫主義史學的基本主題。而主要的奠基者為赫爾德、米什萊和卡萊爾，其中赫爾德提出歷史有機體，把歷史與自然的發展相類比，還提出了浪漫民族主義，認為每個民族都有其幸福的中心。米什萊出身平民，受到法國大革命的影響，他的史觀體現了民主主義的精神被譽為法國第一位人民史學家。並且他認為歷史就是一部波瀾壯闊的人類爭取自由解放的鬥爭史。卡萊爾提出了英雄史觀，著眼於歷史的道德功能。懷特在這幾位歷史學家的影響下，特別強調詩與史的內在統一，而豐富了浪漫主義歷史觀的內涵。

　　所謂浪漫主義歷史觀，本就是浪漫主義潮流下的產物。依照王利紅的說法：「既包括浪漫主義歷史學家對客觀歷史發展進程的看法，也兼及浪漫主義歷史學家對歷史學自身的思考，與他的表現方式。」[10]並轉引該書從加達默爾的《真理與方法》節錄：

> 歷史學派正是通過浪漫主義而產生，這一事實證明了浪漫主義對原始東

---

[8]　整理自，王利紅著，《近代歐洲浪漫主義史學思想研究》（上海：三聯書局，2009 年），和王利紅，〈自然，浪漫與歷史——試論浪漫主義歷史觀的形式〉（《山東社會科學》第 4 期，2006 年），頁 43-54。

[9]　海登懷特，《後現代歷史敘事學》，陳永國、張萬娟譯（中國社會科學出版社，2003 年）。轉引自王利紅，《近代歐洲浪漫主義史學思想研究》（上海：三聯書局，2009 年），頁 2。

[10]　同註 8，頁 59。

西的恢復本身就立於啟蒙運動的基礎之上。十九世紀的歷史科學是浪漫主義最驕傲的果實，並把自己直接理解為啟蒙運動的完成。[11]

　　因此，本章著重於浪漫主義歷史觀的要素為英雄史詩、民族精神與時代精神，來印證鍾肇政的浪漫主義歷史觀。英雄史詩與民族精神是二而一的，乃是作為鍾肇政的歷史小說的題材。而時代精神則是作為鍾肇政的理想，此觀念發自黑格爾的客觀唯心主義，認為每一個時代有每一個時代的「世界理性」，這也就是時代精神，影響著那個時代的每一個人的思想與行動。利用辯證法，每一個人的精神或者思想，所凝聚起來的，也就是時代精神。這一點，也是與民族精神一致的，並且在浪漫主義歷史觀下，英雄人物與民族歷史的反抗事件乃是代表著時代精神最佳的選擇。時代精神也正是浪漫主義歷史觀下，歷史進步發展的動力。

二、鍾肇政歷史觀初步介紹

　　鍾肇政在 1950 年代開始創作時，就想要寫一本書，名為「臺灣人」。漸漸的這個想法凝聚為，將日據時代到戰後分為三段來寫。可嘆的，在戰後部份，遇到二二八而僅能以三部曲最終寫到光復。其中創作過程長達十年，遇到不少白色恐怖所產生的發表與寫作題材上所抉擇的困難。其決心與毅力令人佩服，但是其創作的起始點，當來自於臺灣人的命運，特別在光復前後，他所感受到的臺灣人的悲哀與苦痛。[12] 鍾肇政說：

> 這工作卻也使我更感受到在「臺灣文學」旗號下的一種連帶感。我不得不常常想到臺灣文學的過去、現在及未來命運。我覺得這正是臺灣人的命運。在這種心情下，長久在胸臆中盤踞的生命主題便也明顯地浮凸了輪廓。那就是——臺灣人。

---

[11] 加達默爾，《真理與方法》，洪漢鼎譯（上海譯文出版社，2004 年），頁 355。

[12] 這方面，參考第二章。

　　　　光復二十周年了，我行年居滿四十。在我的生命裡，光復前我做了二十
　　　　年「大日本帝國臣民」，光復後成了中華民國國民，也滿二十年。可是，
　　　　與日本是斷絕了，大陸卻始終在遙遠的地方，因此我一直都祇是臺灣人。
　　　　那是不含任何政治意識的單純想法。於是，我為我的下一部著作命名為
　　　　《臺灣人》。[13]

　　因此，其歷史觀本身就是臺灣民族史觀、臺灣意識史觀，以臺灣為中心、
以臺灣民族的心靈世界為核心，表現臺灣人反抗精神的歷史。這本身就是純樸
的浪漫主義歷史觀。

　　就其對世界、對他人的理解方式，也是以其特有的同情心，嘗試去體驗對
方的所思所想。為文寬容，極少做強烈的批判。批判方式也隱藏在豐富的情感
之下。對生活在臺灣的人所發生的事件，也就是臺灣歷史，鍾肇政也是以這種
同情與理解的詮釋的方式為之。特別是在戒嚴時代，臺灣人特別需要鼓舞的精
神。

　　有關於歷史敘事或歷史小說的定義，藍建春在論文中整理了不少從百科全
書來的詞條解釋。[14] 藍整理下的浪漫意涵與本章有很大的不同。藍文中指的浪
漫乃是與寫實（歷史實際）對立，將浪漫強調於虛構與想像。並把歷史性浪漫
史（historical romance）指涉為大眾小說中將背景設定在過去歷史，類似古裝劇
強調性誘惑與武鬥劍術。

　　我認為，鍾肇政的歷史小說，絕非該文所言的歷史性浪漫史，而鍾肇政僅
是歷史小說。本章中所提的浪漫，其意涵乃是強調個人情感與意志，以及民族
精神與時代精神。當然這屬於唯心主義哲學，特別是黑格爾的主觀唯心主義，
基本上是來自觀念論而非唯物論、實在論。可是浪漫絕非是一種沒有根據的奇
想、不符合科學的幻想，或者符合大眾趣味的庸俗浪漫喜劇。鍾肇政想透過想
像，而借助外在的具體事物與自然景物，表達內在的情感與理想，最後獲得表

---

[13] 鍾肇政，〈蹣跚步履說從頭——卅五年筆墨生涯哀歡錄〉（《臺灣新文化》第六期，1987 年 2 月），
　　收錄於《鍾肇政全集 19》，頁 167。

[14] 藍建春，〈王家祥《倒風內海》中的族群與生態——歷史再現的寫實與浪漫〉（2010 高雄文學發聲
　　國際學術研討會論文集），頁 200-236。

現，這個表現的也就是他的理想的世界，與人的意志、精神。外在的現實，成為鍾肇政再造理想的現實的材料。歷史的材料，也正是在鍾肇政的理想，在想像中獲得再造。因此，可以說鍾肇政的浪漫主義歷史觀的特色是面向現實世界與改造現實世界的歷史觀。

　　歷史小說的文類在鍾肇政創作中，和其他非歷史小說如《魯冰花》、《八角塔下》比較，這幾部小說也有歷史背景。因此兩者差異的重點不在於歷史背景之有無。或許前者的歷史是有重大事件、重大衝突的歷史題材，但是也有僅僅是輕輕劃過歷史背景的《插天山之歌》，或者僅是歷史中的「小事件」為背景的《滄溟行》。[15] 所以兩者的小說的差異，重點應該於主角的行動、思考方式，是否有歷史的特點，受到歷史影響，並且與歷史相激相盪，或許主角行為無法改變歷史，但是作為歷史見證，已經可以影響到後來的歷史發展，甚而現代的歷史發展。而鍾肇政的非歷史小說，則是主角行為、衝突都與歷史無關，而是個人比較有關，或者受到社會、家庭的影響比較重大。但是，兩者也都是主角心理發展，作為描寫的重點。只是前者的代表歷史心靈是大多數人的普遍的心靈世界。後者比較有個人的心靈世界，或者社會層次的心靈。

　　從浪漫主義史學家的歷史觀談起，而比較鍾肇政的歷史小說，他們的差異僅在於小說家有虛構的權利，不必遵守歷史的事實。但是，在特別針對歷史小說則是仍要尊重歷史的事實，畢竟歷史的真實性構建，還是寫歷史小說的作家的目的之一。而他最重要的目的，應在於歷史的精神上，也就是在歷史事件的描述上。

　　像鍾肇政這樣的小說家與浪漫主義史學家就是抱持同樣的意圖，重現歷史的精神，或者說是時代精神。所以，從這個角度來看，做為小說家的鍾肇政，其歷史小說的歷史觀，可以說是浪漫主義史學觀。

　　但是鍾肇政畢竟是虛構為主的小說家，乃是以美學觀為主，以文學觀引導創作的作家。鍾肇政說文學觀就是：「對於文學有怎樣的體會，你對文學對人生有什麼效益。」[16] 他怎麼會有所謂的歷史觀？這大致可以從他的歷史小說的

---

[15]　《插天山之歌》之前，鍾肇政所創作之的《濁流三部曲》已經細膩刻畫皇民化時期，或為避免重複，而將場景移到山林中。

[16]　鍾肇政演講〈我與文學〉（1998 年 12 月 7 日），收錄於《鍾肇政全集 30》，頁 518。

創作切入來思考，就是他與歷史學家的以歷史事件為題材是一致的。歷史觀在小說家或者歷史家的概念，在於其選材上與敘事上兩個層次來表現。下一單元，就是以浪漫史學家的核心概念，如何表現在選材與敘事的手法，並且反映在目的上。而且從鍾肇政的隨筆中找到與浪漫史學家的歷史觀的相同概念上作為印證之處。

第三節　英雄史詩、民族精神與時代精神

一、英雄史詩與民族精神

在浪漫主義思潮衝擊下的歷史學家，對以往歷史採取了同情性的思維方式。他們緬懷祖先的光榮成就，嚮往民族英雄豐功偉業的事蹟。他們知道歷史知識不能用科學方式加以了解，而是要靠感情上的直覺來感受。

鍾肇政在 1950 年代初期，就顯示出要寫名為「臺灣人」的小說。而在《文友通訊》給鍾理和的信上，進一步表示，這是一種臺灣人的史詩。所謂史詩的涵義，可以從荷馬的作品加以領略。不外就是刻畫英雄，而為後人以民族的楷模與民族的精神加以標榜。形式上是嚴肅、崇高的韻文文體。總之，是對過去歷史事件的理想化。

其後傳承史詩的精神，有同樣標榜民族英雄，表現民族精神的歷史小說，當屬史考特的《艾凡赫》為始祖，鍾肇政也在小說《濁流三部曲》中提及此書。[17] 另外標榜波蘭民族作家的歷史小說創作者顯克微之《你往何處去》也在鍾肇政小說《青春行》出現過。在鍾肇政在早期的說法，所謂歷史精神，就是講民族精神。在 1965 年鍾肇政有言：

---

[17] 「我還記得他介紹給我的第一本書是司谷脫的《埃文訶》。那是世界文學全集中的一本，書很厚，字體排得密密麻麻。總算我不致愚魯得無可救藥，居然讀完了它，雖然對那冗長的敘述還很不習慣，可是總也領略了不少樂趣。我也記得他交給我的第二本是同一個全集裏的另一冊：盧梭的《懺悔錄》。它比前者還厚些，行文更不易懂、更冗長。可是我讀完了它，而且還自認領略了些書中的意義。」，《鍾肇政全集 1──濁流三部曲上》，頁 413。

自鄭成功據臺以還，一部臺灣歷史幾乎也可以說是反抗的連續，遠的且不必說，臺灣淪日的五十年間，其本身就是一部可歌可泣的反抗強權犧牲奮鬥的民族史詩。那兒有寫不盡的悲壯故事，值得省籍作家們去發掘。我著手寫《臺灣人三部曲》便就是有意向五十年臺灣淪日史挑戰。我說這個，並非有意希望大家都來寫這種題材，祇不過以為這個方向值得大家一試而已。總統所提出的軍中文藝推動的十二項要領，不管你隨便選擇那一項，都可以從這方向裡擷取最好題材。[18]

「總統」一詞之前空一格，可能是編輯者所加，就算是鍾肇政所加，在白色恐怖中，此規矩的表現也是很自然的。特別是鍾肇政要強調「臺灣歷史」，此種保護作用是很清楚的。說回來，有關史實或者歷史題材的選取，鍾肇政所選擇乃是最能夠代表臺灣人精神，也就是臺灣歷史上的反抗事件。當然民族精神的俗民生活層次上的表現，也能表現臺灣人精神，這方面鍾肇政在《臺灣人三部曲》也未忽略。不過，最能夠突顯生存價值的還是歷史中相關於生死存亡的集體反抗事件。另文提到「建立民族文學」，要寫下民族的情感、精神，乃至民族的思想、觀念，存在於民族的血液中的文學，也是相同主張。[19]

以上就撰述目的而言，是大多數歷史學家的意圖，但在方法而言，卻是浪漫史學者的歷史觀念所主張的，在於吸引讀者，使讀者在精神上受到薰陶，心靈上獲得啟示，而在生命上有所提升。這與鍾肇政的文學觀是若有所合的。他認為文學乃是人類靈魂的工程師，人生因為有感動而有價值。[20] 換言之，其文學觀對文學的意義來說，也可以說就是浪漫史學者對於歷史所代表的意義所在。

從浪漫史主義的角度來看，文學手法是歷史描述的重要表現手段，也因此歷史學家會將情感、興趣傾向和觀念灌注於歷史著作中。因此他們將民族本質、道德、進步、國民特性作為歷史的動力來寫歷史。鍾肇政的歷史小說中，歷史的動力，或者說歷史的精神，就在於那些有反抗性的英雄人物與平民百姓中。

---

[18] 鍾肇政，〈省籍作家的寫作方向〉（《文壇》，1965 年 6 月），收錄於《鍾肇政全集 19》，頁 532。

[19] 鍾肇政，〈建立民族文學〉（《文壇》120 期，1970 年 6 月 1 日），收錄於《鍾肇政全集 19》，頁 576。

[20] 鍾肇政，〈幾點感想〉，收錄於《鍾肇政全集 22》，頁 512。

或者說值得記錄下來的就是這些可歌可泣的故事。

　　人類的本質最終在於人性，浪漫主義歷史主義所主張即為實現這個終極目標而努力，自由意志是浪漫主義歷史哲學的中心主題，而道德也就是人類的進步精神是推動歷史前進的動力。鍾肇政在作品中所構築的人性光明面，類似於來自西方基督與希臘文明的愛與光明向上的精神。除具有人類的普遍性，並以其獨特的風格與對臺灣人性格特色，構築溫和柔韌而有力的歷史形象。

> 莊紫蓉：您的作品中所描寫的臺灣人，往往表現出堅毅的精神，家族觀念很強，這是您心目中理想的臺灣人嗎？或是您的周遭就有很多這樣的人？
>
> 鍾肇政：我沒想過理想的臺灣人，或是未來的臺灣人應該是怎麼樣，這是很難有個集中點來思考。不過，我是有個思考的方向，以我而言，在我成長過程中所接受的日本教育，具有樂觀進取、正義感等等人性正面的精神，這不只是臺灣人或是日本人，而是人類共通的積極面的人性。我想，就在這種自然的模糊（不是創造性的模糊）當中，說不定會凝聚成一種形象。[21]

　　這裡指出鍾肇政的人生觀與他所要塑造的臺灣人形象是一致的。這也顯示出鍾肇政的生命主題所表現的臺灣人形象為何，而與浪漫主義史學觀所要表現的史詩的精神或者民族的精神是相符的。

二、時代精神

　　民族性成為浪漫主義史學的研究主題，浪漫史學家斷言各個民族不同的天賦造成了制度、法律、文學和藝術的特殊性。反過來民族性又是這些不同的制度、法律、文學和藝術的產物。

　　浪漫史學家如赫爾德認為一切民族文化都是一個有機的統一體，以一種獨

---

[21] 莊紫蓉訪談鍾肇政（1997 年 8 月 21 日），收錄於《鍾肇政全集 30》，頁 245。

特的方式演進和發展，即漸進性和無意識性，因為他們的演進決定於一種神秘的創造力，而這種創造力是以一種神秘的方式運動和發揮作用的。這種創造力就是時代精神和民族精神。也就是浪漫主義史學用時代精神的觀念為基本原則解釋歷史的發展。

　　首先從鍾肇政自林瑞明對賴和研究的批評中，顯示出鍾肇政對時代精神的重視：

> 此篇固然已是可觀的研究成果，但似乎也不妨看做是作者研究賴和的準備工作，他勢必更深入地去探索時代精神與賴和的心靈。「賴和與臺灣文化協會」是繼之而完成的精心之作，亦為多達六萬餘言的巨篇。二○年代的臺灣文化協會，在臺灣人精神的演化上佔有樞要地位的民族運動，是吾人所熟知的。賴氏與此運動究竟有過如何關連，此文有深入而精闢的闡釋，極富參考價值。此外，本書尚收錄研究賴氏文學作品的〈賴和（獄中日記）及其晚年情境〉〈賴和的文學及其精神〉〈石在，火種是不會絕的──魯迅與賴和〉等及其他多篇，前述松永正義的〈臺灣新文學史研究的新階段〉亦以附錄收在卷末，構成一本極具份量的皇皇巨著。[22]

　　從中，可以發現到鍾肇政認為挖掘時代精神是歷史學家最重要的任務。直接從他個人對於賴和文學的領略來看：

> 值得重視的是賴和的作品，在主題及表現上都做了典範性的展示，譬如在主題方面，他著重於反日、抗日，以及對存在於臺灣社會的封建、落伍的批判。易言之，他所追求的是臺灣的民族精神之昂揚及現代化。當時的臺灣社會，一方面是接受了現代化教育的新的一代崛起，成為社會中堅份子，開始領導社會走向之際；另一方面，對統治者的武力抗爭告一段落，改採據法理以爭的風氣也已形成，乃有臺灣議會設置運動、文

---

[22] 鍾肇政，〈賴和研究〉（《自由時報》，1993年10月16日），收錄於《鍾肇政全集17》，頁176。

化運動乃至農民運動等風起雲湧。賴和在文學上所探討、闡釋的，正是這樣的時代精神。[23]

　　這段話幾乎是描述鍾肇政在《沉淪》、《滄溟行》的歷史背景。特別是《滄溟行》，幾乎是賴和的時代背景，與鍾肇政在該作品所表現的主題。鍾肇政以時代精神作為賴和作品所表現的核心。

　　臺灣文學另外一位重要作家吳濁流的作品代表第一個把臺灣人的命運、臺灣人的悲哀、臺灣人的心聲與臺灣人的形象予以完整的豐富的刻畫出來。從鍾肇政對吳濁流的作品的領略來看：

> 吳老一生，自一九○○誕生到一九七六逝世，正逢臺灣動盪的各個不同年代，他身歷其境，不但感受到時代精神的變遷，他本身想必也有過相激相盪的狀況吧。
> 從「祖國情懷」到「孤兒意識」，這應該是日治時代每個臺灣人心路歷程上必經的，對戰後種種，在紛歧中仍有著一個脈絡可尋。如果說這是構成臺灣人精神史的要素，則吳氏所經歷的，正是這部精神史的一個重要側面，值得吾人去探索、研究。於吳濁流文學的再評價上，我渴切地期盼將這個重要側面突顯出來——即或未及於此，無疑這也是新一代研究者最重要的課題之一，有待今後更多更深的挖掘。特別是在《無花果》與《臺灣連翹》二書不再是禁書的當今，吳氏一生偉業應當可以獲得更大的肯定。[24]

　　鍾肇政在此處的時代精神所表現的意涵，乃是吳濁流所經歷的時代與見證。而在鍾肇政所捕捉的時代精神則是比較光明面的，也就是歌頌的方式呈現。兩者的時代精神其意義是相同的，都是從臺灣歷史所抽掖出來的，反映了臺灣

---

[23] 鍾肇政，〈臺灣文學七十年〉（《民眾日報》1994 年 5 月 21 日），收錄於《鍾肇政全集 18》，頁 575。

[24] 鍾肇政，〈吳濁流精神不死〉（《臺灣文藝》新生版第三期，1994 年 6 月 24 日），收錄於《鍾肇政全集 18》，頁 586。

人的精神面貌與心路歷程。只是鍾肇政與吳濁流各自所感受的整個的時代精神面貌有所不同，這與作家的人生觀相關。

　　鍾肇政對時代所抱持的立場，以及寫作的主題，他沒有孤兒意識，實由精神昂揚的日本精神的影響。其次，鍾肇政的祖國情懷畢竟與吳濁流不相同，後者傳承是日據時代臺灣遺民的漢學精神，現實中不得實現成功上進的抱負，受到日本人不平等待遇後，感到矛盾、衝突而殷殷期盼故國的解救，遇到祖國的現實狀況時，終於有孤兒的意識出現。[25] 鍾肇政則是現代化的皇民化世代，有隱約對祖國的渴慕，而於戰後一時膨脹起來的，也因此幻滅感也來的特別大。這也就是《怒濤》所表現出來的。一致的是都表現了臺灣人的命運與悲哀，探討了臺灣人是什麼的主題。因此時代精神傾向於正面的表現，也就是民族精神展現。鍾肇政也曾嘗試不以英雄人物作為表現時代精神的主角，特別是他寫日據時代的精神，被認為他都是迎合國民黨而只寫抗日小說，致使受到批評甚多，而有寫〈夕暮大稻埕〉來表現時代的想法：

> 本書的時代背景，應是一九二〇年代，但我未作明確交代。這個年代也正是日據時代中期，以抗日意識為凝聚點的「文化協會（一九二一）」，展開了轟轟烈烈的文化抗爭活動的時代。港町也曾是那些抗日志士、文化鬥士活動的中心之一。永明即為我指出，文協常用來充作集會或辦演講會的房屋舊址所在，它與我們一家人住過的屋子不過一箭之距。在本書中穿插這些志士及他們的活動，是極為輕而易舉之事，但是我沒有這麼做，甚至諸多人物中連一個日本人也沒有，並且情節還採取較通俗的方式。
>
> 其所以如此，自然有原因。由於有人認為我只能寫那種日據時代與抗日意識的作品，甚至還有人不憚於認定我是藉此來取悅、討好當道的！
>
> 如果說，我太在意這種近乎曲解或者說攻訐的外界說法，那也不算太離

---

[25] 錢鴻鈞，〈《濁流三部曲》與《亞細亞的孤兒》的比較研究——談鍾肇政與吳濁流的浪漫風格〉（中壢：萬能科技大學主編《桃園文學與歷史學術研討會論文集》，2008 年 5 月 3 日）。錢鴻鈞，〈吳濁流作品中的哈姆雷特形象與客家性格〉（新竹：大華技術學院、新竹縣政府文化局、國立臺灣文學館主辦「吳濁流學術研討會」，2009 年 11 月 6 日）。

譜，不過我原先倒以為沒有那些志士、鬥士，照樣可以表現出一個時代的精神風貌。然而，到頭來我仍然不得不承認，如此一來對於歷史脈動的掌握方面，便不免有所欠缺了。[26]

從這裡看來，一個時代的精神風貌，還是志士、鬥士最能夠表現出來。最後鍾肇政寫就的〈夕暮大稻埕〉終究仍成浪漫的愛情小說，時代氣氛表現稍嫌淡薄。

雖然時代精神的概念，鍾肇政並未明說，也並非在早期創作時談過。早先比較常用的說法，則是民族精神。這免不了會被認為是淺薄的、外在的人物形象的設計。實際上手法是寫實刻畫、精細的，但也深入主角人物的內在心靈世界，其特色是理想性相當高，並非透露出人性黑暗面，而是迎向光明面。其中生命儘管卑微，但是人性尊嚴是不容抹殺，而有強烈的反抗性。這也是一類人性幽微面的刻畫，過程當中也有相當多起伏。

第四節   浪漫主義歷史觀下的藝術表現

一、有機與結構

浪漫主義者宣稱，任何形式的國家或民族都單獨構成一個有機的整體，並且具有獨特的發展性。在文化的發展過程中具有一種決定性但神秘的內在張力，推動這些不可知的創造性力量前進。這也就是上面所提的時代精神。受到浪漫主義影響的浪漫主義歷史學家強調了歷史的內在精神、思想、情感和情操，用移情和同情的方式深入歷史，從內部感知和理解歷史的行程。[27]這裡關連到鍾肇政的審美與藝術觀。

---

[26] 鍾肇政，〈大稻埕憶舊〉（《臺灣日報》2000 年，寫於 1992 年 4 月），收錄於《鍾肇政全集 19》，頁 485。

[27] 有關浪漫主義史學觀的定義、要素，筆者參考、整理王利紅著作《詩與真──近代歐洲浪漫主義史學思想研究》（上海：三聯書店，2009 年 6 月）。

　　浪漫主義史學強調民族文化的有機整體性，以及文化和制度發展的原則，其中的價值在於歷史發展是在民族和人類的集體心理中的轉變和突變過程。無論是個體的還是群體的人類行為，都是複雜而多變的，當歷史學試圖去描述這些行為時，不能忽視其任何的表象，無論是在統計學、經濟學、社會學、人類學或心理學上的。浪漫主義對人類歷史整體性的關注，為歷史學研究提供了更廣闊和深遠的視野。

　　透過對過去的整體性的體驗和把握，鍾肇政再現了過去的精神和氛圍並強調歷史再現中的審美價值。在過去的存在與意義的基礎上，在感知上實現了對過去是有深刻洞察的闡釋，從而使歷史學家的文本與其試圖理解的主題事件達到了一種對稱和和諧的美，這樣的歷史是藝術。從鍾肇政對有機的詞彙含意來看：

　　　　這三個句子雖簡單，但各有缺一不可的組織型態，從第一句，而第二句，
　　　　然後第三句，其組成方式還是有機的。童話固然應以單純平明簡潔扼要
　　　　為第一，但若組成上有所欠缺，那就會招致失敗。猶之乎建築一幢房子，
　　　　沒有柱子是建不起來的，同時一根即足便不應有兩根。至於目前我們常
　　　　見的兒童讀物裏的藻飾的情形，都可以說是不應當有的現象。[28]

　　鍾肇政的意思應是統一的、關連的。其實就是小說作者苦心經營安排，將甚至是傳奇手法，也可以融入日常的生活故事中。作品有如生命、有如自然般生下後獨立於作者，有待詮釋的生命。[29]另外一個地方所出現的也是有同樣意思：

　　　　大凡從事文學的人，首先都應該有其主觀上的思想基礎。它應該是順乎
　　　　世界文藝思想潮流的，且又不可不有其獨特的世界觀乃至人生觀。其實，

---

[28] 鍾肇政，〈關於童話的幾點考察〉（《兒童讀物研究》第二輯，1966 年），收錄於《鍾肇政全集 19》，頁 296。

[29] 鍾肇政，〈井上靖的風格〉（三信：鍾肇政譯《冰壁》序，1974 年），收錄於《鍾肇政全集 21》，頁 449。

所謂世界文藝思潮，所謂世界觀乃至人生觀，其在個人的存在形態應該是有機的，易言之兩者應是互為表裏，且互為因果的。[30]

　　有機體在鍾肇政大河小說的表現，「臺灣人」就有如一個獨立的生命體，從《沉淪》來看，臺灣人已經在臺灣安樂生活了百來多年，並且幾百年來遇到內外不同族群的生存戰爭、或共存共榮，以及天然災害的不斷侵襲。這個生命體，或者說有機體「臺灣人」命運將如何？鍾肇政一開始就設定必然獲得勝利的，只是如個體或者大自然之生命般成長過程為何？不同時代特色、涵義，或者說時代精神為何？將完成整個臺灣人精神史才可謂是勝利。

　　其實，有機就是生物性的、有生命意義的。「有機」在鍾肇政的小說觀中特別指的乃是結構，即以緊密、簡潔的文體的表現手法，他說：「小說之美就是結構之美。」可以說其小說美學觀與浪漫主義歷史觀，乃是融合為一體的。

在藝術作品裡面，有一種經常會被提到的，就是藝術之美，就是結構之美。我們看一幅圖畫，美術作品如果是最簡單的畫一個花籃，雖然很單純的一盆花，可是也許這個畫家對花朵的安排、花籃的形狀、空白等等，都有他匠心獨運的地方，所以才會有這麼一句話。[31]

　　而在浪漫歷史觀中的有機概念，乃是自然與生物、生命現象的概念。有機性使得浪漫思想家如歌德認識到自然界事物中的自發性與獨特性，也就是強調了個人的獨創性與創造性的天賦。而藝術創造首要著重於想像力，也是衡量藝術作品的重要標準。強調內在感情與外在世界的融合。

　　從上文所探討的浪漫主義歷史觀顯示了重視個人的獨特性，因此相當重視人物的生動再現，而非抽象的性格。因此鍾肇政首重成長小說的描寫，挖掘人

---

[30] 鍾肇政，〈中國文學往何處去——李喬作品〈故鄉故鄉〉讀後〉（《微信新聞》，1968 年 3 月 15 日），收錄於《鍾肇政全集 19》，頁 566。

[31] 《臺灣文學十講》之七（1997 年 1 月 7 日），收錄於《鍾肇政全集 30》，頁 155。亦參見〈我怎樣寫濁流〉（《中華日報》，1962 年 12 月 25-27 日），收錄於《鍾肇政全集 32》，頁 61。〈深閨疑雲——跋〉（1962 年），收錄於《鍾肇政全集 20》，頁 459。

物的個性之美、結構、詞句的排列方式的獨特性，並且在歷史小說中對於人物的心理與性格的發展，也是虛構重點。帶來讀者對於主角的認同，進而影響讀者。

從鍾肇政的《臺灣人三部曲》、《濁流三部曲》正是有這方面的特色，是一個有機的整體。並且在歷史的內在，涵蓋了民俗、語言、經濟各個層面，而成為一個有機的結構。也因此，鍾肇政的小說所表現的情感，不少寄託在自然景致中。另外一方面，也有進步的樂觀的信念在裡頭從自然中獲得生命的啟示。

從另外的表現來看，鍾肇政不僅在文學作品中表現有機觀念。在臺灣文學史的講述中，也以植物的不同生長期作為比喻的方式來描述。有萌芽期、成長期、成熟期與開花期，來描述日據時代文學。以及對於小說的思想的看法，以胚胎、種子，需在泥土中灌溉成長作為比喻。

二、成長小說

所謂的有機觀念，其中涵蓋了成長發展，指的就是不同的歷史階段都是人類精神的獨一無二的成就，也是為以後的有價值的事物的發展作準備。每一階段是獨立存在又是與整體相關連。在文學作品中的「成長小說」概念同樣源起浪漫主義時期的歌德小說《威廉邁斯特的學習時代》。個人的心靈歷史發展往往象徵著民族精神、集體的意識，成長小說的文類這在鍾肇政的小說中有獨特的地位。

對臺灣人的內涵而言，除了閩客多少有一體的意味。這在《臺灣人》、《濁流》都可以見到。而鍾肇政的「臺灣人觀」，表現臺灣人的組成一般被研究者認為是客家人、福佬人的平地人或漢人。在《沉淪》一開始應該是清楚的表現在漢番鬥爭的關係，原住民被視為臺灣人要面對的番害。但是，這並非說鍾肇政就這麼認定「臺灣人」一直都是如此，這是臺灣人的不變本質。鍾肇政筆下的「臺灣人」是有理想、有變化的，也就是在內涵與組成上，有成長與融合的看法。特別在《插天山之歌》、《濁流》，都有提到原住民，形象都很好，令平地人欽佩，漢人與原住民好像兄弟、朋友。可以說這時的表現，「臺灣人」大致上已經有平地人與高砂族兩種。甚至，《濁流》也提到平埔族一撇。當然，

也是被視為番人的另外一種臺灣人。這些難免都是以平地人的眼光來看這種臺灣人，至少不會認為他們不是臺灣人。而《怒濤》，則在最後有提到山地人，似乎暗示他們將與平地人一起抗暴。這在鍾肇政寫作計畫中的《高山組曲》第三部，就有一起抗暴的題材設計：

> 《高山組曲》是要寫原住民或者山地為背景的，當然牽涉到平地的問題，原住民、漢人相處的，特別是二二八的動亂當中，他們是怎麼樣合作、怎麼樣一起奮鬥一起打仗。[32]

可惜鍾肇政最後沒有完成，而僅在《怒濤》的末尾稍微表現類似意念。因此，臺灣人在鍾肇政的概念中，是一種新生命、獨立的生命，還會繼續變化。種族血緣觀在鍾肇政創作中是一種互文性的背景與語境，與時代、創作同時互相影響變動。將來臺灣人組織如何，會是一種理想，如有機生命持續在成長。鍾肇政在精神上是作為整體的考量來型塑臺灣人。而非認定血緣上是漢人才是臺灣人。鍾肇政在受訪中說：

> 臺灣沒有國家，中華民國不是你我的，中華民國是外來政權，我很肯定「臺灣精神」沒有大家共同認同得精神，至少在目前我認為「臺灣精神」還沒有確立，就是因為還沒有自己的國家的緣故。我在作品裡表達的，也許都可以成為未來「臺灣精神」確立以後的一部份。屬於原住民表達出來的一種強悍的、正義感的這些精神，將來也可能是「臺灣精神」的一部份。[33]

早在鍾肇政創作《卑南平原》的 1980 年代，鍾肇政已經思考過臺灣人的形成是否是更多元的，古早年代來自中國的血緣，來到臺灣並且與當地人結合留

---

[32] 《臺灣文學十講》之三（1996 年 11 月 19 日），收錄於《鍾肇政全集 30》，頁 68。

[33] 鍾肇政，〈夫子自道──鍾老為我們開講〉（訪問稿，訪問者：陳萬益先生等，紀錄：王韻如、黃麗香，2001 年 12 月 2 日）。轉引自許鈞淑，《霧社事件文本的記憶與認同研究》（臺南：成功大學臺灣文學研究所碩士論文，2006 年 7 月），頁 110。

下子孫。並且與考古隊員中各種不同的背景的學生，在愛情的情節中，古代與現代臺灣人互相的呼應。[34]

　　在此書中，鍾肇政設想存在一個臺灣人的原型，類似於起源的概念。但是比較接近於浪漫歷史觀中的有機與成長的觀念。另外除了臺灣人的原型，鍾肇政小說大皆以年輕人為主角，其主要創作方法，也就是將最富於心理與精神變化的年輕階段，作為一個成長以後的人的原型。追溯人格的原型，正是鍾肇政的創作方法之一。

三、寫實或浪漫的反思

　　一般認為鍾肇政的小說藝術是秉持寫實主義手法。那麼，怎麼會有如筆者的所言的浪漫主義歷史觀呢？雖然說寫實與浪漫的概念，並不能完全掌握鍾肇政的藝術觀，但是可以作為初步的釐清，應是肯定的。

　　若說鍾肇政要刻畫二二八、見證臺灣的歷史事件，不如說是要建構一系列時代精神。他所寫的不僅僅是一個歷史事件，而是利用虛構的知識份子型之英雄人物領導民眾。作者刻畫民眾的日常生活，表面是寫實的，也是為建構臺灣人的特色而表現的。鍾肇政意圖仍在於反映時代的風格，而非如寫實主義中披露環境、社會對於人物的影響，而是人物與環境的相激相盪，結果雖然是悲劇、無助於歷史的翻轉，但是還是充滿希望、勝利感，重點乃是要激勵當代的臺灣人，這也正是一個歷史見證的意義。

> 「臺灣人三部曲」，在時間上是採取「點」，由這「點」而及而該點之平面，第一部集中在日本入臺之初的一短暫時間，往後第二部是採日據中頁一個時期，第三部則為日據末期的一段時間。我似乎未看過這樣處理以一個長久歲月期間為一之作品。常見者多為時間上採取平面。這是你應該首先決定之一點。至於歷史性資料，我記得主要是靠那本臺灣史話。歷史的脈絡雖然必需緊緊把握住，但在作品中畢竟不算重要，因此

---

[34] 《鍾肇政口述歷史》，彭瑞金、莊華堂編，（臺北：唐山出版社，2008年7月），頁335。

我想那本臺灣史話已頗足應用。不知你對該書已細閱過未？請先造一個
年代表，記年應西元、民前、民國、兼及大正，昭和等，看看有何不足
之處，我當幫你儘可能找找。手頭有一本「臺灣民族史話」，是甫於去
歲出版，在《自立晚報》連載，亦由該報出版，執筆係葉榮鐘（凡夫），
我的第二部歷史資料主要將據此。近日停止工作，在閱讀中忽憶起齊瓦
哥醫生的幾個動人場面（電影），被觸發了不少感興，因此我的第二部
也忽然趨於成熟了。要不是怕體力支持不下，我恨不得立即開始著手做
年代表，安排大體內容而執筆。看樣子，我還要慢慢蘊釀，蒐集更具體
資料，以便暑假中一口氣寫完。[35]

　　這封信發出時，鍾肇政距離發表《臺灣人三部曲》第一部，已經隔了四年。
之後鍾肇政並未如信中所言開始寫第二部，反而在次年底先寫了第三部，這是
另話。該注意的是鍾肇政對於歷史性資料，似乎並非看的很重。這不是說他不
重視史實，而是他認為在作品中還不是最重要的。

　　在鍾肇政回答李喬有關歷史小說的寫法與歷史真實的關係，可見更早幾年
的信件：

所言「純小說」之說，類乎怪論，小說之是否真人真事與乎小說之純否
無何關聯。忠於史實與否端視處理上之需要，《沉淪》與史實亦無關，
有之則是以史實為骨骼而已。「絕對反對忠於史實」如果是不必忠於史
實，則可，如果是應不忠於史實則謬矣。[36]

　　所謂史實，大概就是上信所指的歷史脈絡，或者說相關的連串歷史事件。
而反駁李喬所言的「純小說」之論點。李喬意為不必忠於史實之外，而僅拿時
代為舞臺。李喬在信中認為鍾肇政的《臺灣人三部曲》第一部《沉淪》是背負

---

[35] 鍾肇政致李喬信，1972 年 2 月 24 日，收錄於《鍾肇政全集 25》，頁 311。

[36] 鍾肇政致李喬信，1969 年 3 月 31 日，收錄於《鍾肇政全集 25》，頁 187。

著歷史責任感，而這將有損小說的藝術成就。[37] 筆者認為基本上，背負歷史責任與藝術性，兩者應該是無關的。也因此鍾肇政認為小說之真實與否與「純小說」也無關連。

　　但是鍾肇政曾自言，小說的世界是廣大的，在歷史的題材之外，在歷史小說之外，還有所謂心靈的故鄉，可挖掘人心更幽微之處。[38] 說起來歷史小說也是堂堂正正的，也就是李喬所言的背負著歷史責任，鍾肇政則說是一種使命感。或者可以說是一種社會參與吧。也因此，鍾肇政目前的最後一部作品《歌德激情書》是挑戰情色的世界，可以說是完全拋去的歷史使命感。這是否是鍾肇政的小說觀，有著參與改造社會、教育啟蒙的功能或者小說是唯美藝術的矛盾，尚難定論。但是至少不是任何一說可以說透鍾肇政的小說觀。鍾肇政提到：「**虔誠為文學之本**」[39]，意指他認為文學本身就是絕對尊嚴的存在。而文學乃作者的第二人生，也因此可以推斷出鍾肇政的人生觀，也是把人性的尊嚴最為重要。另外，文學乃鍾肇政的迷惑與夢幻之路，但是自由與光明卻是他的目標。[40] 因此，從他的人生觀來看，追求自由與光明也是他的作品的思想所在。

　　如以浪漫史觀中追求歷史進步、民族精神之思想，而歷史動力為精神、人

---

[37] 參考資料信一：您的第一部曲，林評以為保存真名真姓真戰事好，葉不知如何說？我是絕對反對忠於「史實」的，我的意思是：我建議您第二部要比第一部更「純小說」，不寫時代，祇拿時代作舞臺背景。野人獻曝，胡言莫怪！　祝　愉快！（李喬給鍾肇政信 1969 年 3 月 29 日）
　　參考資料信二：關於取材——這和對您的小說的建議一樣：我總得您要多寫些那一段時空以外的東西——現在的東西。當然每一位作家都有他特別熟悉且執意的時空裡的某些題材，此大名家所不能免，但我還是以為可寫些不同的，縱使是不好落筆。　在此，我為「純小說之怪論」作一簡解：我的意思是小說不必為了史實而還約什麼，也不能奢望由小說保留歷史的本身，祇能在其中摘取不變的一些東西罷了——遍讀大作，我武斷地認為您是馱負著一份對所謂歷史的責任感，並以此視為天職。那麼如果為此犧牲「小說」本身的藝術成就？……這些成了見仁見智的辯題了。話回到大作《沉淪》，裡面直接寫到拿著伐刀木棍和日人打鬥的場面，是不是必要？是不是可把這些都置於「暗場」「陰影」「背景」即可？這在主觀上，還有一個問題：實在不容易把這種場面寫好。為此，我發了「絕對反對忠於史實」，是指對「沉淪」而發的怪論，獻曝粗言，詞不達意，等我想清晰了再奉陳。（李喬給鍾肇政信 1969 年 4 月 14 日）

[38] 鍾肇政，〈從《怒濤》到臺灣文學〉（演講於清華大學，中文系與清大學生社團新客社主辦、陳萬益教授主持，1994 年 3 月 10 日），《鍾肇政全集 30》，頁 473。

[39] 鍾肇政，〈虔誠為文學之本〉（《自立晚報》，1985 年 11 月 26 日），收錄於《鍾肇政全集 19》，頁 435。

[40] 鍾肇政，〈迷惑之路〉（《臺灣時報》，1988 年 5 月 13 日），收錄於《鍾肇政全集 19》，頁 446。

類追求光明的理想與意志來看，鍾肇政的思想，所表現在《歌德激情書》與歷史小說中是一致的。並且也皆以愛情作為更廣大的土地之愛、生命之愛的象徵。換言之，對土地之愛、對人類之愛也正是鍾肇政筆下主角以知識份子視點下個人前進的動力，同樣也是歷史前進的動力。

　　李喬所言的「純小說」或許可符合鍾肇政的使命感以外的小說。只是評斷藝術與否，該先提出藝術觀點才能釐清。至少在兩人爭論當時，當年李喬的藝術觀是比較超脫歷史使命感的。而鍾肇政刻畫戰爭場面，是否成功，則見仁見智，不在本章討論範圍內。

　　雖說如此「不必忠於史料」，但是這也並不表示是偏向於浪漫主義的歷史觀，只是並非採用嚴厲的考證史學。從鍾肇政的小說觀來看，歷史僅僅是題材，不求忠實與歷史，而僅看作品的目的而言。因此浪漫主義史學家所著重的歷史細節，也僅是在趣味性與生動性著眼，或者說是真實性與趣味性並重。過份強調真實性與準確性，將使歷史著作枯燥乏味。浪漫史學家的最高境界乃是還原歷史當時的整體氣氛與精神，為讀者帶來身歷其境的體驗。因此，鍾肇政的歷史觀很容易以浪漫史學觀來歸納，是很自然的道理。

　　從作者的第一部長篇《魯冰花》，還有其傳記小說《望春風》、《姜紹祖傳》、《馬利科彎英雄傳》都有濃厚的英雄色彩。雖然說《魯冰花》不乏批判現實的政治與經濟。但是核心還是以虛構天才小畫家的方式，並且加入濃濃的浪漫愛情故事交織而成。風格上則是相當傷感的。也就是說從鍾肇政的非代表作品來看，他所刻畫的取材的仍舊是英雄、浪漫藝術家型的人物，似乎可以說把臺灣人當作是英雄、當成了藝術家的美麗民族。

　　而當鍾肇政從刻畫現實的作品轉到歷史小說時，在裡頭表現的是反抗外來政權。而對於臺灣內部，表現的是閩客和諧、田園溫馨景象地主與佃農和諧、原住民英雄觀，並著眼於理想、外來、希望、充滿光明、鼓舞人心。所謂的寫實、本土，著重於文化細節、風俗的表現，說這是寫實主義，或者說寫實批判主義，不如說是高度理想性，來建構民族精神，而盡力刻畫民族風情、時代風情，說是為了寫實、忠實，其實以目的來看是浪漫的，以理想形象來刻畫的。

　　又從《怒濤》所表現的多音交響，說是重現當時語言狀況，有日文、客語、閩南語，甚至還有北京話、英語。這是帶有一種反抗性，並且為了建構當時的

時代精神。日本語的對話，以日語寫下，對於當下讀者而言，是相當有異國情調，也不得不在書上採取同步的漢語翻譯。而對於懂得日語的老一輩讀者而言，更是帶有興奮感、振奮感。所以雖然說是寫實，但是同樣的是相當富於感性、感染作用的。

　　因此在歷史觀的討論上，鍾肇政的使命感是相當理想主義的。換一種小說性質的說法，就是鍾肇政的文學主題，或者說生命主題，是：「臺灣是什麼？臺灣人又是什麼？」而另外的說法是歷史見證。這並非是一種歷史重現之意，而是一種建構，是一種理想。所謂生命主題的回答，是一種理想，是建構臺灣人精神，並藉以激勵臺灣人。是為了自己所見所受的不公不義而發聲，獲得臺灣人的尊嚴，獲得臺灣人的自由與解放。這是與鍾肇政在文學創作本身的奮鬥不懈、持續上進的精神相同，也等於是投射到臺灣人奮鬥與上進的反抗精神。

第五節　結論

　　本章論證了鍾肇政為浪漫主義歷史觀，從其歷史小說乃源自於史詩的文類說起。作品表現皆是英雄人物的歌頌，發而為民族精神的象徵。鍾肇政選擇的歷史題材都是以反抗不公不義的壓迫行動為基礎，而以風俗民情描寫，眾多勞苦人民跟隨著知識份子的領袖，群起合作團結。而知識份子也懷著向土地、農民學習之心，成長向上，自我磨練。

　　反抗的背後，無論場景大小、劇情時間的長短，都有每一個時代的風貌，來自反抗形式的不同，受到社會進步、世界思潮的影響，個人行動與時代社會相激相盪，形成所謂的時代精神。而浪漫史觀的核心，也成為時代精神史觀，也就是臺灣史為臺灣人精神的表現。一個時代接著一個時代的精神，成長、有機變化綿延不斷。而終於成就臺灣精神為一個整體。表現著臺灣人在這塊土地生存發展，追求自由、尊嚴，反抗強權。而臺灣人不僅是生存於此，更是要為臺灣共生死的才是臺灣人，這也才是臺灣精神。

　　但是，這個精神史觀，並非是以國家、民族來表現。不僅在戒嚴前不能討論，且鍾肇政也不必要構造臺灣的民族主義。鍾肇政在作品中往往擱置了族群

內部的矛盾，而富有理想的構造著，無論閩客與原住民，鍾肇政希望最後能融合為一體的。這是鍾肇政對於「臺灣人」意涵的多元融合的理想，也就是臺灣人精神，除了有不同時代的風貌，也是許多族群的精神共同加入而成。

　　鍾肇政對莊永明的《臺灣百人傳》評說：「好一個臺灣人民的史觀，這不就是說，老友除了擴大眼界之外，還把觸覺深入臺灣人的靈魂深處，予以詮釋、發揚，臺灣人的精神隨之隱約浮現！這該是一項大工程吧。」[41] 其實這也正是鍾肇政對自己的生命主題這麼說的。鍾肇政的史觀，也就是臺灣人民的靈魂的史觀，也就是建立臺灣人的精神史。

　　本章並論證了鍾肇政的浪漫主義歷史觀乃是受到時代影響下而成，且與個人的創作歷程有關。以及討論了鍾肇政文學在浪漫主義面向下的表現，一改過去寫實主義的方式去界定鍾肇政文學。總之，本章以浪漫史觀多個概念，從鍾肇政隨筆、書信去歸納為鍾肇政的史觀，是相當自然合理的。

　　鍾肇政的思想或者說是世界觀，與浪漫史學家在歷史敘事中的意圖是一致的。作品中表現了人性尊嚴不可侵犯的理想，有著廣闊的歷史性、深入的人性分析，其思想是具有普遍性的。那就是鍾肇政要表現臺灣人的命運，有確實而堅定不移的信念，臺灣人最後必勝，走向光明坦途的信念。

　　鍾肇政的思想、信念，乃至於歷史觀，相當符合葉石濤在 1965 年在〈本省的鄉土文學〉文中所強調的：

　　　由於本省過去特殊的歷史背景，亞熱帶颱風圈內的風土，日本人留下來的語言和文化痕跡，同大陸隔開，在孤立的狀態下所形成的風俗習慣等，並不完全和大陸一樣。……本省作家如何從個體的特性挖掘本省特殊的人物、現象、精神或物質生活著手，發揚至純、普遍的人性，追求人類的理想主義傾向。[42]

---

[41] 鍾肇政，〈從「臺灣第一」到「臺灣百人傳」〉（2001 年 3 月 1 日），收錄於《鍾肇政全集 20》，頁 479。

[42] 轉引自陳建忠所著，〈葉石濤紀念專輯 詮釋權爭奪下的文學傳統〉（《文學臺灣》，2009 年 4 月）頁 315。為尊重原引文者，不另引原出處。

　　雖然鍾肇政並非按照葉石濤的理想去作，應該是兩人有共同的理念吧。鍾肇政熱愛生命，也因此熱愛文學。鍾肇政希望有更多的熱愛，灑在土地上。這是他的人生觀，乃至對於愛土地、向土地學習的思想。這也就是他塑造出的歷史前進的動力所在，並且個人與作品中的意涵都保持樂觀與進取、努力與行動。

　　在浪漫主義歷史觀下與鍾肇政所表現的思想，其歷史小說的作品表現是含有結構之美的，而得以顯像出強有力的臺灣人精神的歷史形象。並且在永恆的女性的刻畫下，英雄或者反英雄的知識份子主角，受到愛情的激勵，而將愛化為對生命、對土地之愛，更有韌性更強壯。

　　以時代精神的刻畫來看，《怒濤》中表現強烈的時代精神「日本精神」，只要是在太平洋戰爭時期，或者戰後符合時代精神的，作品人物都會有類似表現。如《插天山之歌》中有陸志驤、《濁流》中有李添丁、《江山萬里》有吳鴻川、《流雲》有涂邦亮。其他作品在《八角塔下》《高山組曲》也有不少類似表現。在各個時代中，主角都有隱約的祖國情懷。這個祖國情與日本精神一樣，都是渴望自由、獲得安慰的基本人性，有如鄉愁。並非是向著認同統治者國民黨，也非日本殖民者。

　　如同筆者過去的論證說《流雲》已經預示著二二八風暴的來臨，而《滄溟行》的法理正義的時代精神的表現，則是註定了，當臺灣人遇到真正的祖國實體時，這種可貴的祖國情懷，將會破滅。並與日本精神中涵有的公義、正義的精神產生強烈的衝突。這也就是《怒濤》所表現的反抗精神的時代特色、歷史真相。

　　有關以浪漫主義歷史觀，對鍾肇政小說的進行詮釋，還需要進一步的為文探討，將在本書第二部份《濁流三部曲》論與第三部份《臺灣人三部曲》論處理。

第二部份
《濁流三部曲》論

第四章《流雲》三論
──顛覆、藝術與結構胚胎

第一節　前言

　　本章分三段來論《流雲》，第一個是以顛覆性的看法，從《流雲》的字裡行間挖掘鍾肇政在戰後短暫時代，詮釋出除了表現臺灣光復一幕、熱愛祖國的激動內心世界之外，在隱晦中更重要的是表現臺灣人的失望與幻滅。

　　第二小段則是討論《流雲》除了社會性的批判外，在情愛的精神與內心世界的描寫，更有藝術的魅力與香氣。

　　第三段則藉由〈大巖鎮〉的出土，除了可明白鍾肇政所欣賞的人物典型外，更重要的可以了解整個《濁流三部曲》的結構胚胎，即永恆的女性的設定是鍾肇政在三部曲的末尾中，創作一開始就要設定的，以作為歌頌愛情，女性做為人類救贖、生命提昇的象徵。也因此，《流雲》除了描繪二二八前夕的混亂，而不得不隱晦外，在經由永恆的女性的設定，也就是在《濁流三部曲》的最後一部，一改第一、二部，以反抗事件為核心的主題，而以愛情為主線，來對整部作品在精神境界上有所提昇，主角追求愛的路程，也就象徵人類追求幸福永不放棄的旅程。

　　在第二部份的此章，首先探討了《流雲》的內涵，可說進一步的呼應了第二章在探討臺灣大河小說的起點時，提到《濁流三部曲》的重要性。也呼應第四章的鍾肇政的浪漫主義歷史觀，其中關聯到在浪漫史觀之下，通過主角的生命軌跡，形成了追求愛、熱愛生命、努力向上的主題。而在第八章中，將特別再一次強調《流雲》在整個三部曲中結構的重要性。

第二節　臺灣人你往何處去

一、從《流雲》談起

　　《流雲》是描述臺灣復歸祖國約半年間的故事。臺灣人脫離了日本統治，而回到祖國的懷抱。這一段日子，應該以歡天喜地的口吻，但是鍾肇政並未如此描述。他在故事一開頭便寫到：

> 「不少人都在說，今年是五十年來的大旱。五十年前，日本人來臺灣，那年臺灣各地也逢上了罕見的旱魃。五十年後的今年，日本人垮臺了，又碰上了這麼個大旱年。這是一種巧合呢？還是上天有意的安排？人們都在津津樂道著。但是，人們何嘗想到，旱魃給人們帶來的，將是怎樣的一種結果。」（鍾肇政全集2──濁流三部曲下：頁891）

　　在頗富暗示性的背景，成為整個危機四伏、令人憂慮的作品基調，似乎在暗示將有什麼大事發生。這樣的寫法，在鍾肇政的《臺灣人三部曲》第一部《沉淪》有類似的表現。而且《流雲》在劇情安排上，可是時間日期清清楚楚的記錄著。可以說，作者有意寫下某種程度，在白色恐怖下的所能做的歷史見證。

　　以下再錄幾個例子，顯現出作者描寫這個時代時，處於白色恐怖下的苦楚，無能進一步的寫出事實，他的歷史見證。也就是當他在寫到「危險味」時，又顛倒回來，攪亂筆法。不過明眼人，尤其在解嚴許久後的今日，必能領會到作者探索戰後臺灣社會混亂的苦心。

> 「光復後的社會的一角。一切都似乎在蛻變中，那是個混亂的時代，但無疑也是偉大的時代，處處有動亂，但處處也有新生。寧可說，新生與動亂是互為因果的。唯有動亂，才能有新生；為了新生，不可不有動亂。漸漸地動亂平息，新生也就完成了；新生既然完成，動亂便也無由再發生。」（鍾肇政全集2──濁流三部曲下：頁943）

「不難想見，很多人都在為著米的一天比一天貴而嘆息著，餓著。戰爭已結束，但好的日子並沒有馬上來，甚至可以說，一般人是比從前更苦的。」（鍾肇政全集 2——濁流三部曲下：頁 974）

「人們就好像綁著吊在樹上一般，物價跳動一次，也就等於被拉高一寸，痛苦加深，窒息度也加強。然而這好像就是臺灣的同胞們，在擺脫了五十年來的枷鎖後，進入新生康樂的境地前的一段不可避免的過程。」（鍾肇政全集 2——濁流三部曲下：頁 1109）

而在書中，寫到主角寄出一封信刻意的將時間訂在特殊的一天：

「陸志龍拜上民國三十五年二月二十八深夜」。（鍾肇政全集 2——濁流三部曲下：頁 1225）

這幾段話、這幾個例子，表現出作者的意圖在幹什麼呢？不斷的陳列著這些大旱災、社會動亂、經濟問題。這就是說，作品預示了臺灣在第二年將有大事發生。臺灣正處步入危險當中。在點出日期的精密設計，整篇文章的節奏，跟著清晰的日期記載，隨著時代滾動，情節跟著一日又一日的推進。最後此信的發出，不由得令人有許多聯想。不過這是需要經歷過二二八的人，或者是解嚴後的學者在細讀之下，才能予以剖析的。而以癥狀閱讀法，在扭曲的句子、反覆進退中的文筆，可以注意到作者真正的意圖。

而作者寫到預言二二八事件的信件之過程，情節也將女主角，也就是養女阿銀，在此時要與那個白痴像豬一樣的人，送作堆了。劇情這時達到最高潮。所以作者一方面將熱愛祖國的心情詳細寫出，一方面卻將臺灣人的命運暗暗作了預測，終將像「流雲」般漂流不定。臺灣人熱望流雲能夠凝結成大雨，救人民於日據五十年光復後，卻又逢大旱災的倒懸苦痛。最後，阿銀飄離到遙遠不確定的地方，來到美麗、帶點希望的象徵「花蓮」，找尋她的真正的生母了。銀妹遠離他的養父與白痴如豬般的丈夫。在令人感到動人的戀愛情節之外，筆調純樸平凡卻是寓意深長。

葉石濤在〈鍾肇政論——流雲，流雲，你流向何處？〉這篇文章提出很深刻的見解。[1]他指出的是鍾肇政作品思想性、社會性的疑問。故，他很高興看到鍾肇政寫完《流雲》後創作了《沉淪》，終於表現了臺灣的大歷史。這個意見，讓彭瑞金認為，是鍾肇政回應了葉石濤的《鍾肇政論》所以才發表了《臺灣人三部曲》。[2]這在某個角度是有可能的，但也頂多是造成葉石濤對鍾肇政的一種激勵。在許多新資料、私人信件出現後，彭瑞金更精確的指出，《濁流三部曲》本身內涵豐富，處理臺灣人、中國人、日本人的意識流動的問題。他進一步的說，《濁流三部曲》正是處理光復前後的時代的臺灣人精神史的沸點。彭瑞金從創新的角度肯定了《濁流三部曲》。

是的，葉石濤這位巨擘，在當年的確指出了鍾肇政這位好友方向，只是鍾肇政的方向本來就是臺灣人、臺灣母土啊！也就是說葉石濤當時，渴望鍾肇政能真實的寫出戰後臺灣波瀾壯闊的混亂局面。這要求，在白色恐怖當時，當然是過分了，沒有作家敢直接寫明。而且，政治人物可以死、可以被關，事後將被追悼。文學家死了被關，那就不是以文學家立世了。我仍舊願不憚其煩的在此指出，鍾肇政是真正的勇者，筆下的人物亦同。

葉石濤大概是沒有看到《流雲》結構上的嚴謹，這主要是評論當下，白色恐怖的侷限所致。也並未為作者鍾肇政設想他的創作苦楚，並且又該如何尋求突破。

所謂葉石濤指出書中，缺少時代與民族的有力部份，作者專寫那些虛無縹緲的愛情的劇情。而筆者卻認為《流雲》不僅僅本身有著可觀之處，而且所謂「虛無縹緲的愛情的劇情」，也正是和民族與時代這一方面的敘述與主題，該書表現了有機性與象徵性的聯繫呢！！（資料一）

二、與眾家評論對話

葉石濤的詩意的評論題目「流雲，流雲，你流向何處？」，點出了臺灣人

[1] 葉石濤，〈鍾肇政論〉，收錄於葉石濤著《臺灣鄉土作家論集》，臺北：遠景，1979 年 3 月。

[2] 彭瑞金，〈傳燈者〉，收錄於彭瑞金著《臺灣文學探索》，臺北：前衛，1995 年 1 月初版。

歸宿的重大疑問，其實這就是鍾肇政的對臺灣人在 1962 年代寫作當時也好，光復初期也好，甚至到今天也是身為「臺灣人」重要的問題。葉石濤的講法也帶來很大的影響，我認為有許多論文是負面的依樣畫葫蘆般的遵循著前人來做評論，這應該提出來作為檢討。我該說明，以上問題並非葉文的問題。毋寧可說是後輩的評論者的太受開山論文的影響。以及著實的忽略了白色恐怖下的著作該有的閱讀策略。事實上，除了吳濁流以外，在當時，我們找不到另外一個「文學家勇者」的代表人物，猛烈批判當政者。

在此我以游勝冠、李麗玲的解讀為代表。游勝冠說：

> 六○年代，他在〈鍾肇政論〉一文中，論及鍾肇政的《流雲》，他並不很同意鍾肇政將《流雲》中的青年回歸祖國視為得到歸宿的說法。鍾肇政說：「臺灣人心坎深處始終埋藏者一個堅強的信念，無法拂去的願望，那就是復歸祖國，重新作一個頂天立地的中國人。」……「葉石濤意思是說，祖國並不是臺灣的歸宿。」[3]

看了此文，我受游勝冠的啟發，並且感到訝異。此時再翻閱葉石濤的著作，我才真正領悟到原來葉石濤的《鍾肇政論》是這樣有趣與豐富啊！葉石濤在另外一篇評論上說：

> 「吳濁流藉著胡太明的流浪而指出了歷史的動向，臺灣的歸宿」。[4]

其實，游勝冠引用的「鍾肇政說：……復歸祖國，重新作一個頂天立地的中國人。」是葉石濤在《吳濁流論》時講的，詳細還請讀者參照原文。只是為什麼游勝冠會有那樣明顯的錯誤引用呢？當然這並無關緊要。重點是呈現了葉石濤論及《流雲》時，有著一個時代上的閱讀侷限，在新時代仍舊影響到後來評者。

---

[3] 游勝冠，〈葉石濤的臺灣文學論〉，清華大學舉辦，演講筆錄於 1995 年，莊紫蓉筆錄。

[4] 葉石濤，〈吳濁流論〉，收錄於葉石濤著《臺灣鄉土作家論》，頁 149。

　　雖然游文是一篇演講的筆錄，似乎尚未正式發表刊出，不過游也回覆給筆錄者做了很多修補，想必有機會是要發表的，且當時演講在座的聽眾有不少文學界。我關心的在於，游勝冠他這樣一位臺灣意識甚強的讀者對於《流雲》抱有怎樣的態度呢？

　　但是，以上是屬於作品主題認同的問題。不可否認的是，讀者有完全的自由，以自己的眼光，加以解讀作者的權利。何況，光復初期臺灣人認同問題混亂的很，變化也很激烈，不經過那樣時期的人，實在是難以瞭解那一代親身體驗過那個時代的臺灣人的複雜的精神狀態，就算是那樣的祖國之愛，光復之情的描寫，其細膩面，我想至今仍無人可以出鍾肇政之右的。

　　似乎，臺灣人光復後的「祖國」、「抗日」的題材，成為另外一種臺灣人的「皇民化」般的文學禁忌，我認為並不恰當。

　　無論如何，除了吳濁流《亞細亞的孤兒》、《無花果》等諸作品以外，在戒嚴時期，我相信大概只有《流雲》予以強烈的深入的記載與暗示。而這類作品，在解嚴後，尤其是「認同問題」的紀錄，仍舊有其客觀的深入的不朽的內涵的。這是可以肯定的。

　　另一位評者李麗玲則指出：

> 又如鍾肇政，同樣是客籍作家，也從鄉土出發。省視鍾肇政從五〇年代到六〇年代的變化，我們可以客觀、全面地發現作家的成長與覺醒。他的確受到官方文藝資源的眷顧，但卻未曾使他迷失太久，最後，他反而藉著這些資源，發表更深入臺灣人歷史與命運的大河小說。[5]

　　此段提出「迷失」兩字？其中意思令人玩味。我相信李文是有根據的，我可以猜到她指的或許是指鍾肇政之《濁流》等作品，投稿於《中央日報》的問題。但是我卻疑惑更大了，這變成了指向作者的道德問題？《中央日報》存於臺灣島，確實是罄竹難書的，我想當代的人體驗很深，是國家機關報，卻僅是

5　李麗玲，《五〇年代國家文藝體制下臺籍作家的處境及其創作初探》，清華大學中文系碩士論文，1994年。

黨報，頗符合當時黨政軍一體的集權統治，作為統治者的傳聲筒，而且打壓民主異議人士。

　　但是簡單的以此事質疑這位作家，他是曾經在《文友通訊》與鍾理和等臺灣文友約定立誓，要使臺灣文學走向世界文壇的誠摯的作家。那樣的批判，我想作者本人是不會接受的。

　　但是我要說，在並未進一步的討論，提出更多根據、加以推論，持平批評之前，下達「迷失」的評語是顯得有些疏略，要判刑一個人的「罪」是很容易的，卻也不一定公平。年輕的學者有很高的道德性的要求，這我也是其中之一名。1961 年鍾肇政已經是 37 歲，「迷失」大概是李的一種出自對老作家的尊敬的保守說法，何況李接著說，鍾肇政藉著這些資源發表更深入的臺灣人歷史與命運的大河小說，這是指後來的《臺灣人三部曲》是值得肯定的。但是她的「保守」說法，明眼人卻很容易認定李文考究的正確性。而對鍾肇政作為，與作品《濁流三部曲》有不利方面的揣測。這一點我是有不同意見的。

　　我也曾經向李求證過她為何認為，鍾肇政有官方文藝資源的眷顧，還有什麼「未曾使他迷失太久」的「客氣與隱諱」的評語，我知道李是看了一些鍾肇政的作品，我更欽佩她努力訪問過許多許多的作家社會人士，才經營出一本了不起的碩士論文。所以我更認為她是聽了許多人對鍾肇政的負面的評語嗎？這點，使我非常耿耿於懷。

　　我記得李麗玲斬釘截鐵的回答我「官方資源的眷顧，是毋庸置疑的。」當場，我覺得很尷尬，她是想堵住我的嘴，讓我不能提出反駁吧。那時候，我畢竟對於這一切的事情的了解，只靠著對鍾肇政的景仰而產生的信心而已，並未有深入的研究。所以在閱讀鍾肇政作品之後，在本章，求得我的觀點的印證。

　　我仍認為她當然有其自主的判斷權利，但是我仍舊認為其是受了許多訪問者的影響。這種「似是而非」、「想當然爾」的評語，我一直是極為注意的。那些話語，我覺得很不公平。從外表來看，鍾肇政是獲得許多來自官方的獎項與獎金，還有官方的發表空間，以及官方的資源來編輯臺灣作家作品出版。除了臺灣作家得利外，鍾肇政個人強調的是獲得保護，以免國民黨不同的特務機構加以迫害。我想最重要的還是鍾肇政的作品，該如何詮釋的問題。

　　有關鍾肇政的為人，我先引用曹永洋之說法，這位自 1962 年《濁流》刊佈

於《中央日報》就與鍾肇政通信認識的友人，雖也未必絕對能釋疑，不過，刊佈出去，也算是一種遲來的正義吧！

你問我的問題，根據我的記憶，鍾老在《中央日報》，開始連載《濁流》《江山萬里》時，因為臺籍作家要在那種年代闖入《中副》而以顯著篇幅連載，殊不容易，而《濁流三部曲》寫的又是他教書，然後當學徒兵的背景，對日治時代種種確有精確的描寫與批判，因此「外省」讀者看這小說一面讚嘆作者的文筆，一面看到日本人以殖民地姿態統治臺灣的歷史，難免產生「仇日情結」的痛快感（鍾老當然不是為了拍國民黨馬屁才這樣寫），因此有些本省文友在一種微妙的嫉妒下，便有說鍾老是老K打手，才能在中副取得地盤的攻訐，我記得我曾把這種傳聞告訴他，鍾老很心痛的說：「讓他們去說吧，如果我的作品讓人有這種感覺，那是我沒有托爾斯泰的如椽巨筆，至於我身受的時代，我必須把它寫出來，這是我良心的職責所在」大意如此。

我認識鍾老比東方白早十多年，《臺灣文學兩地書》我讀了，而且很感動，說鍾老是老K打手、御用作家，應是《濁流三部曲》的時代。如果你查證的是另一段的謠言，我就必須另外「查證」了，總之，我們要見面詳談。

至於有這種看法，實在很離譜，只能解釋為一種嫉妒和驚奇，甚至認為鍾老的作品能在中副發表示因為他以日據時代一個臺灣青年當學徒兵時肉體與心靈所受的凌辱和迫害，這個背景和主題得到青睞而佔到便宜，從而使他的作品能在「中副」連載，因為描寫日本敗戰前在臺灣所推行的種種政策，老K是可以接受的——甚至可以掩飾老K在二次大戰結束及大陸淪陷後接收臺灣所做的一切，包括陳儀、二二八事件重要劊子手和戒嚴時代的白色恐怖時代的種種殺戮與箝制……。

當然把鍾老列入老K御用作家是十分離譜、荒謬的，因為包括外省作家在內，能在1961、1962年代在「中副」刊登連載長篇小說，實在是空前的「禮遇」！因此，諸如此類的中傷也不足為奇了。

提到這個謠言中傷時，鍾老給我的信（我全部沒有保留，上天寬恕我！）

是這樣寫的（即使我離開這個世界，我還會記得他在信裡的話）：「如果有這樣的傳聞讓它們去說吧，永洋，你知道我經歷的青春時代，我一定要寫出來的，如果讀者有這樣的看法，那是我沒有托翁的如椽巨筆，我不能用我的筆為自己活過的時代作見證……」（我知道鍾老有自信，有一天作品會替他平反！）現在不是證明哪些會打成紙漿！哪些是不朽的巨碑！[6]

　　我記得，我在信中問曹永洋的疑惑時，並未指明「老Ｋ打手」，出處來源為何，曹老師直指《濁流三部曲》的年代，令我很驚訝。

　　以上我提出的疑問與辯駁，問題是可以是一種見仁見智，但是應該值得對話與辯證。一如皇民文學的複雜性，受大眾的矚目，都有必要加以討論。我看的情況是以下這樣的。書中我看到鍾肇政的反抗意識的表現，我看到鍾肇政小心戒慎。可簡單的從以下引用，很清楚的看出來。

　　　　「特別是光復這詞，它的音韻，它所引起的聯想──這兒得說明一句，這時的臺灣人多半對這個詞還沒有正確的觀念，它所包含的真義，在人們心目中還只是個模糊的概念而已──是極其奇異的。光復的日文發音恰與降伏或降服雷同，所以無條件降伏也就是無條件光復，二者混淆不清，沒有一個人有真切的領會。」（鍾肇政全集 2──濁流三部曲下：頁 798）

　　是的，這段話，或許要像鍾肇政有天生的聽覺的敏銳性，才能捕抓住，光復、降服、降伏幾個音調的轉折，或許那個時代的臺灣人，真如作者所言的對「光復」進行很隱譎曲折的批判。但仍不得不令我感到，鍾肇政充分的利用了這個奇妙的題材，來透露強烈作者的反抗性。

　　不過因為有批判的危險性，鍾肇政立刻加了一句話：

---

[6]　曹永洋回筆者信，1998 年 3 月 18 日。

「但是，那是無關宏旨的，降伏即意謂光復；說光復，也就等於降伏，反正就是那麼一回事。總而言之，那曾經是一個臺灣人的夢，如今夢實現了，誰還管得了這許多呢？」（鍾肇政全集 2──濁流三部曲下：頁788）

於以下書中一段，作者更進一步與嚴厲的說出作者的心聲。

「這是歷史的一天。我親身經歷了它。但是我卻也沒有這樣的痛切的感受。因為臺灣的光復，並不是這一天忽然來臨的，當人們聽到『天皇陛下』的廣播的一刻，那才是真正的臺灣光復的一刹那。經過兩個多月的今天，雖然大家都特別舉行儀式來慶祝，但那不過是形式上而已。當然，那也意味著在官方的文件上，這一天才是真正的臺灣光復的一天，不過在我個人的感受上，卻沒有那麼真切。好像一個嬰兒誕生了，這個初生兒離開母體的一刹那才是真正值得他的父母親人們慶祝的，可是世間人卻偏偏不在這一刹那舉行慶祝，而另外撿個不相干的日子，來辦所謂彌月之慶。這豈不也是人類的類乎自欺欺人毛病的一種流露嗎？」（鍾肇政全集 2──濁流三部曲下:頁1041）

這不是很清楚的帶有反政府的意味嗎？因此反政府意味明顯，「膽小懦弱」的作者又趕快接著下一句話：

「不過話得說回來，如果有人看了上面的話，向我問道：『那麼你今天並不高興囉？』我將毫不猶豫地斥他一聲馬野鹿郎！我絕不會不近情理得堅持必須在值得慶祝的事態發生的一刹那來慶祝，因為那是事實上不可能的。不管如何，既然臺灣的光復是可喜可賀的事態，那麼撿那一天來慶祝，我都沒有理由不為此狂歡狂樂！」（鍾肇政全集 2──濁流三部曲下:頁1042）

這句則是一種保護了。明明作者在發牢騷，還在裝蒜似的，說同樣在 10

月 25 日慶祝光復節，也是可以的。當然我們現在，很明顯感受到作者在寫那些牢騷話時，內心是十足感到恐怖的，這算是「懦弱」嗎？只是他罵人「馬鹿野郎」，指的是誰呢？倒也有番幽默在吧。

《流雲》後面，對祖國軍隊的形象中描述，有部份是真實的感受：也有隱藏的嚴厲的批判。[7] 我也看到他的憤怒與小心翼翼。這是屬於 1945 年光復時的真切心情。卻只寫了有限的一部份。我想這一定會讓經歷過那樣年代的人很不滿。他們是相當痛心疾首統治者的殘酷，與臺灣人的悲哀。不過，臺灣最混亂的時代，當更在接近二二八之時。當然，在鍾肇政的初戀情書，為張良澤翻譯公布部份之後，我們知道，光復之後，還有頗長一段時間，鍾肇政仍是熱愛祖國，為傾日情懷強烈的女友來為祖國辯護。離真正為祖國情懷破滅的年代，還有一段時間。但是已經可以想見，鍾肇政在光復之後不久的祖國愛，已經顯得勉強與掙扎。

而這段文字，真正象徵的是作者要表達的主題所在，代表 1962 年寫作者當時的想法。「如果她還是反抗，那麼結局又怎樣呢？」（鍾肇政全集 2──濁流三部曲下：頁 827）藉由銀妹的象徵臺灣人的歸向。主角的追求，李喬在鍾肇政作品中以女性塑像為題作了詳細研究，結論為像《插天山之歌》所指出的是臺灣心臟，奔妹是大地母土。[8] 同樣的，我也很容易推廣一步的說，銀妹是臺灣大地母土，主角追求銀妹。銀妹就是臺灣大地母土。銀妹是童養媳、養父與白癡像豬一樣的兒子，這幾個角色的安排，像是書中提到的客家諺語「珍珠配豬囉」一句話給我們想像的空間。養父與豬，是充滿政治意涵的，可以讓讀者聯想到日本與中國。

而書名《流雲》也成為象徵。臺灣就是流雲，臺灣人與主角一樣，也如流雲不知該怎麼辦，書上說，流雲如何能凝聚成為大雨來滋潤乾旱的大地呢？《流雲》點出了，臺灣人的命運漂泊，無法安定。

事實上《流雲》也是在最後安排作者追尋理想的。志龍到中壢去找阿銀啦，

---

[7] 《鍾肇政全集 2──濁流三部曲下》，頁 786。

[8] 李喬，〈鍾肇政的女性塑像研究〉，收錄於李喬著《文學評論──臺灣文學造型》，高雄：派色，1992 年 7 月。

迎向陽光所照來的方向。銀妹反抗養父而不屈從，逃走以追求自由，走到不確定的遙遠的美麗的地方。人們期盼流雲快些凝聚在一塊，變成沛然下降的大雨，滋潤正在旱魃中的大地。這三點都表現了臺灣人永不放棄的反抗精神與追求幸福的想望。

　　其實，對於鍾肇政在 1962 年代內心，大家最感到疑惑的是，他的認同，是否還有祖國情結？這是值得商榷的判斷，不過因為作品的解讀的關係，對作者本人有種很大的誤會。我也相信，有許多解讀者，會先要確定作者到底是怎麼想的，然後才對作品有正確的認識。就是會對作者提問，鍾肇政在 1962 年代對臺灣人的歸宿處理是什麼，我分析有幾種可能的「選擇」的答案呢：

1、還是不確定，葉石濤的說法。
2、依舊認同祖國，游勝冠對於葉石濤論文的領略。
3、回到對於日本的懷念的情愫。
4、祖國認同破滅，在政治上認同脫離中國。
5、文化上脫離中國文化，種族上認同臺灣人，脫離中國人。
6、作品表現與個人意識上認同矛盾，功利現像？我領略李麗玲迷失的說法。

　　在此，我並不想作一個強烈的結論，有待另外再研討。在此似乎將如此有魅力的、有味道與美麗的作品，帶到爭議性的認同問題的解讀上面去。對於文學內在思想的領域毫無探討。另外，我是太將文學的社會功能性強調了，何況二二八為臺灣人最深層的傷痛，最需要臺灣作家予以刻劃記錄的，鍾肇政的確沒有那個勇氣在戒嚴時期將之寫下來，一直到解嚴後才有《怒濤》出現。這件事情除了吳濁流以外，就是政治上有背景的人物也要小心翼翼的盡量不要碰觸到。這些都將在下文繼續討論。

　　不過，無論如何我感到，在戒嚴那樣長的時光裡，除了吳濁流以外，可能並沒有其他作家、或是政治人物有資格對其以批判的態度視之的。但是我在細心閱讀《流雲》後，我感到很多已經是充斥著很多敏感的字眼，於是，我深深佩服鍾肇政的勇氣。但當我這樣告訴鍾肇政時，鍾肇政卻告訴我，還有很多中

國軍人強姦、貪污他一點也都不敢寫。這給我深深的感觸。[9]

只是我發現作家畢竟仍舊發揮他們最擅長的一套，也就是象徵。鍾肇政是意有所指的在作品中，寫下日本人搬離侵佔主角父親的宿舍後，主角陸志龍住進自己的房子，卻遇到了誤以「南京蟲」為名的臭蟲的攻擊，但原來只是普通的跳蚤的毒蟲，拚命的吸主角的血，作者寫：

> 日本人所留給我的，已經夠多了，我被迫負荷著那樣沈重的擔子，成了一個廢人，想不到在臺民已乾乾淨淨摔脫了日本人的枷鎖的今天，我還要受這樣的苦，這也是命運的愚弄吧？（鍾肇政全集 2——濁流三部曲下:頁 1087）

原本只是簡單的跳蚤小毒蟲咬人，卻以嚴厲的口吻「誤稱」為「南京蟲」在吸血，所以，自己被「南京蟲」咬，其實是作者有意指向整個臺民的命運，不言可喻。並且以「恐懼」形容其影響。不禁為自己能與幾乎四十年前的作者以密碼般的對話，也有點覺得不可思議的。因為畢竟鍾肇政「愛國」的形象是在眾人中，那樣清晰。其實，作者對於祖國的仇恨意識才是那樣的強烈的。

三、鍾肇政真正的內在世界

此處要處理以上幾個「選擇」前，我簡單的計畫為，首先我參考楊照對《濁流三部曲》認識：

> 「最大的成就乃在於鍾肇政十分誠實地面對了自己少年時代處於日據末期的經驗，一方面細膩建構、重現日本『皇民化運動』下意識控制的天羅地網，另一方面更是極其耐心地追索小說主人翁如何在這天羅地網中生出苦惱、疑惑，進而一步步尋找新認同、新信仰的過程……是不可多

---

9 訪談時間於 1999 年 10 月於鍾肇政龍華路宅。

得的歷史社會學素材。」[10]

　　楊照大致對此作品的印象「從日本人到中國人的認同，作細膩的描述。」
是很中肯的解讀。另外，對比楊肇嘉在回憶錄中對臺灣人與祖國的關係，其在
前記有言：

> 我敢斷言，臺灣人民永遠不會忘記祖國，也永遠不會丟棄民族文化！在
> 日本人強暴統治之下，度過了艱辛的五十年之後，我們全體臺灣人民終
> 以純潔的中華血統歸還給祖國，以純淨的愛國心奉獻給祖國。[11]

　　以上就是強調臺灣人的愛祖國的血是純淨的，整整五十年都是忠心的。而
楊肇嘉的「證據」是說連臺灣藝妓都不作日本人的生意，不賺日本人錢。這是
相當荒謬的說法，有點神話的味道。國家所遭受苦難、歷史的命運，知識份子
卻要求藝妓都該對故國保持忠誠。而洪炎秋為這本回憶錄寫的序，竟然把楊肇
嘉的這段話，引為臺灣人的心聲。我想，楊與洪在 1967 年代或許不得不這樣講，
更重要的是，那個時代的中國人，似乎要求臺灣人連妓女都要保持臺灣人的「中
華民族精神」，這是很恐怖的思想。這真是反映出臺灣人的原罪與血淚。
　　但是臺灣人真正的心聲卻是恨國民黨的高壓統治。還有產生一種思考是，
臺灣人被日本人統治五十年，並非臺灣人願意的，是中國人割讓給日本人的。
以及在發生二二八之時，也有受難的臺灣人家屬苦情的認為臺灣人並未對不起
中國人啊！我們是那樣的愛祖國與歡迎祖國。一種日本殖民地的原罪，死死的
銬住臺灣人。而「純潔」的血來歡迎祖國這種說法，變成了一種實際上是哀怨
的抗議。
　　那麼基本上，鍾肇政所建構的民族國家認同，如楊照所觀察的「從日本人
到中國人的認同，作細膩的描述。」在那個時代裡，這部作品本身就是頗為顛

---

[10] 楊照，〈歷史大河中的悲情——論臺灣的「大河小說」〉，收錄於《文學社會與歷史原像》，臺北：
聯合文學，1995 年 10 月。

[11] 楊肇嘉，《楊肇嘉回憶錄》，臺北：三民書局，1967 年。

覆性的。這部大河小說的確有必要,像《亞細亞的孤兒》那樣受到廣泛的討論。經得起目前的後殖民、後現代等等論述的考驗。我也深深覺得那些西洋的理論,實在不足以來框住這部作品的內涵。

在李篤恭於 1964 年 10 月 5 日初步閱讀鍾肇政的《流雲》後,他在給鍾肇政的信上提到:

> この作は一民族の轉換,臺灣人は裏切り者てなかつた事の「交待」だとえざ。(翻譯:此作是一民族的轉換之歷史,同時「交待」在祖國的歷史上臺灣人並非背叛者的事實。)[12]

這是多麼沈痛的反駁,在日據皇民化時代,大概今天很少人能體會臺灣人被日本人罵為「張科羅」「要打去支那人根性」的慘痛心情。而此類受到的歧視,或許今日只有原住民、番仔、熟番、外籍新娘才能深刻的體會同情與瞭解,因為原住民他們仍然在經濟與社會的壓迫下生存。至於外省人今天做為臺灣人的一份子,是否也能理解呢?一味的以「皇民」來指控臺灣人的心聲與嚮往,可是身為一個「臺灣人」的英雄好漢的行為?《流雲》可說是一個難得的臺灣人歷史記憶的釋放,又帶有藝術性的作品,是族群彼此融合前,值得欣賞的作品可讓彼此互相的理解。

以上是孤兒意識裡,臺灣人更深的被歧視的罪惡感。戰後,臺灣人並未消除那種原罪意識,反而更深的如楊肇嘉那樣的人,僅僅能以自身的純潔血液,向祖國交代。那麼,李篤恭看了《流雲》,因為他是自身遭受到祖國「同胞」的白眼與懷疑,如「皇民化遺毒」、「講奴隸的語言日語」、「武士道遺毒」所以他很容易將讀鍾肇政的描寫光復後臺灣人心情的作品《流雲》,李篤恭自然的反映出那種心情「臺灣人並不是背叛者」,背叛指的是誰?當然是背叛祖國。

不過,作者鍾肇政在作品中所暗示的反抗性,要超越這種原罪意識多的多。而「鍾肇政本身的認同問題的答案」?這個答案,可能我們要學習鍾肇政的捕

---

[12] 李篤恭致鍾肇政信,真理大學臺灣文學資料館,1964 年。

捉心靈意識的能力。並非幾個問題就可以描述成功歸類的。

　　楊照上述的發言還引發兩個問題：第一，楊照認為鍾肇政這位作家只是因為誠實，而自然的處理了國家認同民族種族的認同主題。但是，假如作家只是誠實，那就不叫作家了，而且鍾肇政很多二二八事件的事情在《流雲》裡並不敢表達，包括祖國同胞貪污與強姦的現象。而且臺灣人的未來走向，這是他們那一代年輕人最困惑的。而鍾肇政提出《臺灣人三部曲》就是一個答案。這答案早就在鍾肇政寫《濁流三部曲》之前就出現了。《濁流三部曲》是豐富的、深刻的、細膩的。也就是彭瑞金講的臺灣人精神史的沸點。我是覺得，鍾肇政以小說家，是完全的「騙到」楊照了，讓楊照講出鍾肇政是「誠實」的。

　　第二，楊照說的鍾肇政的新認同、新信仰，是指出停留在脫離日本人的程度嗎？不知道他對於《流雲》怎樣解釋了。筆者是很期待的。

　　我本身對於鍾肇政也有很多的疑問，或許應該說我仍然沒有極其有說服力的答案。對於鍾肇政難道沒有正確的認識？他不正是政治上的臺獨思想主張嗎？他僅僅是文化上的臺獨？臺灣鄉土意識？有意與外省人抗爭在中國文學的地盤下發展臺灣文學？這的確是一個大問題。但是我覺得應該假設的方式，先肯定他的臺獨思想。這個假設的根據，可以參考穆中南給鍾肇政的兩封信，這是來自於外省人的對鍾肇政的看法，1965 年當時部份外省人與統治者就是這麼看鍾肇政的。[13] 我想或許才有可能瞭解這一代人的心情的一天，更正確的詮釋戒嚴時期創作的隱晦內涵。

　　臺灣人的精神就是鍾肇政生命的主題。臺灣人的歸向，就是 1962 年代鍾肇政的文學主題表現在《流雲》。流雲景致的茫然感，這部作品令我心靈震撼的臺灣人的苦悶景像。或許，我們對鍾肇政的認識，才是真正的像「流雲」一樣不定與迷惘吧！不過，我仍要講，鍾肇政對於自己的與臺灣人的命運的了解，倒是很堅定的清澈的。

　　可進一步的想，鍾肇政為什麼一再地以刻劃乙未抗日戰爭的英雄如姜紹祖、吳湯興，或者是臺灣人「走反」的故事《沉淪》，還有霧社抗日的勇猛的反抗事件，我相信，這些臺灣的客家的英雄人物也好，原住民的霧社反抗事件

---

[13] 信件內容請參考拙文〈鍾肇政內心深處的文學魂〉，《文學臺灣》，2000 年 4 月號。

也好。甚至就是因為二二八才造就成鍾肇政這個人，因此一事件的種種原因、過程，激發其潛藏於內心的，來自異國教育養成的正義的、軍國的、反抗的精神。反過來說，也是因為鍾肇政，我們才認識到臺灣人原來也有勇猛的、純潔的，並非都是三腳仔、怕死的、不團結的自私可鄙族類啊！臺灣人精神已然成立於臺灣文學作品之中。

第三節　與葉石濤的〈鍾肇政論〉對話

一、問題緣起

葉石濤在 1966 年 5 月發表的〈鍾肇政論〉說：

> 「不要把先人之遺產裡面最純淨又充滿慘痛記憶的文學成就也埋進墳塋裡面去了。」[14]

這是對於日據時代臺灣新文學的傳統，也就是臺灣文學史的建立問題，兩人做初步的溝通。至於葉老在文中次標題的說法「流雲，流雲，你流向何處？」表達對於鍾肇政文學思想虛無飄渺的擔憂。這點，恐怕是當時解讀鍾肇政作品中主題表現的問題。葉石濤提醒鍾肇政的是需要有像吳濁流般堅毅的寫實批判的社會意識。這是對鍾肇政在作品《濁流三部曲第三部——流雲》，不敢寫太多：

> 「光復半年以來這鼎沸，動盪不已，形形色色，變換無窮的社會各樣相。」[15]

---

[14] 同上註。

[15] 同上註。

所發出的不滿，或者葉石濤先已閱讀了鍾肇政發表在《中央日報》的《濁流三部曲》第二部《江山萬里》的先前印象，而對其「臺灣人命運與未來」的堅定信心有所疑慮。另外，也有「思想貧血」的嚴厲批評，這是對其世界思想潮流的吸收有所懷疑外，恐怕還是在於認定了「鍾肇政無知於日據時代寫實批判的傳統」，致使營造了建立於「空中樓閣」的虛無情節。

以上所謂「思想貧血」與「埋葬了日據時代的文學傳統」的批評，實際上是二而為一的，是一種臺灣文學精神的領航作用，也就是文學立基於寫實批判的社會人道主義思想。〈鍾肇政論〉中，實際上對文學的表現討論極少。《流雲》的主題，其實，鍾肇政在撰寫第一部時就設計好了——迎向未來光明之路與遭遇到可預測的破滅。不過鍾肇政真正寫到第三部之時，鍾肇政為了個人的文體、風格大傷腦筋，寫作時遲疑很久。真正對鍾肇政長篇文體的文學討論，要到彭瑞金於 1973 年發表〈論鍾肇政的鄉土風格〉才有初步的成果。[16] 此論文可謂大解鍾肇政渴懷。當然葉石濤在給鍾肇政的私信裡也表示很多讚賞的意見，他也認為《流雲》是鍾肇政作品中很「美」的，也常常提到鍾肇政往後發表的，但算是《濁流三部曲》的前奏曲《八角塔下》之少年浪漫青春之美。葉石濤在評論裡批評《流雲》，或也有告誡其他臺灣作家之意，也有重述自己強烈的文學理想吧。

事實上，葉石濤在著筆〈鍾肇政論〉之時，就知道鍾肇政已開始執筆以「臺灣人」為名的三部曲，所以他對鍾肇政的批評並不在於懷疑鍾肇政做為臺灣首席作家的地位，與塑造臺灣人心靈的使命感，而是對其表現上無法滿足葉石濤個人的世界性的標準與臺灣意識下的閱讀快感。可議的是，在這本書簡也透露出，日後，葉石濤寧願鍾肇政多寫些浪漫的愛情故事，也不願鍾肇政寫日本人太多「壞話」：

你的長篇小說再由《中華日報》發表有什麼關係呢？為了燃眉之急，還顧得了其他嗎？錢才是最重要的。寫霧社事件也沒什麼不可以，不過與其寫什麼抗日或反抗等轟轟烈烈的事件，或不如寫高潮迭起的言情小

---

[16] 彭瑞金，〈鍾肇政的鄉土風格〉，收錄於彭瑞金著《泥土的香味》，臺北：東大，1980 年 4 月。

說？就如在溪頭夜路上我對你說的，寫可以媲美羅密歐與茱麗葉那樣的，臺灣式偉大的羅曼史。怎麼樣啊，看能不能鞭策老馬，再寫部精彩的愛情小說吧？這樣誰都不會怪你，你也可以穩穩當當地賺取稿費，安逸過日子。[17]

　　從書簡中很多地方，可判斷葉石濤似乎更寧願鍾肇政多多批判中國人卑劣的地方。以上的一段信，比較〈鍾肇政論〉，我們知道兩位臺灣作家原本是浪漫的也是富有正義感與寫實批判的精神的。只是對於「歷史見證的使命感」兩人有不同的著眼之處與策略。

　　若是葉石濤在1957年就參加《文友通訊》，更早與鍾肇政建立了堅強的伙伴友誼，知道鍾肇政早已接受了上帝的對其下達拓荒臺灣文學的使命召喚，相信會對鍾肇政發表在《中央日報》的《濁流三部曲》第一部《濁流》、第二部《江山萬里》，與發表在《文壇社》的第三部《流雲》，在臺灣人命運的主題表現與曲折苦心能夠體諒與體會更多，提早挖掘出更多的幽微之處，領略到某種白色恐怖下該存有的閱讀策略。

　　相對的，鍾肇政文學也是太晚熟了，沒有日據臺灣文學精神的燈塔指引，無法親炙領受像楊逵、龍瑛宗、呂赫若所傳遞的聲音，當然也不會深入認識到賴和的精神，1965年鍾肇政尚沒有葉石濤那種要為前行代的文學家對日據時代臺灣文學作一個見證的使命感。這些精神上的斷層，是否對於鍾肇政在臺灣文學的創作進程上所延緩呢？

　　不過，前行代的文學歷程，的確是有臺灣人的精神，可讓鍾肇政及早燃燒熱情的火種，減少文學創作孤苦的心靈啃蝕吧！就像鍾肇政這一代心靈中，所擁有的「日本精神」式的精神美感，又何曾有下一代來為之傳承與歌頌呢？光復初期，臺灣人精神曾經好不容易建立起來，就這樣被外來的貪污、腐敗政權與臺灣人本身的劣根性給毀滅了。

　　總之，此刻兩人從第一信起，正誠懇的溝通與互相熱烈的鼓舞，一同咀嚼

[17] 《鍾肇政全集29》，葉石濤信，1982年9月5日，頁424。

臺灣文學的鄉愁呢！[18] 一起為確立「臺灣文學」這四個字而努力與負起建設臺灣文學的責任。信件起初是以中文寫，漸漸都以日語，這也表示兩人特殊的情誼與信任感。利用異民族的語言文字算是共同表達一種臺灣人的矜持吧。葉石濤的講法，則說是他們這一代的毛病──「毛病」的用語真是充滿了葉石濤的味道，他真正的意思是，才不想理無知的你與外省人呢。

當他們認識七年後，1973 年鍾肇政又於黨報《中央日報》發表了《臺灣人三部曲》之第三部《插天山之歌》，葉石濤雖不明其故，也就只淡淡說：

> 「最近你好像寫了很多符合國策性質的東西，忙碌之餘，可不要忽略了健康哦。我已經老昏聵了，以往的霸氣早已消失無蹤。」[19]

並且此書出版後，對此作品似乎也不甚激賞，所以在收到鍾肇政寄送來的書時，只有輕描淡寫在回信上說：

> 「謝謝大作《插天山之歌》。我在《中央日報》上斷斷續續地讀了一些，能夠一口氣讀完整本，當然又是別有一番趣味。你充沛的精力令人嘆服。以五十之齡，還有這等氣魄，真的是令我五體投地。我照例是醉生夢死，再也沒有執筆的意願。」[20]

但成書前後葉石濤倒是對鍾肇政一致持有完全信任的態度了。附加一言，《插天山之歌》，後來受到惡評，使得鍾肇政耿耿於懷，又極度想淡然處之的矛盾。也有極度推崇者如李喬，兩者形成兩個極端；而鍾肇政似對於過往評論都盡可能的不將之放在心上，堅持自己的思想與文風，這或許才是鍾肇政真正的「執念」──能夠灑脫於惡評與善評之間，這點真是令我感到相當的怖畏。彭瑞金、李喬也有相當深的感觸，頗敬畏的表示，一說巨石，一說老薑麻。鍾

---

[18] 《鍾肇政全集 29》，葉石濤信，1965 年 12 月 11 日，頁 15。

[19] 《鍾肇政全集 29》，葉石濤信，1973 年 7 月 9 日，頁 235。

[20] 《鍾肇政全集 29》，葉石濤信，1975 年 6 月 17 日，頁 253。

肇政真正的文學資質，或許今日在公元兩千年才要顯現，這又要令人恍然大悟鍾肇政的「形象」到底為何？這是認真去凝視他的人，共有的感受。

以上葉石濤對鍾肇政嚴厲的批評，有點像是葉石濤在日據時代寫下〈媽祖祭〉投到張文環編輯的《臺灣文學》裡，接受到的嚴厲的批評，謂其思想過雜，並矯正其浪漫文風應轉往寫實之路。十七歲少年天才、小小年紀立下諾貝爾獎的驚人志願，那時葉石濤被前輩惡評後的心情；大概與四十歲已寫下巨幅小說的鍾肇政，不可一世下的心情下看了〈鍾肇政論〉所受的衝擊，兩者的遭遇或有點類似吧？而且〈鍾肇政論〉不斷的受評論者、教授與碩士論文絡繹引用，久久未能衝破時代的迷霧也算是一奇。比如講，《插天山之歌》的男主角什麼也沒幹，只會逃，最後還弄大了女人的肚子。玩笑歸玩笑，也是可以繼續照開，這真可算是臺灣評論史的一大奇事。讓作者也難免也最為記掛此記錄了。

二、「思想貧血」與藝術性的探討

思想貧血的問題，鍾肇政說：

> 「某些論者認為光復後第一代作家的作品，普遍患了思想貧乏症。是否真有這種缺憾；如果是，則原因何在，是否僅為他們所獨有的缺陷等，在在有待文學史家作一番深入的研究。不過我們也都可以同意文學作品確實需要一種思想體系做為骨幹，否則在世界文壇上便很不容易覓得一席之地。」[21]

「貧血」一詞，事實上王詩琅於 1964 年的《臺灣文藝》上發表〈日據時期的臺灣新文學〉中就提過，原文是指 1935 年代，臺灣文學的日文作品有多過白話文作品的憂慮。臺灣的漢文詞彙因為與祖國（當時也認定是外國）分離的緣故，等於臍帶斷了，造成了文字上的貧血。或也有世界性思潮吸收的問題。事實上往往被指為思想貧乏的代表人物鍾肇政，他是重視思想的。個人被認為沒

---

[21] 鍾肇政，〈臺灣作家的日本經驗與中國經驗〉，《時報周刊》，1980 年。

有思想是一回事，但他當然是重視的，而且也是努力的。世界上千千萬萬這樣多作家，要批評誰沒有思想，是非常容易的事情，很主觀的也很危險，因為卻也表達批判者自己眼光是否銳利的問題。但是許多學者拿鍾肇政自己的話：

> 「我花了十五年的時間才完全擺脫日語。20 歲到 30 歲之間，本來是建構思想體系的最重要的時期，可是我把這段時期用來學習ㄅㄆㄇㄈ，所以落得思想貧乏也無可奈何。日語也好，中文也罷，都是半調子，命中註定成不了大作家。」[22]

以此來特別指證這位作家沒有思想，實在有夠荒謬的。龐大的作品都讀不出思想就算了，何必還要拿作者自己的話來壯膽量呢？鍾肇政真是不懂得宣傳自己，不是嗎？

在 1961 年《濁流》發表於《中央日報》獲得廣大讀者的歡迎之時，就有日據時代的作家，對之做出缺乏思想批評。吳濁流也是其中之一，他對鍾肇政所謂酒中加了太多水之評語，令人印象深刻。而這種講法，對寫作者是否真有幫助，實在很難講。相反的，林衡道卻說：

> 「日據時期的某作家批評《濁流》說是筆下缺乏思想性，如果能更認真地讀些世界名著，這位作家會更成長云云。這樣的批評是抽象的，基本上說來並沒有錯，不過若具體由技術面加以考察的話，可以說近乎是空論。蓋一篇作品的思想性如何，與文學主題的關係，這些都是文藝批評家在事後再冠上的，我認為作者並沒有必要一開始就侷限於某一思想型式來寫作。也不需要主觀地成為某一題目的所控制，我認為好的作品有些是有思想性，但有些卻不一定有。譬如羅倫斯或莎崗的作品，其中都談不上有什麼思想性，但它們都不失為是名作。《紅樓夢》或《儒林外

---

[22] 岡崎郁子著，涂翠花譯〈二二八事件與文學〉臺北：《臺灣文藝》創新 15 號，1993 年 2 月 15 日，頁 13-14。岡崎依據 1984 年 9 月 18 日在日本涉谷車站前的餐廳中，為旅日的鍾肇政開設座談會，席間他發表的一段話。本文，引自李麗玲之碩士論文《五〇年代國家文藝體制下臺籍作家的處境及其創作初探》。

史》也同樣找不出絲毫的思想性，但它們也都是千古不朽的名作。」[23]

他欣賞《濁流》中的美，谷清子的美，少年人的在性心理方面成長的描寫。他說：

> (一)對當時知識份子的苦悶有相當深入而成功的描寫，並無誇張之處，這是我覺得最難能可貴的地方。(二)人物的各種類型（我討厭所謂的什麼性格，我要說的是更客觀的類型）的塑造也是相當成功的。(三)時代性、地理性的描寫也較鍾理和氏更為突出。(四)性心理的描寫接近佛洛伊德派精神分析（譬如青年對年長的女人的愛慕，並非柏拉圖式的戀愛，而是近乎生物面的愛情等等）。我覺得這方面的成功是非同小可的，是本省其他作家們企望所不及的。(五)故事的結構也自然、順暢，氣氛營造豐富。[24]

上信發出過了十多天，他又說：

> 拜讀大作《濁流》迄今已有十數日，故事的各個場面如今仍歷歷如畫浮現我的腦海。如今更深深感受到此作品的非同凡響。如果是一般的凡俗之作或許讀過二、三天就就將故事情節忘得一乾二淨。我認為《濁流》確實是目前本省作家作品當中最優秀的作品之一。相信較諸過去的〈木瓜小鎮〉也毫不遜色。其他方面或有不及之處，但就性心理的描寫一點還是要比〈木〉凸出許多。[25]

所以，五年後《流雲》的批評，對鍾肇政的衝擊也不算什麼大不了。或許，會令鍾肇政驚訝，「又聽到這樣的評語」罷了。筆者是深深覺得《濁流三部曲》

---

[23] 1962 年 7 月 2 日林衡道致鍾肇政原信，李駕英譯，原信於臺灣文學資料館。

[24] 1962 年 6 月 20 日林衡道致鍾肇政原信，李駕英譯，原信藏於臺灣文學資料館。

[25] 1962 年 7 月 2 日林衡道致鍾肇政原信，李駕英譯，原信藏於臺灣文學資料館。

尚未得到公正的看待。不過，創作者才沒時間管以前的作品不是嗎？要寫的該寫的真的太多太多了。不快寫，簡直會被「悶死」的。想到，戒嚴時期統治者若要處罰鍾肇政，判他臺獨叛亂死刑，還不如讓他無處發表嚴酷呢。

第四節　〈大巖鎮〉出土與永恆女性

一、三部曲的一個構思源頭

在上面兩節，處理了《流雲》的隱晦意涵，以及藝術上的優點。但是為什麼三部曲中的最後一部，有重要的女性角色銀妹的誕生呢？其作用又是什麼？而以改前面兩部的反抗為核心的結構呢？這可從鍾肇政之前的短篇小說，看出作者三部曲結構的設計的胚胎。那也就是〈大巖鎮〉的產生。

這篇作品，是鍾肇政有感於李榮春的作家精神而來。透過「我」也就是鍾肇政本人對以李榮春為模特兒的「嚴鐵城」，持以好奇、崇拜的眼光，深入探索李榮春的神性。我說神性，或許有人不以為然。是的，雖然是短短三萬多字，實則表現出鍾肇政對李榮春那高尚心靈的鑑賞眼光。我們也可以觀察出這篇作品的莊嚴性，除了真有李榮春其人其事，而李榮春也正需要一種很特別的敘事者「我」，以特殊的「我」的眼光才能表現出、挖掘出李榮春的偉大。

更重要的是這篇作品與《濁流三部曲》在結構上的相關性，也就是鍾肇政在第三部《流雲》已經設定好，主題就是永恆的女性，而與第一、二部的男性反抗的主題有所不同。除此之外，這篇作品也透露了，鍾肇政所欣賞的男性形象，可作為日後兩個三部曲的男性人物的原型。

當然要事先討論〈大巖鎮〉的主題。那是表現鐵城精神，可以說與文外的李榮春精神一致，但是其中的浪漫情節、虛構之處很多，作者的表現力也不可忽視。

文中，我特別有感於幾句話，表現於主人翁鐵城所言：

「什麼工作都值得用全副精神去領略，去體會的，就是痛苦也不例外。」

「我是這麼珍惜寸刻的光陰，稍有閒暇，對我的生命卻顯得那麼意義重
大。」[26]

　　李榮春本人正如鐵城一樣，至死為了遠大的理想徹底實踐的。一寸光陰一
寸金，人人會講，但世上能如李榮春徹底實踐者，非常少有。這是他個人生命
上非常神秘的寶貴的衝撞力。也只有像鍾肇政這樣，也是把握寸光陰的作家才
能領略的吧！

　　1958 年鍾肇政的筆鋒或許仍舊不夠銳利，敘事安排也不比往後的作品優
美。但他努力建構下的李榮春的精神是不凡的、永恆的。顛倒過來，也可以說，
一部作品若討論的主題是嚴肅的、處理手法是認真的。以一般性的筆鋒、敘事
結構來批評這部作品，是未能認真領受，是不能讓自己獲得更多的感動。誠如
作品中所講：

「他的苦心孤詣，堅忍不拔，刻苦自勵的精神，是能感動任何一個有血
性的人的。」[27]

　　這就似乎等於說這篇作品對於沒有血性的讀者，就無法獲得感動似的，何
況這篇文章並非是一般的說教文章，是切切實實有血肉細節，深入描寫人物、
情節的小說。鍾肇政在作品開頭，引用了聖經上所說的一句話：

「那殺身體不能殺靈魂的，不要怕他們；
唯有能把身體和靈魂都滅在地獄裏的，正要怕他。
　　──《馬太福音》十‧二十九──」[28]

　　這可類比於東方的一句口頭禪：「遇佛殺佛，遇祖殺祖。」這句話裡頭所

---

[26] 《鍾肇政全集 15》，頁 518。

[27] 《鍾肇政全集 15》，頁 564。

[28] 《鍾肇政全集 15》，頁 494。

顯現的魄力，想見於鍾肇政為現實上的李榮春的遭際如何打抱不平。平凡人或許會有一種中庸的看法，認為鍾肇政是以憤世嫉俗的眼光，來寫主人翁窮途潦倒，並以嚴屬的眼光批判公務員、廟裡，說這些地點相對於濁世也都非清淨之地，天下之大卻無處讓純潔的作家有容身之地。親戚也因鐵城無錢而趕他出來，至交好友也世俗的金錢化並誤解鐵城。鐵城在大陸恨日本人，希望能殺盡日本人，這時卻同樣起了念頭要殺周圍那些污鄙的人。可見鐵城幾乎如梵谷一樣瀕臨發瘋。

雖言李榮春以嚴鐵城出現在鍾肇政筆下被描述成憤世嫉俗，但是他一生恪守理想、實踐理想，為祖國的和平幸福與強大而創作，而散發出偉大的作家精神。因此，憤世嫉俗，可解釋為佛家講的「我不入地獄，誰入地獄」。梵谷死前還有弟弟西奧支持他，李榮春則是單獨面對人間的冷酷，不過這也僅僅是卑微的筆者一種唈嘆。畢竟李榮春都敢入地獄了，何在乎其它。

還要順提，另一位入地獄者是鍾理和，他辛苦創作出臺灣經典鄉土文學如《故鄉四部曲》、《笠山農場》卻無處發表，生前不得出書。這讓鍾肇政體會出臺灣作家的命運，就是臺灣人的命運。於後也有多少催生了鍾肇政繼《濁流三部曲》完成後，立刻往十多年前的生命主題《臺灣人三部曲》勇敢邁進。

〈大巖鎮〉小說發展讓鐵城處境更險惡了，鍾肇政安排了鐵城的兒子被燒死、妻子小產與發瘋，這些讓主角心理真正落入絕境。鍾肇政寫道：

> 「有人說，自殺的人是弱者，但我卻未必能同意，當一個人決心自殺，而不能付諸實施時，他才是個真正的弱者。」[29]

這豈非是一種對鐵城的命運的日本精神式的思考呢？但，因為女主角「金枝」的愛，使得主角獲得了救贖，這又是西洋的浪漫思想的影響。

> 今夜，我徘徊在天橋上。當我看準南下的列車疾駛過來，正準備縱身一躍時，我看見車窗裏探出了一個女孩子的面孔。那是，啊！那明明是金

---

[29] 《鍾肇政全集15》，頁554。

枝啊！她在一時間後連同列車消逝了。[30]

雖然得到救贖，事情卻還沒有結束。為了金枝、為了祖國，鐵城終於完成了「長江三部曲」，他希望能夠影響讀者，激起讀者的愛國心，「長江三部曲」卻無能發表。政治社會上掌握著權力者，給他的卻是錢，但是鐵城根本不要錢。在聽到一群有名作家的談話，建議鐵城寫些通俗作品。他的「憤世嫉俗」達到了最高潮，鍾肇政用了極粗鄙的文字，屁屁屁，來表達內心的不滿：

> 「什麼樣的作品才是適合大眾的？又什麼才是大眾所需要的通俗小說？難道要我也寫那些誨淫海盜的沒廉恥的文章？介紹發表，哼，發表了便怎麼？為換幾文稿費嗎？為博取作家的名號嗎？屁！屁！屁！我怎能夠？我寧願賣我的燒餅蹬我的三輪車，也不願這種稿費來換飯塞嘴填肚子！……」[31]

於是鐵城利用獎金，只出了三分之一的作品，卻賣不出去，欠下大筆債，人生更進入窘境。而發瘋的妻子最後也終於死去。幸虧還有金枝對鐵城的愛，還有鐵城對祖國的愛。因此創作成為他真正的救贖。

〈大巖鎮〉也觸及到一點白色恐怖下的禁忌，裡頭有句話「寧願祖國負我，我也不願負祖國」，牽扯到主角到了大陸想要奉獻生命、建設祖國，卻被祖國潑冷水。其實何止冷水，真實情況是寒冰是閃電是雷擊的。意指類似吳濁流筆下臺灣人的「孤兒」處境。文中也提到了中華民族貪污彼此爭鬥的惡習，祖國人民的不振作讓主角非常的痛心。這不也就是比在《流雲》中更直接的反映鍾肇政的心理嗎？

說到這裡，我是對鐵城，也就是模特兒李榮春本人的純潔的祖國愛而感動。雖然我是主張臺獨的，主張臺灣人應該獨立長大、不要再依賴父國母國，要建立臺灣獨特驕傲的世界級文化，為避免類似因為無知於國際局勢，而遭遇如再

---

[30] 《鍾肇政全集15》，頁554。

[31] 《鍾肇政全集15》，頁558。

一次的二二八浩劫。但是，我了解鐵城在光復前後那段歷史中，表現的心理基礎，他的祖國愛是永恆的，這是無關意識形態的。我也能夠尊敬李榮春於 1990 年代的愛國心情。他畢竟是 1914 年代悲哀的臺灣人的一代。也是因為我能懂得他是純潔的文學家而不是野心政客，他的文學本質上是無關統獨意識型態的。就如鍾肇政的《濁流三部曲》我認為雖有臺獨的意識為基礎，本質上，他仍是愛國愛鄉的純潔的文學家無關統獨，也因此《濁流三部曲》美感色彩懾懾懾人。

對於〈大巖鎮〉作品的技巧本身，前三章是以「我」作為觀點，一開始就引入鐵城的特異的文學家生活，他為了鍛鍊體魄，在深夜中跳入水中游泳，引起了「我」的好奇，「我」的欽佩。在「我」從阿福叔姆口中瞭解鐵城外，也以倒敘描述「我」回鄉時就遇過鐵城拉牛的動人場面。又接著鐵城好友庚申 [32] 引薦而熟悉鐵城，與為進一步瞭解鐵城而借出鐵城的日記加以閱讀。「我」的眼光更加泛起崇拜之心。而後四章，則以鐵城的日記作為主要內容。似乎觀點有點移轉到鐵城，「我」與「他」觀點重心的轉移成為一種不平衡、阻斷了讀者的感覺。但是這倒無妨，事實上觀點仍舊是「我」在看日記，並仍以「我」深入的瞭解鐵城在大陸的生活，「我」也瞭解到鐵城的創作的心理。整篇小說的重點，就在於讀者是否能同於「我」對於鐵城保持相同的注意、好奇，從而與「我」一樣引起崇拜之心。當年作者向鍾理和透露，其中關鍵在於人物哲學思考問題。我則覺得實乃那是一個思想犯時代，人物還是最好不要表現太有思想。

文中出現的「長江三部曲」，雖指的是李榮春的創作《祖國與同胞》，實際上鍾肇政在此時，已經有想寫自己的自傳小說，也就是往後的《濁流三部曲》形式。從〈大巖鎮〉的敘事手法，時空凝縮，可見鍾肇政已能寫長篇。若可挑剔者，該是傳達「資訊」方法顯得囉唆與困難，技巧上雖以總結會話、以日記傳達來解決，卻容易引起讀者質疑作者在情節設計上的想像能力。實際上，作者的虛構主角人格精神的能力仍然可觀。這讀者自然可以李榮春本人的作品《海角歸人》描寫內容有很多接近之處，但是兩篇風格、故事安排差異很大。

〈大巖鎮〉其中有許多和歌、日記穿插，這也顯示鍾肇政在《濁流三部曲》

---

[32] 即以陳有仁為模特兒，陳有仁也是以寫信提供李榮春基本經歷給鍾肇政為創作基礎的人。

中的思惟方式，鍾肇政也是利用自己的日記為本，對於自己青春熱血、懺悔情懷揉合了平凡人物在民族社會下掙扎的歷史處境，以成長小說精神加表現生命觀、世界觀。在《濁流三部曲》的情節佈局，已經是行雲流水、巧思湧現，不斷有令人好奇，有吸引人讀下去的力量。

二、「永恆的女性」主題端倪

鐵城的內在精神，很多部份充滿了鍾肇政自己的浪漫思想，作品中的背景「大巖鎮」事實上是大溪。也鍾肇政在日後的作品中《濁流》的場景，並非是李榮春的活動場所——頭城。文中場景齋明寺則是鍾肇政個人的情山也在大溪，如同《濁流》寫的主角志龍與谷清子這位浮士繪日本古典美女的遊戀之地。〈大巖鎮〉筆下透露出作者對一個「永恆的吻」的崇拜：

> 今晚可能是我們最後的把晤，剛才道別，我是多麼想吻妳一下，在我心中留下一個永恆的紀念呀。可是我忍住了。……然而，為了妳的純潔，我連妳的香唇都捨不得碰一下。儘管我們之間是如此清白，然而妳的心已被我沾污了，糟塌了。[33]

那種純潔的幻想與潔癖，真不知道是鍾肇政本來的氣質，還是受到什麼西洋文學作品如屠格涅夫《父與子》情節的影響。最重要的是從〈大巖鎮〉可見到鍾肇政要創作一個臺灣的「永恆的女性」以獲得臺灣人救贖的文學構想。這是鍾肇政整個文學殿堂的核心思想之一。也就是臺灣的美、「認同臺灣」的救贖。

> 「今夜，我徘徊在天橋上。當我看準南下的列車疾駛過來，正準備縱身一躍時，我看見車窗裏探出了一個女孩子的面孔。那是，啊！那明明是金枝啊！她在一時間後連同列車消逝了。

---

[33] 《鍾肇政全集 15》，頁 524。

『城哥，我四時都在為你祈求神助啊⋯⋯』

『城哥，我相信你有天份的，寫吧，寫出不朽的傑作⋯⋯』

我的耳畔響起了這熟悉的聲音。呵！冥冥中她在引導著我，為了她──我不能懷疑，我確信，她就是我中華民族魂的化身──我必需活下去，無論如何得熬下去，完遂我的志願⋯⋯」

在這一剎那間，金枝成了鐵城心目中的永恒的女性。[34]

　　另兩個核心思想，一為「臺灣文學有臺灣文學的特色」，表現於細繪臺灣風景、人情、歷史、語文、反抗精神。也表現於本土的自然、風景能拯救、能梳洗主角的靈魂。二是「人性的尊嚴儘管卑微，但不容侵犯」，其實這就是鍾肇政筆下反抗意識的本質，或者說是一種人的本然存在的韌性。這也同樣可說是一種是虛無的人生觀命運觀中，求取扎扎實實的掙扎與奮鬥的人生。在〈大巖鎮〉的風景描寫與卑微的人物的掙扎，都可見到這幾個核心思想。而《濁流三部曲》則完完全全表現這三點核心思想。

　　關於鍾肇政「永恆的女性」的思想背景。可參考葉石濤、李喬的文學評論鉅著，或者葉石濤、七等生的文學作品。直接觀察西洋文學裡頭，始自但丁、歌德文學的女性造型與女性崇拜的思想原型，當可更深入鑑賞浪漫文學的核心思想。要特別指出來的是，我在很多文章中都指出來過，白色恐怖時代中鍾肇政在作品中所謂的「中華民族魂」，在鍾肇政內心中早在創作此篇之前就是「臺灣魂」了。「永恆的女性」鍾肇政也必將刻劃成「臺灣的永恆的女性」如銀妹、奔妹。這在鍾肇政文學的字裡行間、精神上都可得到見證。總之，也可說鐵城也灌入了鍾肇政個人的靈魂。

　　以上都證明，〈大巖鎮〉雖以李榮春經歷為本，但是卻大部份情景、思想、對話都是鍾肇政虛構的。如李榮春並沒有青梅竹馬金枝、當然更沒有金枝出家這回事，有童養媳但李榮春結婚後立刻赴大陸，兩者卻沒有同房沒有生下小孩。李榮春在大陸時與回臺後另有羅曼史。

　　〈大巖鎮〉最後幾句話很感人，當年鍾理和也體會到了。似乎鍾理和也是

---

[34] 《鍾肇政全集15》，頁554。

作家精神的實踐者之一所致吧！當然鍾肇政也是的。現在抄錄於下：

> 「我要寫了。這次我得慢慢來，沉著地，穩重地寫，為至今仍在苦難中
> 掙扎的祖國，為行將來到的光明的日子——我已望得見曙光，因為祖國
> 正在漸漸強大茁壯——我要傾注一切精力，拼命地寫。我要醮著淚水寫，
> 眼淚乾涸了，就讓我醮著血液寫吧！」
> 如今，這一部二十萬言的小說，已到了殺青的階段。誰也不能逆料，它
> 要步「長江三部曲」的後塵而成悲劇呢，或者在著作如林的中國文壇上
> 脫穎而出。但是，我可以肯定的說，他早已把這些後果置諸度外，所謂
> 「不問收穫，只事耕耘」他是能身體力行的。我還可以想見，他非到醮
> 乾最後一滴鮮血不肯罷休了。[35]

因此，〈大巖鎮〉可以說是鍾肇政創作《濁流三部曲》的暖身。後者之基
本的思想與象徵都已經存在於於〈大巖鎮〉中。

第五節　結論

《流雲》作為鍾肇政的第一部大河小說的第三部，其重要性不輸給第一部
《濁流》與第二部《江山萬里》。特別是第三部牽涉到戰後短暫的時刻，鍾肇
政不得不面對國民政府接收後，臺灣人所感受到的社會亂象。因此特別受到評
論者的注意。而又因為在戒嚴時代創作，作者必須以隱晦的方式、充滿矛盾與
轉折的語言來表現作者真正所要講的話。而又要與前二部的主題最連結，所以
挑戰性是相當的大。

因此本章的第一部份以徵兆式的閱讀法，挑出相當多的反反覆覆的、錯亂
的句子中，試圖找到作者真正的態度。發現了《流雲》隱藏著作者對於戰後社
會亂象、心靈蒼白苦痛的一幕。甚至表現了二二八前夕臺灣人的精神變動。

---

[35] 《鍾肇政全集 15》，頁 562。

　　而在藝術上的表現，尤其延續了前面二部在愛情上的描繪。作品對於銀妹的形象，做了相當美好又有臺灣味的描寫。而作為三部曲中，以永恆的女性作為臺灣人追求理想，精神獲得提昇的動力。而且反映了反抗與努力永不退縮的主題。

　　因此在整個三部曲的結構上，表面上與第一部的反抗主題脫節，事實上深一步的探討，第三部仍然帶有反抗性。只是埋藏於理想女性的刻畫中，男性反而成為配角。

　　這一點是全書的核心。在鍾肇政另外一個三部曲也是如此結構安排。也因此永恆的女性的主題特別重要，在這一章中特別延伸討論了鍾肇政第一次在〈大巖鎮〉的中篇小說，表現永恆的女性的主題，並且與民族精神加以結合。在這篇小說中，表現了鍾肇政的永恆的女性的原型，值得加以重視。

　　基本上「永恆的女性」，是起源於騎士文學中崇拜女性的思想，並結合了宗教的救贖觀念，而構成在浪漫主義文學中，純潔的愛情成為人類精神的鼓舞，完美個人世界的動力。

　　在鍾肇政的文學觀與人生觀中，永恆的女性是鍾肇政創造理想的世界、與上進精神的自我期許，是鍾肇政的人生觀與價值觀裡的重要的表現。而除了愛情的情節的創造結合了國族的認同外，其思想根底與性、死亡有相當深切的關聯。但是在鍾肇政的大河小說中，往往在死與性上的主題僅有淡薄的表現，因為鍾肇政的文學創作本身就是要逃離道德爭議的性與醜惡的死亡，而意圖構成美好的世界，即從文學虛構出一個完美的人生圖像。

　　因此鍾肇政的兩部大河小說在結構上最後一部都已經限定了永恆的女性的角色的刻畫，而將激烈的抗爭的行為轉向為愛情的描寫與純粹精神世界的表現。

　　在下一章第五章中探討《江山萬里》，除了癥狀的閱讀法之外，在以日本精神的視角下，可以發現更多作品隱微之處，有關書名、角色安排，都有鍾肇政在戒嚴體制之下仍有突破的創作，表現其真正的意圖所在。

　　資料一：

　　在葉石濤論鍾肇政諸多開山論文，後者多所引用。例如，葉石濤在 1974年接受李昂訪問時說：「我以為在小說裡寫自己是旁門左道，我很討厭在小說中喋喋不休討論自己。看到自敘傳的小說，不是叫我作嘔，就是叫我覺得這作

家黔驢技窮。」一般文學評論，或許，會以此來概括葉石濤某些作品，尤其是針對於鍾肇政，因為鍾肇政的作品往往被視為私小說、自傳性作品的大家。不過，葉石濤卻也在給下列三封給鍾肇政信中，寫下不一樣的話語。信中充滿溢美，雖不無給好友鍾肇政鼓舞鼓勵意味，但，很值得在此文所資料給論者參考。

肇政：

（略）

我最近到書店，以十元現金買了刊有你的《八角塔下》的兩本文壇來讀。感覺十分輕鬆有趣。這可以說是你的〈維特・瑟克司亞里斯〉，有自由、奔放的逸趣。每晚酌以太白酒，一點一點地品味，拿你的作品來下酒，你可別生氣。這算是《濁流》的上篇吧。與〈文學傳記〉相對照，如實地描寫出你精神成熟史的一個階段。淡水的紅毛城與入眼的碧藍海水彷彿浮現眼前。是青春的哀歡？是對已逝歲月的感懷？讓人不禁緬懷起年輕時絢麗、多彩的流金歲月，同時也從中獲得極大的慰藉。

（略）

石濤 13/3　1968

肇政：

（略）

《八角塔下》是你的長篇作品中最優美的作品之一。此作品全篇流貫的抒情風格，令人心動。我利用星期天一天的時間將全篇讀完，對你所具備的偉大作家素質總算有了更確切的認識。

（略）

石濤 20/3　1968

肇政：

（略）

你離你的極限還遠，為什麼呢？因為你的長篇還充滿清新的朝氣與潑旺的生命力。像《八角塔下》中洋溢的青春熱情，就是我所沒有的。所欠缺的或許是堅強的人生觀吧？你的路還寬廣、遙遠得很。而我其實就是勉強硬撐著在寫了。所有的小說都是捏造、瞎拼湊出來的。無法讓讀者

感動或激發其閱讀的興趣，只不過是搬弄些技巧而已。路還是那麼遙遠，我們兩人卻已有鎩羽的無力感。看來我們倆個都老了。

石濤 13/4　1968

另外，在葉石濤〈一年來的省籍作家及其作品〉也提到鍾肇政四篇自敘傳作品包括《濁流三部曲》與《八角塔下》：「鍾肇政的長篇皆以筆觸沈厚，雄渾，富有生命力的躍動見稱；而這四篇小說皆能反映日據時代末期日本人謳歌侵略戰爭，迫害臺灣青年的真相，實在超越地域性，從特殊中能見出一般，可以媲美同時代法國抵抗文學的一些作品。」可見葉老也並非囿於絕對否定自敘傳作品的觀點。雖則，此評論或有對於同是省籍作家的愛護，但寧非毫無客觀之處。

第五章　《江山萬里》中的鄭成功再現方式與主題

第一節　前言

　　鍾肇政構思與寫作《江山萬里》於 1961 年到 1962 年，正是鄭成功開臺三百年之際。報章雜誌多所報導有關鄭成功復臺三百年的紀念活動與文章。[1] 當時的政治氣氛，當然是著重於鄭成功反清復明，且強調復臺，而不說開臺。這是呼應反共復國與國民政府光復臺灣的意圖。有趣的是今天大陸政權並不強調反清復明，避免以漢人中心歷史觀。[2]

　　《江山萬里》這本書是大河小說《濁流三部曲》中的第二部曲。乃是以描繪處於大甲鐵砧山之鄭成功廟、劍井等古蹟為地方背景的小說。時代則是戰爭末期，一位臺灣青年受到日本徵用為學徒兵，精神與肉體上備受折磨，如何受時代影響而覺醒，意志受磨練而更勇敢、甩脫過去，走向人生下一步。

　　鐵砧山於 1961 年時，由臺中縣議會通過鐵砧山為特定風景區，並建鄭成功巨像，由當時的陸軍裝甲兵司令蔣緯國將軍主持破土典禮，於次年的帶有政治意涵的光復節竣工。當然這個石像正是以鄭成功開臺三百年的時機而建的，標榜鄭成功為民族英雄，即驅逐荷蘭人之意，並以反清復明帶出執政者光復大陸的說服力。

---

[1]　〈鄭成功開臺三百週年紀念特刊（一）〉，《臺灣風物》第十一卷第三期，1961 年 3 月 31 日。其他報刊新聞可參考：楊璧玉，〈從新聞傳播看鄭成功的形象〉之附錄，《復興崗學報》，2009 年 6 月，頁 179-200。

[2]　陳國強，〈論鄭成功收復臺灣〉，《鄭成功研究國際學術會議論文集》，1989 年 8 月，頁 212-225。鄭仰峻，《鄭成功民族英雄形象之研究》，中國文化大學中山學術研究所博士論文，2003 年，頁 95-103。

在本文寫作之時為 2012 年，算是鄭成功開臺三百五十年紀念。本文有助於本土文化認識與標榜族群融合，且中立客觀把鄭成功的日本母親彰顯出來。從 1962 年《江山萬里》作品發表至今天，兩者串連起來看鄭成功形象的歷史演變，饒富趣味。

那麼，該書的鄭成功形象到底為何？鍾肇政如何以小說虛構手法再現鄭成功形象？進一步的說，鍾肇政如何利用在地景觀來構思、揉合個人經歷，而表現其創作意圖，作品的主題又該如何詮釋。

《江山萬里》基本上是以鍾肇政的成長背景為材料的傳記小說，而這僅是所謂大河小說《濁流三部曲》的第二部。時間為 1945 年 3 月到 8 月下旬，鍾肇政以陸志龍為主要角色，講述他在彰化青年師範學校畢業後，服學徒兵於大甲鐵砧山下的一段生命歷程。

如臺灣遭遇不同的歷史階段，先有日本人統治而後中華民國接收等。那麼，鍾肇政在經歷這些不同歷史階段，而於 1961 年時想結合對鄭成功形象的刻畫，再現 1945 年的作者個人經驗，並反映時代的精神。這個時代精神，必然帶有他在 1961 年時，對臺灣的歷史、時代與社會有新的看法與感受。所以這個再現的歷史時代，除了真實的記憶以外，還有小說的虛構。虛構除了是藝術之手段之外，為了讓歷史更為真實外，更有因在白色恐怖的時代背景下，臺灣人隱藏的心聲。或者說鍾肇政的想法，必然無法直接陳述於小說之中，虛構中的象徵手法，隱微的語言細節，將是探索這本小說的主題所必須注意的。也就是說，透過去研究鍾肇政如何再現鄭成功的形象，考察作品的塑造方式，可以詮釋出更深一層的作品主題。

有關創作當時為戒嚴政治背景下的論述，一如研究白色恐怖的臺灣史家所言：

> 國民黨政府到 1980 年代中期以前，對於如何面對曾為日本領土的臺灣之「過去」所設定的敘事（discourse）框架；本質是一種自國民黨的中國民族主義出發，由強調臺灣同胞心繫祖國的民族主義精神、中國國民革命對臺灣脫離日本殖民統治的貢獻等主線所構成，藉此將臺灣統整編入

以國民黨為主、從反清到反日本侵略的近代中國革命系譜中。[3]

　　另外一種說法就是，在 1980 中期前的臺灣史是所謂的華夏同胄與中華民族主義抗日史觀。[4]那麼鍾肇政必然在《江山萬里》中，首要呈現的就必須符合中華民族之抗日史觀。這也是該書再現鄭成功形象的意義所在。而鍾肇政在此論述框架中，有多少突破呢？鍾肇政對戰前的記憶，是否僅為抗日與祖國意識型態，已經無法去證明，除非有鍾肇政當時日記出現。但在小說中，表現的淺層層次確實如此。而 1961 年時，鍾肇政對臺灣當下時間的時代認知為何？與戰前的差距為何？這也是筆者想從作品中探討的。特別是一些語言細節中，所不符合於抗日史觀的部份，是值得探索的。

　　因此本篇文章，不但能夠表現的鄭成功史蹟意義與價值，有助於當地的觀光發展之文化加值部份。[5]且透過文學家之筆，走過歷史時空，而化為藝術作品，本文的作品解讀，將可挖掘與宣揚富有鄭成功精神的臺灣文學作品與教材。

第二節　鄭成功廟與「江山萬里」碑

一、鄭成功廟的歷史背景與在作品中的意涵

　　有關鄭成功的廟宇在《江山萬里》一書中，作者所刻畫的情況，首先提到的是劍井與廟宇的來由：

---

[3] 蕭阿勤，《回歸現實：臺灣 1970 年代的戰後世代與文化政治變遷》（臺北：中央研究院社會科學研究所，2008 年），頁 145-147。（轉引自，吳俊瑩，〈「臺灣大學」的校名由來與軼聞〉（臺灣與海洋網站，2011 年 5 月 26 日））

[4] 周婉窈，〈山、海、平原：臺灣島史的成立與展望〉，「臺灣海洋文化的吸取、轉承與發展國際研討會」（主辦單位：國立交通大學人文與社會科學研究中心，2011 年 5 月 27-28 日），本文為第二天專題演講（Keynote Speech II）演講稿。

[5] 相關議題可參考，黃靖嵐，〈文學旅遊？從閱讀文學帶動地方旅遊談鍾肇政自傳式小說《濁流三部曲》〉，「臺灣旅遊文學暨文化旅遊學術研討會」（主辦單位：高苑科技大學，201 年 3 月 26 日）。

從吳振臺口裏得知，那兒有一所小廟，是奉祀鄭成功的，井就在廟近旁處。當然吳還說了這井和廟的來歷。據說從前鄭成功來臺後帶兵北伐，打到鐵砧山時，天旱非常嚴重，附近都沒有水，全軍陷於險境中。鄭成功向天求水，並用他的寶劍插地，立時從那兒湧出了一股清冽的泉水，解救了困厄。那就是國姓井了。後來，村人們發現到那泉水居然能夠醫病，而且非常靈驗，不論什麼難症，一喝那泉水便可痊癒，人們便不遠千里而來取水。因為它治癒了很多的人，所以人們便為了報恩，在那兒蓋了一所小廟來奉祀鄭成功，在臺灣還是個頗為著名的古跡。

這些都是很引人的事實，因此，當天我就跟著吳振臺去看個究竟。在山腰的相思樹下走了約莫二十分鐘就抵達了，原來那兒離第一天我們來鐵砧山時的入口處不遠，在幾棵參天古木下，正有一所小小的破落房子。吳說這就是鄭成功廟了。（鍾肇政全集1——濁流三部曲上：頁559-560）

　　作品的安排是相當巧妙的，因為主角在備受當日本兵時的折磨中，於鐵砧山下勞動，碰到夏日時，苦於缺水止渴的情況下，而由當地人吳振臺的介紹與指引，抱著好奇心來到劍井處取水。接著作者透過主角陸志龍的視角，對廟宇以及神像做近景式的描繪，增強視覺上的寫實性：

廟前沒有常見的廟坪，固然也有一塊空地，但很窄，不過一丈見方。倒是四周的四五棵大樹確乎是有著悠久的樹齡的。

從正面看去，是個長方形的常見臺灣式房屋，中間有門，並不大，看不見門扉，兩邊都有窗子，卻是小得僅夠一個人伸出頭。

從正門進去，立即有股霉味撲過來。正面有一座神像，神像的鬚髮都脫落了些，不過倒也說得上法相莊嚴。神像上邊有幾個字：「延平郡王」，案上橫七豎八插著幾面旌旗，香爐上連一根香骨都沒有。兩旁各有一只凳子，歪歪斜斜地，一看就知稍微碰一下就會肢解。整個景象是衰敗得出人意料之外。（鍾肇政全集1——濁流三部曲上：頁560）

臺灣人原慣稱鄭成功廟宇為開山王廟，清朝為籠絡臺灣人，才於1875年在

沈葆楨提議後，在臺南「開山王廟」原址，廢除該廟後改建為「延平郡王祠」。[6]現於鐵砧山的鄭成功廟之廟正堂上則刻有「開臺聖王」，循階梯上所見前方涼亭上則為「國姓廟」。光緒年間該處有「開臺鄭國姓」五字碑，大正年間又加「鐵砧山鄭成功廟誌」碑文。日據時代，劍井旁並有「國姓井」碑。似乎各種名稱，背後各有代表權力意涵與統治者立場。

　　對於鄭成功廟在臺灣歷史的意義分為民間與官方，而官方在各朝代的統治者有不同的立場詮釋而強調鄭成功複雜的身分背景某一面，只是鞏固政權拉攏漢人民心則一。[7]民間則以信仰為基礎，感念開臺者的心理，將鄭成功與周遭事蹟傳說加以神話，並進一步撫慰漢人與原住民爭鬥中的恐懼與傷痕。其他也有應和統治者，增加居民本身的地位與開墾的合法性。[8]在此歷史意涵的脈絡之下，可幫助觀察《江山萬里》作者鍾肇政的寫作意圖。

　　從這個角度來看，無論當年神像上邊是否為書中所述「延平郡王」四個字。鍾肇政似乎故意突顯，一開始對此廟宇是否為鄭成功廟的疑慮。筆者猜測，部份原因乃是要讀者思考、追蹤的心情，進入到主角內心世界。

　　於是，我們感受到主角驚訝於這個破敗的景象，之後是相當文學性的心情說明。這個心情是再現於一個完全受日本式教育的主角所感受的。顯示著日據時代的知識青年，對於臺灣歷史的了解狀況。當然這與創作當下的國民黨時代是完全不一樣的感受。主角在心裡想著：

　　　　我有些懷疑，鄭成功的廟怎麼會這樣子呢？也許吳那傢伙誑了人。據我
　　　　所知，臺南有所祀奉鄭成功的神社，叫開山神社，這是「別格官幣社」，

---

[6]　江仁傑，〈論文名稱：日本殖民下歷史解釋的競爭——以鄭成功的形象為例〉國立中央大學歷史研究所碩士論文，2000年。雍叔，〈開山王廟〉，收錄於專輯編輯委員會編，《鄭成功復臺三百週年紀念專輯》（臺北市：海內外鄭氏宗親會，1962年4月），頁93。

[7]　王麗秋，〈戰後臺灣教科書中鄭成功之歷史論述〉，臺北市立教育大學社會科教育學系碩士論文，1998年。吳正龍，〈鄭成功在清史中的定位與評價〉，《鄭成功與清政府間的談判》，臺北：文津出版社，2000年，頁233-269。

[8]　張蕙婷，〈鄭成功信仰之研究——以宜蘭地區為中心〉，國立臺灣師範大學歷史學系在職進修碩士班，2011年。蔡相輝，〈從歷史背景為臺灣廟宇尋定位〉，《寺廟與民間文化研討會論文集》，臺北：行政院文化建設委員會，1995年，頁3-18。

與祀奉日本忠臣楠木正成的湊川神社，祀乃木希典的乃木神社等幾個歷史上著名的神社同格，何以這廟會衰敗成這個樣子呢？當時，我還不曉得所謂延平郡王也就是鄭成功，正在懷疑間，有個新兵嚷起來。

「喂，什麼延平郡王，這那兒是鄭成功的廟呀？」

「傻子，」吳說：「延平郡王正是鄭成功嘛，那還是明朝的皇帝給他封的呢。」

這一來我就不由不信了。（鍾肇政全集1──濁流三部曲上：頁560）

作者並突然引入另外一個新兵的說法，表示著他與主角一樣不懂延平郡王的意義。還是當地人吳振臺的進一步解說才知道延平郡王就是鄭成功。為何日本教育是重視鄭成功的地位，與神社同格。但又為何日本教育只提供開山神社的稱呼，而使得一般知識青年不知道明朝皇帝封給鄭成功王位名稱，這背後自然有日本人的政治意圖。而作者沒有進一步解釋，這是合乎小說限定在第一人稱視角的問題，讀者可以各自解讀。

當然作者也可以在創作當下的時間來說明，這一種作者說明的方式，也曾在其他地方出現，可是在這裡作者並未如此做。如何詮釋作者重現當時知識青年的認知能力，而不另行解釋的創作方式，這也給讀者一個思考的空間。可讓讀者進行猜測作者意圖為何？

接著，大家終於看到井了，除了仔細刻畫劍井外觀，也加進了民間傳說的曲折：

又有人在催促吳帶大家到井邊，於是七八個人魚貫走出了那狹隘的廟宇。這回很快就到了，廟左約十公尺的地方，正有一口井，井欄是用石頭砌成八角形的，高約尺許，周圍長滿長長的草，如果不是有人引路，恐怕不容易找到。水很鮮，但深只有一尺多，彎下腰伸手也可以抓到井底泥巴。

吳特地繞到井後，用手扒開那兒的山壁上的草，我們看到了一塊橫嵌的石頭，石上刻著三個巴掌大的字：「國姓井」。

大夥兒爭先恐後地用手捧水喝，也在水壺裏裝了水。這一來，水就攪渾

了。

「這真可以醫病嗎？」有個人在問。

「不曉得。不過可以醫渴病倒是真的。」吳答。

「你不是說它醫好了很多病人嗎？」

「那是傳說，可信，也不可信。」

「好像不再有人來燒香求仙水了？」

「嗯，我也不大曉得，不過看樣子，現在的人文明進步了，生了病不大靠這種東西了。」

大夥紛紛交談，似乎都在互相訴說著類似國姓井的神蹟。（鍾肇政全集1——濁流三部曲上：頁 560-561）

　　事實上，此書所描述的廟的外觀與地理位置，與今日的鄭成功廟不同。今日所看到的乃是戰後 1948 年所建的圓形型式廟頂，是回教式建築風格。離劍井距離為往上走約三百層的階梯。而鍾肇政所描述的則是 1923 年，由當地十多位仕紳所建，位置就在劍井旁邊十公尺處，形式則是臺灣式的。

　　基本上這一部份鄭成功的描述是非常客觀的，除了以小說中再現了受日本教育的年青人的觀點，突顯了對於延平郡王並不熟悉的知識程度外，並沒有太多可以詮釋與隱喻的空間。在《江山萬里》書中，主要以三個層次延續與鄭成功形象的關連性，並擴大讀者聯想與再現的延伸意義與顯現作者意圖的空間。

　　一個是「江山萬里」碑的發現，這是本書題目來源，且是與鄭成功最重要的連結部份。二是安排蔡添秀其人，以其母親是日本人的關係與鄭成功連結。三是由蔡添秀的眼睛讓主角聯想到的李素月，似乎暗示著李素月這位充滿日本精神認同的女人，等於是描繪了鄭成功母親的形象，而這也是日本教育中所強調的部份。

二、「江山萬里」碑與主角陸志龍的視野

　　本書總共二十三章，在第三章就提到遠遠看到鐵砧山，如古詩中出現的搗衣石。不過，作品幾乎到了一半的部份才提到有關鄭成功的描述，之前都在鋪

陳出場人物與地點，學徒兵的作業情況以及太平洋戰爭的消息，擔心著美軍何時會攻打臺灣，他們又將如何因應。過程中，將主角受到的心理與肉體上折磨的種種緣由進行描寫。

而第十一章開頭的敘述，卻是發現刻有「江山萬里」四個字石碑，而非本章上節所述的先提到鄭成功廟。這是點出書名來源，而進一步連結與鄭成功的關係，最後再進行建構此石的象徵所在。此種布局的延宕作用，繼續引發讀者追蹤心理的閱讀興趣。這種追蹤的文體類似偵探小說，這本書的故事中，也另有吳振臺謀殺日本人，於光復後才揭露的篇章。讀者閱讀起來，趣味盎然，引人入勝。

對石碑意義的揭露，作者先描述此碑的大小與周圍景致。書中開頭鄭重其事的寫到：

> 「江山萬里」
> 這是鐵砧山腰隱蔽處碑石上的字。碑形如雞蛋，上窄下寬，豎立在一方水泥砌的基石上。約略估計一下，僅碑石本身便有一丈上下，底部約比兩個人合抱大些。面向一片坦蕩的平原，上面有斗大的四個蒼勁的行書字：「江山萬里」。
> 「江山萬里」，到底是什麼意思呢？兩天來，我一直為這個謎困擾著。
> （鍾肇政全集1──濁流三部曲上：頁545）

這也是作為書名的四個字，第一次出現在作品裡。然後卻以文字的解讀問題留下問號而倒敘，怎樣的狀態下發現的。為這個疑問留下伏筆，除了引發讀者好奇，留下閱讀線索外，而在後來解讀時，亦可增加讀者的印象。

作品接著以一如往常敘事法，開始進行倒敘而獲得曲折有致，讓讀者閱讀不感到疲累。這是志龍被小隊長毆打後的第三天，心情特別感傷、脆弱。林鴻川詢問陸志龍是否有恨，其實是要告訴他，這恨是血液中原有的，並且將會沸騰。林還說，機會是要創造的而不是空等待。這些話語讓志龍感到迷惑。但事實上是作者一方面要鋪陳林鴻川後來偷了部隊長手槍，反擊日本小隊長們的暴虐的行動。除了做導引外，也是要讀者隨著書中主角的疑惑，然後跟著主角的

覺醒而讓讀者因個人閱讀的心得而產生覺醒與反抗意識。

　　當然主角的覺醒是臺灣人民族意識的覺醒，也是對祖國的認同，了解到自己的骨血是中國人的骨血。這個歷史上的覺醒，在鍾肇政創作當時，其實是完全符合當政者的主流思想，來重現日據時代歷史的意義。或許，仍是給人過於虛構之感。雖然林鴻川的壯舉，確有其事，可是背後是怎樣的祖國意識、臺灣人意識，這是作者所想像的。而林鴻川周遭的人，特別是以作者經驗來塑造的陸志龍，是否真的反映出作者在當學徒兵的心理，是可以懷疑的。

　　不過，以作品所描述覺醒過程中，作者塑造臺灣青年的祖國情結，並且同時塑造臺灣人意識的出現，是相當細膩的文筆與心理描寫，並且搭配了第一部《濁流》、第三部《流雲》的民族意識覺醒過程與反抗意識。鍾肇政是相當有魄力並表現出細密構思的文筆。給予人時代社會的詩意與湍流不停的時間感受。

　　接著，作者安排主角與蔡添秀談話。蔡添秀覺得對主角抱歉，畢竟是因為主角掩護蔡添秀而致使受到日本小隊長、分隊長的注意，而終於遭到痛打。有關蔡添秀對陸志龍的影響，在本文的下一節再談。

　　由陸志龍被痛打後的仇恨心情，並與林鴻川、蔡添秀兩個人對話後對祖國的覺醒。作者開始說明，就是在這複雜的心情中，發現了江山萬里碑。而讀者進入了這個複雜的心情，將可以與作者所設計的角色，一起來揣摩「江山萬里」的字面意義與象徵意義，而進一步的達到欣賞小說藝術的趣味與美感。

　　前面已提到，作者藉由當地人吳振臺的引導，志龍知道鐵砧山東邊山腳下有國姓井，可以解決天氣炎熱缺水的問題。這中間，除了發現上文已經提到的廟宇與井的傳說外，「江山萬里」的石碑出現於另外一條山徑。大致的地理位置，與今日幾乎相同。

　　那是第三次去鄭成功廟取水時，回程陸志龍獨自一人到另外一條山徑逛。他發現到山坳的上頭有塊豎立的橢圓形石頭。走到近處，志龍看到石頭上刻有「江山萬里」。主角心想：

　　　　到底這四個字是什麼意思呢？以我貧弱的「漢文」知識，實在無法索解。通常，碑子的背部都有些文字，記載立碑的緣起什麼的，我繞了一周，可是圓柱形的一塊大石頭，就只有正面那四個字，此外一個字跡一個鑿

痕也看不到。

這就奇怪了，為什麼沒有其他的記載？為什麼連立碑的年月、人名都沒有？為什麼會在這樣隱蔽的地方？一連幾個為什麼在我腦子裏泛上來。我站在碑前向前眺望，一片平原展現在眼前，遠處蜿蜒的山脈，大甲的市街，一望無際的田園，還有點綴其間的農舍，都盡收到眼底。（鍾肇政全集 1──濁流三部曲上：頁 562）

　　這裡暗示著陸志龍漢語能力的不足。而有關祖國語文的學習，這是做為撰寫光復後短短六個月的第三部《流雲》的伏筆，並且在第三部時語言表現配合主角心情引用相當多的古文來陳述，產生了戲謔的趣味。而第二部作品相較於第三部富有個人特色的鄉土風格，則有過多的感傷性、誇大呼喊式的表現，特別是對祖國情結上的描寫。或許，這個誇大也是一種嘲諷。第一部《濁流》對於古典美人谷清子的刻畫，讓文字風格上顯得有更多的日本味。

　　陸志龍那時是以客語來閱讀漢文，而非北京話。而第二部這時候陸志龍的閱讀興趣，已經從第一部《濁流》時代的日本和歌，轉換成閱讀世界名著，當然仍是透過日語來閱讀。從陸志龍對日本和歌產生興趣，這符合當時的皇民化政策，把透過日本和歌的學習當成是體會日本精神的最徹底修煉。

　　這雖然與作品的文字風格相關，更重要的則是表現了陸志龍的知識狀態與認知視野。如同陸志龍後來拉了好友陳英傑來看此碑，陳也對此一無所知。顯現當時青年同樣的漢語文能力。作者為了更清楚說明戰時年輕人的知識視野，因此跳到作品內，為讀者說明當時的臺灣青年都是講日語比講自己的語言（指閩、客語）更流暢。在回到主角志龍意識中，志龍想了很久，終於以客語念出：

　　「江山萬里。」（鍾肇政全集 1──濁流三部曲上：頁 563）

　　而進一步的聯想到「江山」、「天下」與「國家」、「國土」。並且說明是小時候看臺灣戲所出現的「謀篡江山」而產生的自然聯想。「萬里」則從李白的「白髮三千丈」領略到「支那」古代詩人喜歡誇張，而了解到「萬里」是寬廣的意思。陸志龍面對碑前的風景，了解到此時的眺望正是「江山萬里」，

不過這僅僅是字面上的意思，陸志龍繼續思考背面的含意：

> 又經過一番苦思，我聯想到鄭成功祠。在這以前，鄭成功這個名字在我
> 也是很熟悉的。公學校時，課本裏就好像有過，我牢牢記得開山神社這
> 個奉祀鄭氏的神社，也正說明這點。此外，似乎是中年級時，我曾在課
> 堂上學過鄭成功的歌謠，詞是這樣的：「啊，勇敢哪國姓爺，鄭成功的
> 功勳多偉大，君父名芝龍，母是平戶田川氏」。在我的觀念裏，鄭成功
> 是開臺的偉人，而他的母則是日本人。此外也有一些鄭成功打虎的故事
> 和幼年時的軼事，但這些也似乎就是課本或老師的言詞裏所強調的。（鍾
> 肇政全集 1──濁流三部曲上：頁 564）

　　這在周婉窈的敘事史學〈海洋之子鄭成功〉中，也提到了這首歌曲。[9]從這
裡更印證鍾肇政善於組織當地景物與個人成長記憶，而產生真實與豐厚，又有
趣味的意義。但是，為何歌曲原本有好幾節，作者卻僅記下第一節，並停止於
鄭成功日本身分的母親呢？這不僅是重現日本教育，更是作者有意的強調戰後
國民黨教育所忽略的部份，或者說臺灣人被壓抑的日據時代歷史記憶，這包括
當時一同存在的日本人與臺灣人身分。這都是屬於臺灣人的，且臺灣人對日本
時代的歷史記憶，在發生二二八後，已經有了新的變化，簡單的說是親日心理。
而這並非是想當日本人或者希望重新被日本人統治，而是一種反抗當下統治者
的心理。這一點，將於下一節進一步探討。
　　陸志龍終於進一步的獲得了「江山萬里」與鄭成功的關聯性了。那就是祖
國，也是代表著陸志龍在民族意識上的覺醒：

> 聯想到鄭成功，我的思路便有了途徑可循了。他是扶明室而失敗的人，
> 而且到了臺灣後，建設經營甫就緒便病死。無疑，那對他是莫大的遺憾。
> 眼前自己的國土──就是天下，就是江山哪！──被清族佔去了，國仇
> 家恨都沒有能復。自己卻飲恨而終。「江山萬里」，豈不就可能是從鄭

9　周婉窈，〈海洋之子鄭成功〉，「臺灣與海洋亞洲」網站（2008 年 12 月 2 日）。

成功內心的慨嘆而發出的？

或者，他北伐到鐵砧山，站在立碑的地方，眼見美麗的萬里江山，情不
能自禁地慨嘆一聲「江山萬里」？

或許，他站在山頭，望望海，——我猜到那時海岸線就在不遠處——故
國就在一衣帶水的海那邊，不由得想到自己的大志不知何時方能達成，
而唸了一句詩：「江山萬里今安在」，於是有了這四個字？

不管這些解釋對不對，總之，這碑石與鄭成功有某種關聯，則似乎是確
切不移的。是的，他一定想念他的故國——支那……啊，支那……支
那……是的，支那也是我的故鄉，我是支那人。鄭成功的慨嘆也正該是
我的慨嘆啊……（鍾肇政全集 1——濁流三部曲上：頁 564-565）

　　不過，尚未在文獻上，發現到這塊石頭與鄭成功有任何關連。僅有記載題
字人「觀自在」，就是吳淮水（1897~？），一位參加臺灣民眾黨大甲支部、
熱衷街頭演講的人所立。1927 年吳淮水還當選臺灣民眾黨第一回的中央常務委
員，[10] 後曾任大甲庄協議會員，住在地就在鐵砧山腳下。[11] 建碑時間傳為 1930
年。石碑的完整字句是「江山萬里一點願」，還記載根據為臺灣古諺。也就是
希望抗日最後能夠成功。陸志龍則是聯想為「江山萬里今安在」。

　　筆者則懷疑網路上此類政治意義的說法，碑石署名的「觀自在」是誰，也
仍有疑問。只是重點為，明明有題字人下款，但鍾肇政卻在書上說是沒有，除
非題字人是光復後才加上去（這應不大可能）。且「江山萬里」碑與鄭成功廟，
相差有兩百公尺遠，還要拐個大彎，繼續往上爬數十公尺才可以找到，兩者空
間上的聯繫，也不能說緊密。而筆者認為字義與「大千世界」一般的佛家用語
相關，含意為世上無常，而帶有喟嘆的心情與達觀的概念。

　　離「江山萬里」碑近處有一石頭人塑像，陸志龍也應不難找到。戰後也仍
有人以此石頭人像與抗日意識相連結，或者也有人認為與當地平埔族的抗議心

---

[10]　陳文松，〈日治時期臺灣「雙語學歷菁英世代」及其政治實踐：以草屯洪姓一族為例〉，《臺灣史
研究》第十八卷第四期，2011 年 12 月，頁 57-108。

[11]　詳細住址於日據時代登記為：臺中州大甲郡外埔庄鐵砧山腳 183 番地。

聲有關。但是鍾肇政並未於書中提及此塑像。

　　有關碑石的解釋，真實如何倒為其次，重點在於鍾肇政如何重構其記憶、重現當時時代，以及鍾肇政又如何與 1961 年的鄭成功開臺三百年的紀念活動、論述來對話。本章也就是要分析，鍾肇政如何將自身經驗，所謂的林鴻川反抗事件，與鄭成功、江山萬里碑的地理景觀，做一結合。產生鍾肇政的藝術主題與再現鄭成功形象的意圖，這將在本章最後的部份説明。

第三節　鄭成功的作品形象與蔡添秀、李素月連結

一、從鄭成功的再現連結蔡添秀的出生背景

　　除了地景與歷史典故，可在政治意義發揮外，如何與人生主題相連呢？當然政治意識、國家認同是現代人不得不面對的，個人生命也是受到相當的權力滲透。而個人生活關係最為密切的還是在親情、友情與愛情的社會倫理與感情生活上。與再現鄭成功的方式，除了連接江山萬里碑，產生國家政治意識之外，而在平凡人生意義上的連結，首先是關於與蔡添秀的友誼。

　　而作者所設計的蔡添秀的媽媽是日本人，爸爸則為抗日份子，爸爸最終為日本人所殺。祖父則是出賣 1895 年時抗日的臺灣義軍，而獲得日本人的諸多好處。也因此，蔡添秀基本上，就是等於鄭成功的形象，或者說作者要使鄭成功的歷史意義，產生進一步的時代意義的發揮。

　　主角陸志龍在見到江山萬里碑後，產生字面背後意義的思考。作者以總結的寫作法，重複相關的幾句話。結構上與三部曲的第一部《濁流》（故事地方背景為大河，就是今日的大溪）相同，總有一個反抗事件作為情節核心，然後把過去所聽到的有關反抗與民族意識覺醒概念，加以重述與反思：

> 在我的腦海裏，片片斷斷地浮起了一些記憶，遠的是在大河時葉振剛所說的話：「當時勢改變了，我們就不愁沒有我們的日子了……中國那邊，從日本人手裏奪回臺灣，也正是重大目標之一……開羅宣言……」。近

的，有林鴻川和蔡添秀所說的：「……我知道，那是我們血液裏原來就有的恨……畜生！我的血要沸騰起來了！」，「為什麼他們要這樣對付我們呢？……我的身子裏流著的是臺灣人的血，啊，我恨我的血液有一半是……」還有蔡的父祖兩代的故事，這一切在告訴我什麼？（鍾肇政全集 1——濁流三部曲上：頁 565）

那是血液裡就有的恨，讓陸志龍想到蔡添秀的父親所說的，祖國是中國、不是日本，祖先也都是中國來的，骨頭也是中國人的骨頭。這些血液昇華了，就變成了「欲已而不能已的熱血。」讓陸志龍了解到林鴻川起義的深層動機。並且，陸志龍對「江山萬里」四個字的意義有了最終的認知：

對啦，江山萬里，豈不也是這種血液，骨頭裏的自自然然的絕叫聲嗎？不管這四個字是出自鄭成功也好，或者後人也好，精神是一樣的，那就是血液的呼聲，對祖國河山的渴慕之聲。
我在思索這四個字時所達到的結論，使我認為：原以為自己是覺醒了的人，其實還只不過是個矇昧的糊塗蟲而已——這種想法又再次抬頭了。我深深覺得，把糊塗蟲、鄙污、卑怯、懦弱、猥瑣這些形容德性上的缺憾的詞兒，一股腦兒堆在一堆，便可形成我陸志龍這個人了。
思緒到此，我百分之百地在我內心深處承認林鴻川的偉大、壯烈。他是個英雄，他為我們出了一口氣——那絕不只是為我們免去往後的遭受凌辱，他替我們顯示了我們民族的熱血，正如林在握著手槍時所說的，「我們並不是沒有骨頭的軟體動物」。是的，如果像林鴻川這樣的人能多有幾個，我們一年多以來的生活一定早已改觀。不但如此，如果像他，還有蔡的父親和那一百來個被砍頭的義民這樣的人多些，那麼臺灣的歷史說不定需要從頭改寫了。（鍾肇政全集 2——濁流三部曲下：頁 622）

總之，在陸志龍遇到江山萬里碑之前，對於自己是臺灣人，可以說是一個模糊的觀念。在第一部時，就有角色葉振剛喚起這種概念，但是都不具體，因為主角懷疑是否臺灣人地位會因為戰爭而改變的可能。蔡添秀讓陸志龍從另外

一個角度看到這概念某些程度具體化的一面。陸志龍了解到有那麼多先知先覺，在不斷奮鬥著。不過，陸志龍的思想雖然開始躍動，模糊的感受中有一個思想上的重心，但又無法準確抓住問題的重心。「江山萬里」碑帶給陸志龍的思考，正是在這麼微妙的情況下，讓主角覺悟了。

至此，這種覺悟的過程，是否作者有意在戰後的戒嚴統治下，給予臺灣青年同樣思想上的暗示呢？也應該反省國民黨所帶來的一元式中華民族的思考，這就很難判斷了。或者作品中表現的這種覺醒的過程也有點牽強。但是在戒嚴體制下，《江山萬里》又於中華民族主義最濃厚的《中央日報》發表。一方面要符合《中央日報》所標榜的意識型態，但一方面鍾肇政卻能於祖國意識、中國血統論中，強烈的突顯出臺灣意識，這是值得注意的。當然，此時僅僅是一種並列的、雙重的臺灣與祖國意識。戰前的青年，或許真正的心理就是這種重合的身分意識。表面上是並列的，現在的時代來看是矛盾的、並列的。但是在戰前當下僅僅是一種萌芽，未經進一步思考的意識狀態，作為光復後的臺灣青年們，一下子膨脹起來的祖國意識，作為一種前意識的狀態。

而除了顯現清楚的意識型態之外，在虛構藝術中，細密的自我反思的過程應該是這部小說中的特色。因為作者對於自我的建構，有清楚綿密的描述，加以把情節結構化與主題形象化。而這細密的認同過程，就可以啟發現代讀者的思考空間。如一位社會學家所言：

> 擁有合理穩定的自我認同感的個人，會感受到能反思性地掌握的其個人經歷的連續性，並且能在某種意義上與他人溝通。……在反思控制的範圍內，這種個體有充分的自我關注去維持「活生生的」的自我感，而不是像客體世界中的事物那樣具有惰性的特性。[12]

主角有強烈的反抗意識，這是可以面向未來的。並且主角的過於自責的思考方式，並未完成完整的人格。主角的思考，還要繼續下去。特別是作者採用

---

[12] 紀登斯，《現代性與自我認同》（臺北：左岸文化，2002 年），頁 50。轉引自：盛鎧，〈反思性主體的反思：侯俊明作品中的再現策略、主體觀與社會批判〉，《藝術學研究》第 7 期，2010 年 11 月，頁 213-250。

浪漫主義的英雄觀來建構情節，一個開始有反抗意識與自我覺醒的主角，如何繼續提昇自我呢？從心理學的角度看，筆者在另文提到，這時候的主角是回到前伊底帕斯期，產生了自戀性的人格。[13] 又由於經過了象徵性父權介入所產生的超我性格，所以主角有了負面性的自戀心理，容易自責、沉溺於過去失敗經驗上的懦弱情緒。

這部份情緒，在《江山萬里》中，曾有主角接近意識分裂、墜入自殺心理的本我與自我的描述。這些透露出作者在潛意識心理的刻畫，卻有了陰暗的一面深刻表現。可是作者對於人性是相當樂觀，因此在人生觀上的表現還是趨於浪漫的理想。也就是作者在生命思想上，是著重於愛的人生觀，因此主角的成長有賴於永恆的女性介入。西方帶有宗教意義的神之愛與女性崇拜的觀念，在鍾肇政的思想裡，是去掉宗教層次的意義，而加入了更多臺灣味與人生味。

再從另外的角度來看主角認同，也就是鍾肇政所塑造的方式，似乎是有著合乎情理的部份，也就是以成長小說或者教養小說的方式來建構此書，而在藝術形象上仍有可觀。意言之，鍾肇政筆下的人物之思想脈絡，或可面對未來臺灣新情勢的發展，如戰後的二二八事件與白色恐怖。甚至回顧鍾肇政本人的文學運動與創作歷程，也可以呼應鍾肇政的藝術作品。

但是說回來，這是假設了作者在 1961 年代的思考，已經是放棄了對祖國虛幻的期待，以一個徹底的臺灣人意識在創作《濁流三部曲》。以筆者這種對作者假設性的立場的閱讀方式，會令人感到作者在《江山萬里》中，設定強烈的祖國意識、中國人意識的醒覺，是否存在著作者自我感情上的衝突呢？除非筆者假設有誤，除非就是一個饒富趣味的思考方向。至少在此，這種設定是可以自圓其說，而在下文中，還可以進一步驗證的。

二、鄭成功母系身分的強調與李素月

《江山萬里》作為成長小說或者教養、藝術小說，除了在精神上的成長外，

---

[13] 錢鴻鈞，〈《濁流三部曲》的認同與愛情──以精神分析法研究〉，《臺灣語言、文學「課程與教學」研討會論文集》（花蓮教育大學臺灣語文學系主編，2007 年 10 月 20 日）。

慾望在身體上的成長也是重要的。可以說，愛情就是精神與因肉體產生慾望之間的聯繫最為密切。愛情也必然是大多數探討人生的小說應該處理的重點。而同樣的作為與歷史、時代聯繫、互動的小說，愛情的表現成為作為鍾肇政最重要的象徵情節表現。包括女性形象的描寫，也是鍾肇政的藝術表現相當重要的部份。

在書本最後五分之一的部份，已經沒有特別的反抗性故事，就是等待光復的情節與野村勇被謀殺的真正兇手的公布。在作品的布局中來看，這時最重要的是蔡添秀的日本母親與鄭成功的日本母親連結，再與女主角李素月的連結意義。當然李素月在相當早就出場，只是份量一直不如陸志龍的男性友人陳英傑與蔡添秀。一直到後來，有了愛情上的糾葛時，李素月的份量才加重。事實上，整部小說男性方面的友誼之愛，仍是比異性之愛來的突出。筆者曾為文以自戀性愛情來描述與解釋。[14]

陸志龍提到過去曾經愛上的日本女子谷清子自殺身亡，而李素月則回應她在高女的友人愛上日本預科練習生（就是神風特攻隊隊員）。而李自己也崇尚姬百合部隊。鍾肇政以蔡添秀的眼睛與李素月相像，且強調陸志龍因此受到震撼。並且是在發現「江山萬里」碑的同時。作品就是以李素月的形象來連結鄭成功的母親與蔡添秀的母親，並且暗示日本教育所強調的鄭成功的武士道精神部份。很奇特的，作者也利用這看法來結構這部作品，發展出更複雜的身分主題。也就是前面所提的臺灣意識與祖國意識當中，還有更複雜的日本文化上的認同。

更有趣的是在第十二章，陸志龍彈奏鋼琴，與小朋友一起唱「預科練之歌」（有關日本神風特攻隊的軍歌）。陸志龍並未有仇恨之感。反而是以美的角度欣賞，並讓同伴蔡添秀懂得日本軍歌令人感動的原因，原來是富有傷感的內涵。

其他出現日本女性的描寫，作品也提到野村勇的漂亮妹妹與母親，突出主角對日本女性的美好想像，原來與對日本小隊長的形象完全不同。更連結到第一部《濁流》的女主角谷清子。顯見，日本人形象在作者筆下，除了狗、暴虐、統治者的負面刻畫之外，在作者心裡還有隱微的另外一面。

---

[14] 同上註。

　　又如，作者安排陸志龍一方面說痛恨日本人，但是一方面又刻畫了親切溫厚的日本人青山的親切、寬厚，志龍並為他的死而難過。有趣的是，青山的死剛好在日本戰敗之際，似乎暗示著作者對於日本的一種留戀。

　　當然這種留戀在有相當日本味道與代表日本精神的李素月也有類似道理，只是在劇情最後，陸志龍上了回鄉的火車，把素月送給他的護身符馬斯各特給拋出車外，代表一種對素月留戀的切割。但是留戀確實存在過，特別是作者做了這方面的強調。在《濁流三部曲》第三部《流雲》中，日本對戰後的陸志龍又有另外一個方面的影響，當然祖國的情結也有另外方面的表現。[15]

　　總之，從蔡添秀與李素月的安排中，有關對祖國意識的覺醒與鄭成功的再現方式的討論，使得在本章對作品的詮釋有了更豐富的一面，加入了日本身分認同與歷史記憶。特別是作者一方面突顯蔡添秀的母親，一樣與鄭成功的母親是日本人。而作者卻強調臺灣的骨血都是與蔡添秀一樣都是中國人，這當中難免有諷刺的味道。也就是臺灣人受了日本人統治，是否也成為如鄭成功方式的一種中日混合體呢？還是臺灣人意識本身才是最值得強調的。以下在主題的討論中，將進一步的進行總結。

第四節　《江山萬里》的主題與作者人生觀

一、國家認同主題

　　有關國家認同方面的主題，在作品中，鍾肇政常常強調陸志龍是臺灣人，也是支那人，基本上在戰前或許是一種臺灣人的雙重身分意識。但有趣的是往往並不說是中國人。也就是說，書中強烈的抗日意識、祖國意識、中國人意識的表現中，還藏有臺灣人意識，臺灣人的立場與覺醒。也就是臺灣意識與中國意識往往一起成長，而沒有衝突。但事實上，抗日意識在書中表現常常只是概念上的、中國意識也是情感上的，並不扎實。相反的，也仍有從陸志龍的意識

---

[15] 錢鴻鈞，〈《流雲》論——臺灣人你往何處去〉，《臺灣文藝（新生版）》第 174 期，2001 年 2 月。

表現上分析出，志龍對日本文化親近的描述，以及對支那或者祖國的負面印象。這些不僅在上文解釋了，也都會在志龍的將來，也就是發展到作品第三部《流雲》，那時在陸志龍有進一步的歷史經驗後，祖國意識與日本認同方面，有更進一步的變化。但沒有改變的，則是陸志龍在臺灣人意識與立場，這方面是越來越濃厚。

甚至，鍾肇政在《江山萬里》的作品最後安排，日本人已經投降時，陸志龍發現自己真的成為支那人，有了奇怪的心情：

> 吳用右手食指，從鼻子下面往嘴巴兩旁各畫了一道，用在報刊上或什麼話劇裏的怪腔怪調說起來：
> 「我是支那人，日本人，全部殺死了，好哇！」
> 當然，報刊或話劇裏的「支那人」，都是操一種蹩腳的日語，嘴巴兩邊留著兩撇泥鰍鬍子，腦袋後拖著一條大辮子的人物。這些形象，在我們腦子裏都成了一個牢不可破的印象。吳裝出來的，正是那種腔調與模樣。這些，引得大夥笑得前仰後合。
> 我莫名地感到一種憤怒與屈辱。但是，這憤怒並沒有在我心中激起任何浪花，相反地，我不由得也承認，那也正是我心目中的「支那人」。（鍾肇政全集 2──濁流三部曲下：頁 779）

很奇特的是作者一方面強烈的安排陸志龍祖國意識的覺醒，一方面卻藉由日本人的宣傳，詳細的表現出來，支那人的形象。並且還進一步的連結到過去看到「江山萬里」碑的心情：

> 我還必需進一步地承認：在宣傳文字圖片上，「支那人」是不明事理的，貪得無厭的，殘暴的，而「支那兵」則是個個貪生怕死，見到「皇軍」就棄甲逃走的，對於善良人民則肆意搶劫奸淫，無惡不作的，這些觀念深深地植根於我的腦海裏。
> 我還明白了一件事：當我看到江山萬里碑，想到不久我們臺灣人會回到祖國時，心中仍不免有某種不能釋然於懷的感覺，也正是起因於此。（鍾

筆政全集 2──濁流三部曲下：頁 779-780）

　　作者大篇幅的描述主角在遙遠的往事記憶中，對支那人的印象，在喝茶水時咕嚕咕嚕地漱了半天口，然後吞下去。使得主角幼小的心靈，覺得這人太不清潔了。這就是陸志龍對於長山人或者原鄉人的第一印象。其次是遇到補皮鞋的長山人。在夏天很熱的當下，這個長山人坐在地上，掀起了褲腳，露出裏頭包得很密的小腿。陸志龍感到很髒、很噁心。這部份其實是鍾肇政的真心話，吐露真正對於中國人的印象。

　　當然，此時是戒嚴時代，作者必須義正辭嚴的補充說明，雖然是小時候的印象，卻又加上了後來的日本人宣傳的印象，而在後天印象部份被蒙蔽。並且作品中接著強調，主角陸志龍一直是憧憬祖國的，對祖國有傷感的憧憬。並繼續的補充說明陸志龍終於脫離日本人統治，回到祖國，而滿足了他傷感的情懷。

　　也就是說，鍾肇政似乎藉由日本人的口裡來反映創作當下，作者個人對於祖國的想法。畢竟，創作當下的祖國意識，經歷了二二八之後，對祖國有直接的認識與幻滅，如同作者在《流雲》就提到的，真正見到祖國軍隊時，產生了大幻滅，而這個時代是大動亂。創作當下的環境，再也不是如書中所設定的祖國情結，是一方面與祖國隔閡，一方面受到日本人的不公平待遇。這時候日本人早已遠去，不再是統治者。而祖國到底給作者的大幻滅為何？有賴作者在解嚴後的作品中表述了。[16]

　　從刻畫時代歷史上的表現來看身分認同，在鄭成功的形象與延伸的「江山萬里」碑，那是代表祖國意識的覺醒，也同樣是臺灣意識的覺醒，認識到自己是中國人，是臺灣人，而不是日本人。從以上段落的分析，還知道作者設定的情節隱微處，了解到作者對於祖國的認同似乎另有看法。而在第三部時，也會強調主角對於臺灣的歷史、事物，也有相當的隔閡。主角在臺灣意識方面，則仍有成長空間。這表示作品的主題所堅定不移的是臺灣立場、臺灣意識的覺醒。

　　這種複雜而細微的描述，在戒嚴時代文學的特色。是一種臺灣人的雙重被壓抑的歷史記憶。一重是壓抑臺灣人當下的歷史記憶，不可書寫當下的反抗統

---

[16] 如鍾肇政作品《怒濤》一書。

治者的意識。一重是壓抑過去日據時代的歷史記憶。原來應該清算日本人的統治罪惡，卻在比較當下統治者的罪惡時，而轉成對過去統治者的親近。這兩種記憶都需要壓抑。這就是《江山萬里》精采的地方，成功的利用鄭成功形象的再現，重現了雙重壓抑的歷史記憶。

二、作者所表現的人生觀

　　除了國家意識上的主題外，看本書的主題另外一個角度。則是在這個戰爭末期的大時代之下，以陸志龍為視角的作者所表現的人生觀為何呢？

　　先從鍾肇政文學的特色討論起。他表現了臺灣歷史時代背景細膩的刻劃，包括時間與空間的設定與描繪。但是這並非是寫實主義的美學表現，不在於風俗民情的研究，挖掘物質與經濟對社會的影響。雖然作品時代中的衣著、語言、食物都是細膩如照相般的寫實。但這只是表現屬於臺灣的特色，利用臺灣人的視角去觀察，特別是心靈最敏感的年輕人。在《江山萬里》這本書中也就是利用陸志龍的視角，隨著時代的發展與歷史大事、身邊事件的影響，刻劃出陸志龍的心靈成長與時代的互動。

　　所以說這個小說的主題是浪漫式的，是寫某一種人的人生，除了是代表臺灣的一個年輕人外，而且還包括他周遭的一群年輕人。並且是富有理想、意志的人生，試圖在大時代的巨輪下，掙扎與徬徨中，謀求出路，勇敢的生存下去，充滿理想與對人生的熱愛。

　　因此，鍾肇政的主題可以說是表現那個時代的精神。在《江山萬里》中乃是藉由主角陸志龍在大甲當學徒兵時，把第二次世界大戰中，特別在太平洋戰爭最慘烈的末期，刻劃出當時臺灣青年的虛無與寂寞感。不過，主角仍試圖充實自己、豐富自己，在灰無的時代裡，忍耐下去。並接受友愛、親情與愛情的鼓舞而感受人生、享受人生與思考人生。

　　而鍾肇政巧妙的將大甲鐵砧山上的延平郡王祠結合了廟旁的「江山萬里碑」，也就是本書的題目《江山萬里》的來源。進一步的利用小說虛構的藝術，將鄭成功的母親是日本人，藉由李素月與蔡添秀的角色安排，巧妙的加以放大。連結主角的愛情與友情的世界。

並利用日據時代青年知識份子的角度，一方面讓我們知道當時的年輕人華語能力不足，而在辨識「江山萬里」的意義有困難，在省思過程中，讀者也隨著這個時代的趣味性或者困惑而逐漸隨著劇情的發展，了解到「江山萬里」的民族意識覺醒的象徵意涵。並且這個臺灣青年受日本教育的影響，對鄭成功的認知方式，暗喻了背後時代政治意涵而饒富趣味。

第五節　結論

鍾肇政這一代的臺灣人在國家認同上從日本人的國民意識到認知自己是與日本人不同的民族，隱約產生出反抗的民族意識，表現為臺灣人身分的認同與對祖國的憧憬。最後祖國情結破滅，而在戰後產生新的民族意識，也就是當下的臺灣人意識與反抗新的統治者。這整個情況是複雜而矛盾，但是過程是充滿變化而合理。鍾肇政藉由整個《濁流三部曲》來表現臺灣人的國家身分認同，是充滿文學上的細膩與豐富。

只是這部在戒嚴時代所產生的作品，有關臺灣人意識的認同以及對於祖國的失望與幻滅，是不能夠明顯的表現出來。從第二部《江山萬里》來看，作品從日據末受日本教育的臺灣青年陸志龍的視角來看鄭成功廟，並延伸了主角所發現的「江山萬里」碑，此再現方式豐富了鄭成功的形象。

在本章與外延的歷史背景比較之下，似乎與創作當下時的時代所顯現出的鄭成功的中華民族英雄的形象不大符合，而是強調了日本人的開山神廟的意涵，而有別於延平郡王與中國王朝的關聯性。

但是在作品文題「江山萬里」碑裡，作者讓陸志龍以貧弱的中國漢語能力認識到自己的祖國是與來自於大陸的祖先的土地相連結。這部份則是符合創作當下的統治者的意識型態，當然也符合鍾肇政個人的覺醒歷程當中的一段認同經歷。

只是鍾肇政進一步的以小說藝術的手法，加入了蔡添秀、李素月兩個角色，所強調的象徵，卻是鄭成功的母親是日本人的成份。使得有關鄭成功所代表的祖國意識與反抗意識的覺醒的形象，有了更多情節上的細節可探討。也就是說，

鍾肇政所設計的情節，與符合國民黨統治的中華民族的身分認同並不一致。這不僅是反映了臺灣的時代歷史的進程的變化，而且是有鍾肇政個人反抗國民黨統治的意志在裡頭。

而《江山萬里》作為成長小說的類別，鍾肇政在作品中表現了浪漫思想人生觀下的文學主題。從整個作品來看，鍾肇政設計主角陸志龍受到第二次世界大戰的時代影響。在充滿死亡與虛無的人生中，作者透過友情、愛情、親情的人性刻畫來反映其人生觀。最後陸志龍度過了成長過程中的種種挑戰，勇敢的走向下一階段的人生。作品表現作者人生觀的主題融合了民族意識上的身分、時代、歷史的醒覺，與平凡人的意志磨練、力爭上游、衝破難關與不斷向上的人生觀。

第六章　《濁流三部曲》的愛戀心理三典型

第一節　前言

　　詹宏志在與黃春秀的討論文章中，曾以理想的、慾情的、生活的詮釋《濁流三部曲》第三部《流雲》中的男主角與幾位女性的愛情典型。並以超我（即理想）與本我（即慾情）對抗的佛洛伊德心理學來分析，提出根據主角陸志龍的個性在故事結局，會選擇何種理想女性的種種判斷。[1]本章即受此啟發，筆者擴大詹、黃的討論，分析整個《濁流三部曲》，並提出以志龍愛戀三類女性的典型「戀母性、精神性、動物性」與三部曲各部一一對應。作者鍾肇政以主角陸志龍的觀點，敘事細膩，以豐富的文筆表現於書中的愛情觀，因此這愛情三階段成為一貫的、流動的成長結構。

　　本章靈感來源又來自於對《濁流三部曲》與《亞細亞的孤兒》的比較[2]與研究《流雲》的基礎。[3]由於鍾肇政、吳濁流有相同的在日據殖民地時代擔任教師的經驗，因此在主角愛戀日籍女教師等教學生活的題材中有類似的設計表現。因而引起筆者進一步將兩位作家在作品中所設計的女性主角，其民族認同的象徵意義，一一的對應。於是作者鍾肇政對愛情的描寫可詮釋作為被殖民時代自身或民族認同的影射。這部份的詮釋我們將在下一章作仔細探討，下一章將以本章所探討的戀愛典型作為基礎。而本章則以佛洛伊德心理學，恰可作為《濁流三部曲》描繪臺灣人的民族認同的詮釋基礎。

---

[1]　詹宏志、黃春秀，〈時代社會再現的企圖—談鍾肇政的《濁流三部曲》〉，1982 年 2 月，《臺灣文藝》75 期。

[2]　錢鴻鈞，〈從大河小說《濁流三部曲》看臺灣文學經典《亞細亞的孤兒》〉，2002 年 2 月，《臺灣文藝》180 期。

[3]　本書第四章。

　　以下第二節以三部曲的順序分為三段，多方從三部曲文本中抽取出關鍵的內文作為引證，並進一步分析文本中主角愛戀三層次的心理分析表現。本章所提的愛情三階段，作者似乎偏向認為動物性愛情為最圓滿的，這除了生物上的考量外，也有作為民族認同的投射之下，在情節設計上的考量。筆者認為作者是以靈肉合一的觀點為最自然與完滿的戀愛典型，明顯地表現於第三部作品，也就是愛情的第三階段——動物性愛情。另外筆者將強調，就算是動物性的原慾，仍是包含著人類社會的兩性的關係，是把另一性即女性也當成是人同樣尊重。

　　在比較起精神性與戀母性，動物性愛情在人類社會發展中是更成熟的愛情關係。而戀母性則是在心理學上，為脫離幼年習性的，所產生的容易受到帶有母性味道的女性的吸引，當然其中緊接而來的還是帶有慾情的。但在焦慮的罪惡感下，這是不正常的性對象發展。其故事結果，在作者設計下，愛情並未正常發展而沒有完滿成功。而精神性愛情，是相對於慾情而言，描述人類之柏拉圖式、自戀式愛情需求的分析。因此，文本中作者所設計的戀母性與精神性愛情仍只停留在原慾的初步發展階段，並非作者所選擇的圓滿的愛情典型。

　　作為一篇自傳性小說，文本中勢必或多或少地暴露作者自身許多來自「本我」的醜陋的一面。作者必須要堅強地誠實面對這一面而從事寫作，也才能表現出藝術上的真實。本章將以文本引證，說明作者的敘事技巧，如何表現謙虛與真誠懺悔的筆觸發展愛戀情節的歷程。

第二節　三部曲中的愛戀心理三典型

一、谷清子：戀母性愛情之命運

　　在第一部《濁流》中出現了很多位女性角色，都可以作為主角愛戀的對象。第一位是年輕的、本土的邱秀霞，但主角卻對秀霞漸漸厭惡起來。相對地，志龍對日本女性情有獨鍾。然而對年輕而更嬌嬈的藤田節子並不感興趣，偏偏對已經與帝國軍人結婚的谷清子發生強烈的依戀。我們認為是主角初出社會的第

一次戀愛模式，就是反映一種戀母情結的心理投射。

> 我還想到，如果我愛上了藤田節子，是否也就是「絕望的愛」呢？她對
> 我那樣親切，眼睛那樣大膽，言笑那樣放肆。這是否表示她對我有某種
> 頗不尋常的好感？如果我採取行動，能不能……想到這兒我把這些思潮
> 硬給打斷了。我的假定都是脆弱得不值一駁的，我沒有任何事物足以憑
> 恃而使任何女人垂青的，藤田節子豈會無緣無故對我抱好感？況且她是
> 簡所戀慕的人，不論人家是不是「絕望的愛」，我也不能稍存非分之想
> 啊！
> 這麼一來，我就再也不敢設想愛上谷清子的場合了——雖然我的理智使我
> 明知自己不可能愛上年長的有夫之婦，但一種本能的對愛的憧憬，仍使
> 我禁不住作此遐想。於是我開始從記憶中撲捉住幾個女性來做為想像中
> 的愛的對象。劉慫惠我追的四個女同事——山川淑子、李氏碧雲、廖氏足、
> 陳氏玉鳳——我都一一想了一下，祇是她們在我印象裏都不夠鮮明，所以
> 不大能發生聯想作用。倒是那幾個女學生，還有一個就是五寮的未來女
> 教師邱氏秀霞——這些人對我來說倒是比較親切的。
> 當我有意把她們一個一個想出來時，我發現到那兩個由山裏來的，似乎
> 是束縛著胸脯的兩個女生，幾乎是沒有地位的。而街上那兩個，尤其身
> 材最小而特別挺出胸膛的叫嫦娥的女生，反倒觸發了我的綺念。她的頭
> 髮剪成倒放的凹字形，一派天真的調皮小妮子氣象。
> 我的僅餘的道德力量，使得我趕緊煞住了我的思潮，因為我已開始有了
> 邪念。「下流！」我不自覺地低聲說了一聲。（鍾肇政全集 1——濁流
> 三部曲上：頁 77-78）[4]

　　上面這一段自我意識的描述中「雖然我的理智使我明知自己不可能愛上年
長的有夫之婦，但一種本能的對愛的憧憬，仍使我禁不住作此遐想。」作者雖

---

[4] 《濁流三部曲》引文採用版本皆為桃園文化局出版《鍾肇政全集 1——濁流三部曲上》與《鍾肇政全集 2——濁流三部曲下》，2000 年 12 月。

然並未指明什麼本能，且還強調理智上不會愛上年長的有夫之婦，但他卻是不由自主的愛上谷清子，這成為本章論點的基礎。並且依佛洛伊德心理學的解釋，此次志龍的愛情經驗，正是滿足「不能缺少被傷害的第三者」，這第三者也就是日本出征軍人。

　　另外文本中也提及志龍自己只要想到孫子，就覺得邪惡。這種對性愛的焦慮，在戀母性愛情的理論上，正是過早的性啟蒙所產生的，是生理成熟後對母親「純潔的愛」破滅的衝突。[5] 這是一種亂倫的恐懼感，志龍這樣的反省將在第三部《流雲》中消失，或者這種恐懼感轉變到非常微弱且無力，成為一般性的社會道德倫理的束縛。

　　這裡有一幕令志龍永難忘懷的一幕，在書中是以惡夢嚇醒主角（或者春夢）開始敘述的，而引起迷迷糊糊的回憶，進入春夢的潛意識的境域，年輕浮動的心靈開始自由的解放開來：

> 我失去了我自己。
>
> 我不曉得置身何處。
>
> 啊，那是兩座山，圓圓地鼓起來，並不很高，但曲線和緩，好像把一隻碩大無朋的球從中切成兩半伏在那兒，而且兩個連在一起，中間形成一個圓形的凹陷。
>
> 啊，那是乳姑（客語乳房）山──故鄉的山。故鄉是一個小鎮，從鎮上每一個角落，只要沒有遮去視線的物體，便可望見鎮西約三公里處的這一座逗人遐思的矮山。
>
> 噢！不，故鄉的乳姑山只有一座啊，那來並連在一起的兩座乳姑山呢？這不是故鄉的乳姑山，這只不過是一個陌生的地方。
>
> 忽然，我發現我置身在那凹陷處，兩座乳形山峯矗立在我的左右。突地，它們開始收縮了。地殼的摺曲運動。它們越縮距離也越近，它們變成了兩堵牆。啊，還在移，在靠攏。我必須趕快逃出這可怕的狹谷。它們要

5　在民族認同的焦慮上，主角以有意識的回憶到自己在中學被老師「以日本人對臺灣人的打架」，從此領悟到面對日本老師的焦慮的來源。這又是一種性愛的與民族認同的雙重救贖表現。

碰在一塊了，我會被夾在中心，壓成肉餅。

我想拔起腳來拚命奔跑，可是腳好像在那裏生了根，怎麼也跑不動，越用力就越不能動。兩座山移得更近了，向左右伸出手就可以碰到。哎呀！那是什麼山呀？掌心碰到的，並不是泥塊，也不是岩石，而竟是一種柔軟膩滑的東西，而且似乎還有些溫暖，甚至還似乎有脈搏在鼓動呢！

但是，它們加在我手上的壓力更強勁了，那就是說它們仍在靠攏著。呃，我的臂膀半彎了。糟了，我會被壓死，而且葬身山塊中，永遠沒有人曉得。

我一驚就醒來了。啊……原來是一場夢。怎麼會做這樣的夢呢？喲，趕快起來，不然要遲到！不，不……對啦，今天是禮拜，是禮拜天哪，再睡吧，睡吧，睡個夠！睡個痛快！

可是，那真是個奇異的夢。那到底是什麼呢？似曾相識的……於是我又落入迷迷糊糊的境界。（鍾肇政全集 1——濁流三部曲上：頁 137-138）

鍾肇政利用家鄉的地形地物，他的巧思值得讚賞。可是為什麼是一種惡夢，而不是美夢呢？以心理學角度解釋，這就是一種對於性的罪惡感，這使主角產生對亂倫的恐懼。[6] 第一部故事主要情節發生的場景是在大溪，所提到的乳姑山是作者也是主角的故鄉龍潭只發生在夢中，而在第三部時才讓讀者從志龍眼中看到真實的形象：

約二十分鐘，山路到了盡頭了。山頂是平坦的臺地，右邊是一望無際的茶園，左邊不遠處有一座小山。林告訴我，那就是乳姑山了。從靈潭看，它是個有著優美曲線的圓形小山，正像一隻女人的乳房。但在這山頂看來，卻是個半禿的、毫無風情的矮丘。（鍾肇政全集 2——濁流三部曲

---

6 這種偷偷摸摸的，在民族心理學的象徵意義上是很特殊的。在日臺崇拜的心理，高高在上的民族予以被殖民者的類似亂倫的潛意識束縛被統治者，阻礙兩族通婚。以心理學為基礎來詮釋異民族婚姻的阻絕，在《濁流》的表現是相當深刻的。與第三部《流雲》不同的是，志龍也同樣的必須隱藏內心中所深愛的銀妹，但這時，已經不是戀母性亂倫恐懼。而是在 1960 年代白色恐懼下，不可追尋真正的自我，一種象徵臺灣的機制。

下：頁 848）

　　不同於《西遊記》中的孫悟空被五指山峰壓著，鍾肇政設計了地殼變動，想像力是豐富的、現代的、科學的。鍾肇政的作品絕妙之處，除了充分的利用自己的故鄉特徵，且以科學的眼光說是地殼運動，讀起來令人感覺沒有假造之虞。這裡更可表現他深深愛著故鄉的情懷，是令人欽佩的，我們認為這造成本書最有趣的部份。這裡似乎可以給個結論，就是龍潭不僅僅是作者童年的故鄉，更是文學的故鄉。

　　年輕的女性、比如說大山的女兒的美麗也會使志龍心頭震顫。而一開始志龍也不喜歡「日本婆仔」走路的方式。這樣兩相比較之下，到底是什麼因素使志龍愛上了絕對不能愛的谷清子？志龍雖也有了性意識覺醒的表現，加上谷清子無意間露出的乳房魅惑了志龍。但是作者在小說中以倒敘、回憶的手法，暗示了愛上谷清子的原因：

　　　　和谷清子談，雖然並不稀奇，但每一次，都使我有一種說不出的感覺。我簡直沒法表達出那種感覺，有點悵悵然的，類乎傷感的意味，卻又滲著一種歡愉，似乎還有著某種希冀。這些感覺交織起來，形成一片渾沌，使我無法辨清。不過，有一點倒是比較明確的，那就是每當交談結束分手時，那悵然的傷感便忽然濃烈起來，很久很久還不能拂拭掉。此刻也是這樣子。（鍾肇政全集 1——濁流三部曲上：頁 139）

　　這類的感傷類似於一種鄉愁，因此我們認為上面所說的是一種愛的本能，含有一部份這裡描述的禁忌似的愛情滋味。接著，在志龍自由的性意識作用下，荒謬的聯想、恐懼後回到現實。志龍又再度在床上產生無限的懷想，取而代之的是一種悵惘的心情。而且作者更以超現實手法描寫乳房在黑暗中到處浮現的景況：

　　　　宿舍裏只有一個人，由於平日女生們那麼熱鬧，更顯得空蕩而寂寞。我提早就寢，可是我失眠了。在黑漆一團中，似乎有兩隻豐滿的乳房在此

起彼伏。我這是第一次開了眼界，它們的形狀、大小，都是出乎我前此
的想像之外的。不管我睜眼閉眼，它們都不肯消失，好像在那兒招引我。
開了電燈，幻影是消失了，可是光線刺得我是睡不著。我成了俘虜，被
那幻影玩弄著，直到聽過了鐘響二下以後才矇矓入睡。

這些，到底是真的，或是夢境呢？在迷迷糊糊裏，我幾乎疑心昨晚的一
切是一場夢。可是我曉得那不會是夢，只有那兩座乳姑山把我夾在當中
的景象才是夢。（鍾肇政全集1──濁流三部曲上：頁146）

其後主角又因為人生第一次見到了碩大的乳房，潛意識中引發了對母性的
象徵物的遐想，將原慾、愛慾與依戀都混雜在一起了。造成純潔心靈的傷害，
產生了奇異的夢境，這是本書最為巧妙的與趣味的地方。剛剛說的類似鄉愁的
感受以強烈的性慾渴望表現出來：

我離開那個地方，茫茫然地向前彳亍。我的身體內有一個東西在蠢動。
它牽動了我的每一個細胞。它是那樣不可抗拒，那樣強勁有力，就好像
是一股怒吼的濁流，我已陷身其中，再也無法自拔。我被沖走了。我看
到岸上裸露著上身的谷清子。兩隻豐碩的乳峯靜靜地擺在那兒。我拚命
地划水泅向她。可是越是努力，我和她的距離越遠。「谷……」我幾乎
叫出來。（鍾肇政全集1──濁流三部曲上：頁188）

故事的描述，在文字的自然流暢下，不禁令人想起泉鏡花的小說《高野聖》
中由僧人的觀點，表現出的怪談中所出現的妖豔的女性肉體與精神之美。這在
鍾肇政的小說《怒濤》中也有提及《高野聖》這本書。可見鍾肇政受到此書所
描寫女性手法與審美觀的影響。

鍾肇政所表現的更有一種溫厚的女體，肉慾之中含有母性的吸引。而就算
是不論及作者的心態，而就描寫本身來講，其色情的藝術感染讀者的力量，也
是夠令人瞧、夠引人遐思的。而且鍾肇政能以自然的搭配風景、自然的出現乳
房，不會讓人感受到他是利用小說來偷渡情色描繪。志龍18歲少年之心所受的
衝擊、意識流動起伏，正是藝術的力量讓讀者也跟隨著這個18歲少年之心受到

女體之美的衝擊。尚且這個 18 歲的少年的內心還有自卑、自戀的、充滿潔癖的特殊人格。

這裡先提一下，在第二部的愛戀對手李素月，因為表現為精神愛，靈性之美，就沒有這類女體方面的設計。並且志龍在第一部時的性意識已經覺醒了，但是他並未把性與結婚放在一起聯想，這顯示他在潛意識上仍存在的束縛。這進展到第三部中就有了改變，我們可以明顯的讀到志龍與銀妹有了合體之愛，志龍決定要娶銀妹。這裡我們要強調的是，主角的審美觀與描繪的方式，都與主角的社會時代的意識有關係。所以，他在深深愛上谷清子後，原本對於本土女性秀霞的好感，全部轉化成厭惡感，更以番鴨來批評秀霞。

除了以上年齡上的判斷，作為本章所言的戀母性愛情的依據外。關於女主角所表現的性格方面的美，如何可作為志龍戀母性愛情的投射？這是從在谷清子看過主角的編劇創作，欣賞志龍的才華之後開始。志龍自思是以藝術的觀點來欣賞谷清子，而不是以異性觀點的理性態度接近她。卻因為清子具有某種年長女性的成熟美，志龍被魅惑了。志龍覺得那是一種姊姊的感覺，所以自認為自己不可能愛上她。偏偏這種姊姊在感情上的安慰，使志龍的愛慾佔有心一發不可收拾。這種姊姊樣式的美，就是谷清子的魅力，谷清子的美是來自於潛意識的戀母情結。

志龍到谷清子家玩，無意間看到谷清子的乳房，也從谷清子的家觀察許多如「床之間」的布置，我們知道志龍對於日本文化精髓的掌握很好。此時，志龍仍舊立志要以藝術品來看她，卻在深夜無意識間作了被乳姑山擠壓的惡夢。志龍、清子兩人間的感情發生了變化。遊藝會完了，志龍認為谷清子的笑是一種最崇高的笑。志龍發現到自己是愛她的，又因谷清子是出征軍人之妻而不能愛，這種感受讓志龍感到自己有如強姦犯一樣。志龍送米給谷，谷反送煙給志龍，兩人越親密越讓志龍痛苦。志龍常常偷偷的去看谷，而谷清子屋外兩棵檳榔樹，似乎象徵了谷的兩顆碩大的乳房，並且高不可攀。

而在谷清子這一邊，谷清子以為自己是出征軍人妻等於有保護傘，所以兩人才有機會一同出遊，這顯示出谷清子對於志龍的好感。卻沒想到志龍深愛谷清子。谷清子以講出自己的痛苦，有一種不能有愛人的命運，否則會害了對方，愛會使對方受到災難。這種神秘性的安排，豈非就是作者對於伊底帕斯情結的

設計。

　　志龍感受到這種暗示性的拒絕，而開始恨谷清子。劇情又一個劇烈扭轉。又因為意外的遠足會，讓志龍與清子有機會再次單獨在一起，但志龍故意不理清子，清子很難過，最後終於吐露自己愛志龍。志龍深切反省，認為自己與清子應該像弟弟姊姊，不要讓清子為難。可是這是解不開的愛的苦惱，提出亂倫的姊弟愛的禁忌來束縛自己，更是讓志龍更痛苦。志龍並沒有打開戀母的情結，兩人終究無法成為姊弟間的純潔感情。這正是戀母性愛情與原慾的死結表現。

　　下面所引用的是本書最美的一段，也是劇情發展最為混亂的一段，安排極為巧妙。以日據末期頻繁的空襲警報發生，使得谷清子在驚慌害怕下向主角靠攏，又安排谷清子的婆婆因事不在家中，在空襲警報聲停了、燈光也熄滅後，那種安靜感，令讀者進入情境，使人不敢呼吸，與主角、女主角產生同步膠著的感情：

　　　　不容我思索，谷清子奔過來撲向我，把面孔埋進我的胸板上。走不成了，外面也禁止通行了，但我這一瞬間的思想就有如一道閃電，剛掠過就消失，代之而起的是感官上的特殊感覺。她的頭頂碰在我嘴鼻上，她的柔髮掩住了我的整個面孔，髮香使我窒息。我不曉得在什麼時候抱住她，整個手掌和手臂，還有胸，都感受著一種溫暖的，柔軟的女人肉體。這些感官上的感覺佔有了我的一切，美蓮、燈火、空襲……一切都消失無蹤了。
　　「火，快熄掉！」
　　在不停地響過來的警笛聲中，清子那迫促顫慄的聲音提醒了我，我伸出一隻手撐息了頭上不遠處的燈光。
　　「嗚——，嗚——，嗚——……」
　　警笛還在響，那麼淒厲，那麼巨大。也許這一次是真的，以前從來沒有響過這麼久。本來是規定空襲警報響十響的，現在怕已響了二十響以上了。驀地，我的腦海裏閃過了一個希冀，但願它響一百響，一千響，永遠不停地響下去。
　　但是當我剛想完了這些時，警笛聲忽然低下，然後是我所熟悉的情形，

拖著長長的尾巴漸漸小了，小了，以至完全靜下來。（鍾肇政全集 1
──濁流三部曲上：頁 244-245）

　　文中又是感官、髮香、女體，所有能刺激男子性慾的因素都細膩描寫出來
了。此時志龍正迷惑著，但還不至於魯莽開始行動。氣氛凝鬱起來，理性掙扎
矛盾著。但精明的作者設計兩人抱的太緊了，因此女性掙脫了男性，一陣氣味
卻又來到，將男性的性慾望逼到極點。劇情張力持續升高，戀母性的愛情表現
更達到極點。小說的設計更顯得藝術化，在本章的分析下是超越了心理分析的
理論，而並非僅僅迎合理論。

　　接著，還有表達「吻」喚起主角曾作為嬰孩的感覺，更是神來一筆的說法，
符合本章預設的因為憧憬母性所產生的戀愛。接著又那樣巧妙的，空襲警報又
出現了打斷一切發生的可能性，令人不得不佩服作者設計劇情的自然與合理，
產生強烈的藝術真實感。這空襲的陣響聲真是大殺風景，好像主角與讀者的期
盼都結合在一起，其後的失望也結合在一起了。

　　總之，這種戀母性的感情，最為巧妙的正是主角自己雖然依戀著年紀較長
的女性，卻自己不承認這種可預知的現象。不承認自己年紀較小，較不懂事，
尤其讓谷清子看成小孩，引出志龍忿忿不平的心緒：

「啊……」她又一次撲向我，在我木然失去了感覺的嘴上吻了一下。
「陸桑，你……你真是個乖孩子。」
我沒有答她，我心中忽然起了一種不痛快的感覺。我真不曉得臨到緊要
關頭，竟然這樣地退縮了一步是該或不該，是幸或不幸。不能否認，我
的行動使我有某種控制了自己後的純潔的感覺，它滿足了我的自尊心
──也許那祇是無謂的虛榮心吧，然而在失去了一個大好機會的懊悔感
之前，它卻顯得那麼渺小而微不足道。我真有些不曉得怎麼處身才好。
她看我楞楞呆立的模樣兒，伸出手臂來環抱我的胸部，又深深地吻了我
幾下說：
「怎麼？我說乖孩子你不高興嗎？」
我搖搖頭，把眼光投在她後頭的黑暗處。

「你不是十九歲嗎？好哇，再過幾天你的『厄年』就過去了。那時你就是個大人了。」

「呵……」我深深地吸了一口氣，重重地吐出。

她離開我，攏了攏散亂的頭髮。我心中仍一片惘然。剛才已到手的東西，我眼巴巴地讓它失去了，雖然它換來她的深情的吻和稱讚，可是我仍然痛惜它。我甚至有個預感，我此刻所失落的東西，永遠永遠也找不回來了。（鍾肇政全集1——濁流三部曲上：頁248-249）

如同志龍想以純潔的姊弟態度來面對清子是不可行的。谷清子想以面對孩子的態度來面對陸志龍，終究也是不可行。可悲的是，兩人終究沒有結果，也只能讓原來是姊弟式或者戀母情結發展下的愛情，淪於紙上談兵，非常不切實際：

「我知道這樣說你是不應該的。」她又說：「可是，我常想，異性間為什麼不可以有友誼存在呢？為什麼不能像兄弟姊妹般地相愛呢？」

我沉默得像一塊石頭，可是心卻漸漸軟化了。啊，她的確是個深情的女人，並且具有無限的女性的溫柔。現在，我很想說點什麼了，可是我不曉得怎麼說才好。（（鍾肇政全集1——濁流三部曲上：頁二二八）

志龍卻對於谷清子以姊姊面對弟弟的眼光看他，讓志龍有點不以為然。志龍認為自己是大人，他希望獲得谷清子的愛情，當他是戀人的對象。劇情就在志龍逼迫著因為命運的關係而不能愛人的谷清子非常的痛苦。而志龍也在谷清子受不了痛苦之餘透露出愛意而享受到愛的喜悅。這正是這部小說的衝突與張力所在。

總之，就算是男方意識上沒有戀母情懷的感受，不過女方總是以年歲的差距，提醒男方，男方則因此受到約束。但兩人仍不斷的，或許受外在環境因素持續嘗試衝破這一層的束縛。因此可以說主角總是強烈壓抑，受到潛意識影響。在作者筆下，女方所表現出來的也完全是一種母性的愛戀。比如谷清子常常說男性非常的乖、不要男性欺負她，希望維持一個姊弟的關係。因此，谷清子這

類年紀大的女性造型，造成某種不倫的感情戀母的味道，是顯而易見的。

　　要事先說明的是，第一部在作者的設計之下，並未讓兩人有靈肉合一的愛。比諸於第三部的主角再一次的看見了另外一位女性碩大與白的乳房，這種描寫，是帶有動物性味道性的。比較之下，第一部所見到的乳房仍是較為精神性的純潔心靈，在態度上是不帶有性愛慾望的。

　　還有實際生活中，作者周圍確實有谷清子、藤田節子兩位模特兒，但並沒有與這位年長有夫之婦發生感情，而是對年輕的藤田節子的模特兒發生好感。這顯示出作者不凡的想像力，與情節設計的意圖所在。

二、李素月：虛幻性精神愛與志龍的自戀

　　第二部主角與李素月的愛戀模式，表現的是一種精神性戀愛。或者說，這時的愛情是一種在殘酷兵營中的生活點綴，是為追求羅曼史而羅曼史的結果。這裡的精神性戀愛除了指出柏拉圖式的愛情外，在比較第一部與第三部充滿肉慾與性的苦惱的狀況，這裡似乎表現出真正的純潔的、青年人感傷的愛，接近於平凡的傳統男女的、一般正常交往的愛情故事。是三部中唯一的男女主角發生正常可以公開的談戀愛的過程。女主角還兩次的邀請男方到家中介紹與父母認識。

> 我們也談了不少，她的家庭，她的童年，還有在校內的情形，我都從她口裏聽到了。我自然也說了不少自己的故事。她居然也喜歡我那孤寂的故鄉。我們沒有握過一次手，也沒有說過一個「愛」字——這個字反倒成了禁忌，有時談話間需要說出誰愛了誰這類話，也改用「喜歡」兩個字。我可以說，在我們之間，愛已不祇是感受上的，而是實實在在的。祇因這樣，所以如果在嘴裏說出來，反而似乎會褻瀆了愛的神聖一般。
>
> （鍾肇政全集 2——濁流三部曲下：頁 739）

　　這裡便完全表露這種精神性的愛情的典型，沒有摸過手，甚至避免一個「愛」字，事實上就是蔑視肉體的感受。兩人談完了家庭與童年之後，發生了

志龍與素月常常沒有好的話題可以談的情況，當然更沒有肉體接觸的可能，這證明只是一種精神性的吸引，如受到女性吸引的是音樂、面貌等等因素。但是主角顯得有多方面的考慮，或許是個性、或許是前此與谷清子戀愛的傷痕尚未平復，顯得對愛情膽怯、不敢大膽前進。好友陳英傑為志龍分析：

「你且不用否認。我以為這是由於你過去的愛情太不幸了，所以才會這樣，不過，我也更以為主要是因為你的性格。你是個忍從的人，這當然是一種美德，但對你而言，卻也未嘗不是一種缺陷。」

「我被你說糊塗了，我快要認不清自己了呢。」

「愛了人，這不是壞事，你應該坦承，愛，往往也是種沉重的負荷，我想我不妨說那是人生的許多十字架之一。這個，你和我都是過來人了。可是，我仍然認為對此時此地的你，愛是必需的。你的心田需要滋潤。」

「我同意你的看法……」驀地，有一股感動衝上我的心板，我幾乎接不下去了，我怕我會嗚咽不成聲，我的眼睛遇到什麼刺激似地起了一陣酸楚。可是我強捺著自己，儘量裝著平靜說：「可是，你的愛，我們的友愛——我真不好意思面對面地對你說，因為那是應該感到的，而不應該說的。」說到此，我稍為停頓了一下，以便整理思緒與呼吸。

「我知道的……」

「所以……嗯，有了你的愛，我已心滿意足，如果再有了其他的，我怕……正如你所說的，那沉重的負荷，我怕負擔不起。」

「你又要逃避現實了。你這種態度，我不贊成。不管你願不願意，逃不逃避，它會壓在你頭上的，你只有勇敢地頂住。知道嗎，勇敢地！」

陳說得情真意摯，可是就在這當口，我的心從思索的深淵軟木般地浮上水面來了，我發現到這些話都是可笑的，因為它們建立在完全不可靠的基礎上。我說：

「唉唉，再談下去就是鑽牛角尖了。就算我愛上了什麼人吧，到頭來也是單相思罷了。我們不會有機會再跟她接近，空談空談，算啦！」（鍾肇政全集 1——濁流三部曲上：頁 522）

　　好友陳為志龍做的分析是所謂的逃避現實與因為過去的傷痕。相對於女方的深情、執著，志龍自己極為矛盾猶豫。比較鍾肇政在第一部、第三部的設計，作者的意圖似乎使讀者認為，愛情是需要性、肉體為基礎才得以圓滿與熱烈的。在這第二部書中，筆者認為志龍應該不只是懦弱的，筆者進一步假設，這是一種對於精神性的戀愛模式，來自於潛意識的自戀心理，讓他很難保握住什麼基礎才能擁有真實與穩定的愛情。精神性戀愛的基礎是非常薄弱的，所以不斷的懷疑自己，無法往前踏出步伐。因此，就算是好友以愛情至上的勸說，對志龍都是無效的：

> 在那兒，我跟他談了不少，所有我的煩悶與痛苦，都向他吐露出來，他對我那樣對待素月，頗不謂然。他堅持愛情是至上的，它可以解決一切困難，小小缺憾——他認定我的失聰只不過是個小缺憾，這也就成了我們之間的根本歧見——在愛之前，更屬無關輕重。
> 他肆意譴責我，痛詆我。然而我沒有動搖。我已微微認清了自己的前途與命運。我還能怎樣呢？固然，死的陰影似乎已離我而去了，然而我還沒找到自己的路子。我還在絕望的一團漆黑裏苦苦地摸索著。我承認，富田的一夕話給了我不少力量——對於拂拭死神的陰影，它可能發生了不少作用，可是路子也許是有的，但究竟是怎樣的日子呢？它在哪兒呢？
> （鍾肇政全集2——濁流三部曲下：頁767）

　　更無法解決主角因為肉體上的傷痕，而使得這個愛情故事的悲劇結局，踢出臨門的一腳。作者寫到：

> 但是，我的絕望沒有比這天傍晚回到營舍時，聽了素月的話後更深刻了。她告訴我那個醫生的話，那種耳病沒有藥可醫治，只有等待自然恢復，如果不能自然恢復就無能為力了。在那宣告後的一剎那間，一切對我都成空虛的了。我沒有了思想，也不再有我的世界觀，宗教與哲學，文學與音樂，都顯得空洞而不著邊際了。甚至愛情都變得黯然無光。儘管我自知愛情對我成了空前的需要，成了無比的饑渴。然而，我僅餘的勇氣，

只能讓我拒它於千里之外而已。（鍾肇政全集 2——濁流三部曲下：頁
744）

　　事實上，愛，是無力的嗎？或者應該要有更完整的愛、肉體的愛呢？比較
在第三部所表現的靈肉合一的愛情觀，以動物性愛戀心理為基礎的，似乎將發
揮真正的力量，使人更為堅定，不至於將「愛」當成一個空洞的觀念。處於精
神性愛戀的主角，以自我分析說：

　　不錯，愛人，被人愛。原就是空洞的，抽象的，不切實際的。你不必再
　　稀罕它。何況已失去了一切——只剩卑鄙不足道的生命——這也就是
　　說，你已沒有了愛與被愛的憑依。當一個人只剩一條無用的生命時，他
　　為什麼還需要愛與被愛呢？（鍾肇政全集 2——濁流三部曲下：頁 755）

　　書中安排一位對海涅著迷的純情詩人，設計這個配角可以與精神性的戀人
互相印證。更妙的是本部書似乎對於同性的友人更為感興趣。友情似乎超越了
男女愛情了，形成一種主角在友情與愛情之間的抉擇情況。這就是這是一種遠
離肉慾的愛情，代表一種精神性的愛情特徵，否則友情是不會那樣的輕易超越
愛情的。也有父親表現父愛時回信給主角，志龍居然也認為這種等信的熱切，
將感受比擬有如等愛人的回信。可以比較第一部的戀母性認同，轉為對同性的
父親崇拜。在志龍讀青師時就認識了陳英傑，主角說與他是一見鍾情，將兩人
間的吸引比擬成男女間的愛情，在此刻超越了異性之間的吸引。可以結論說，
自戀性的精神愛，產生了類似同性戀的狀況。

　　這時，素月被冷落在一邊，這些話使她不耐煩了吧，她竟說要告辭了。
陳留她，她卻說要讓我們多談。我想也好，她在場，我們都不能暢所欲
言。而且在我的感受裏，陳在我內心中所佔的份量也著實比她重些。我
於是表示我與陳可以先走，讓她多彈一會琴。
　　當我與陳相偕出來，走向營門時，我不期然地發現到，以為她在心目中
的份量比陳輕，這想法是錯了，因為還沒踏出營門，我心中就陡然起了

一種悵悵然的感覺。我承認我渴盼跟陳痛快地談心，另一面想跟她在一起的期望也那麼熱切。我不由不承認，也許他與她在我心中的份量已是等量齊觀了。（鍾肇政全集2——濁流三部曲下：頁681-682）

還有一個角色是蔡添秀，也讓主角表現一種怪怪的同性之吸引。在洗澡時，志龍特別發現蔡添秀有女性美的白晰臉孔、白白豐腴的肉體，幾乎使人疑心是女性的身子：

不曉得是不是他的臉相特別合我的口胃，我覺得他真是個紅顏少年，甚至可以說，他那彎彎的眉毛，長長的睫毛，小巧挺直的鼻子，紅紅的嘴唇，簡直就好像一個漂亮的女孩子。當他起立用他那還沒變音的清脆的音調自我介紹時，我的眼光不禁被他的面孔的美吸住了。另一件使我驚奇的是他的腔調一點也沒有臺灣人常有的怪腔，如果不是他說姓蔡，我幾乎不敢相信他不是日本人。此刻，他卸下眼鏡，嘴唇微啟，輕輕合上的眼皮微隆，畫出一道優美的孤形，更使人覺得美若少女，我不由得多看他的睡態幾眼。（鍾肇政全集1——濁流三部曲上：頁383）[7]

志龍將美的投射對象，在此完全指向男性了。反映在志龍某種心境上的成長，想要照顧年幼的成長，不再是如第一部初出茅廬的學生了，但卻是照顧同性的年輕友人。比較第一部受姊姊照顧的需求，轉成為照顧弟弟的渴望。

在第二部中這裡表現浪漫的英雄主義。這也是因為戰爭時代造成的影響，而且其在此時接觸更多的西洋文學，難怪要以司谷脫的小說《劫後英雄傳》作為比喻自己的心情：

一連兩天，我的思想一開始動，就會想這些夾七雜八，似有一個重心，

---

[7] 鍾肇政設計蔡添秀來誘導志龍的祖國愛，而蔡添秀幾乎讓主角反映出一種同性戀的不正當的愛情。如同在第一部時，主角表現易於對年長女性的依戀，也是一種不正常的戀母性愛情。使讀者對於敘事者設計主角的祖國愛民族愛的覺醒，都如同對於日本女人的愛情一樣，有點虛幻的味道。這將另篇論文中仔細分析。

卻又抓不住重心的問題。特別是當我看著蔡添秀在揮十字鎬，或者挺著腰身用力地在撬動一塊大石頭時，我就更覺於心難忍。那清秀儼如一個美貌少女的臉上，附著些泥巴，滴滴豆大的汗水流瀉不停，那種情景常使我看著看著，就起了一種惻隱之情。我彷彿覺得他是一個女孩，正在學男孩做苦工。每當這樣的時候，我就會想起司谷脫筆下的騎士向女人服務一般，生起為蔡代勞的衝動。（鍾肇政全集 1——濁流三部曲上：頁 558）

第二部作品表現特別的具有精神愛，除了對於女性外還有對陳英傑男性友情，還有同性之間怪異的感情。此種精神愛的喜悅，似乎因為這部書發生在世界大戰的境況，隨時充斥著死亡與虛無的感情。因此，劇情安排著一件件的精神之愛的投射之物消失，帶來了志龍的悲傷。例如筆記本的遺失，志龍的陷溺心情表露：

當我失去了它，這才想起我是多麼珍愛它，幾乎到了視同第二生命的地步。在我的感受裏，我寧願失去戀人而保有它。它是兩月來我的精神的唯一寄托，我幾乎不敢想像往後的日子該怎麼熬下去。
我楞楞地站了不曉得多久，直到喊開飯的聲音傳達過來方才清醒過來。我的苦楚還不只這些，有苦無處訴說，更使我難忍。我能向誰訴說呢？沒有人理解我對它的一份深厚無比的情感，說了只有惹來一場笑話與難堪而已。我曉得陳英傑是唯一瞭解我的人，可是無疑他也會說我神經過敏小題大作的。（鍾肇政全集 2——濁流三部曲下：頁 651）

再來的消失是某種同性之愛蔡添秀，其面貌在一群美女中也不遜色的蔡添秀被抓走了：

難道部隊長已懷疑到蔡，把他抓起來了？我真不敢往下想，早晨以來的一些不祥預兆開始向我疾呼，你已失去你那心愛的筆記本於前，豈不是還有可能再失去另一件寶貴的東西嗎？退就是那個你所喜愛的娃兒蔡添

秀。

噢，這可詛咒的一天哪，你使我失去了我的僅有兩件寶——蔡和筆記本，
往後的日子，教我怎麼過呢？剩下的，就祇有陳英傑了，想到這兒，我
禁不住悲從中來。（鍾肇政全集 2——濁流三部曲下：頁 664）

更悲慘的消失則是第三件作者的寶貝，最要好的體魄健美的男性友人陳英
傑，使主角想要自私獨佔的陳英傑也被調離身邊。志龍說他失去了一切他所愛
的：

如今，我失去了一切我所愛的，先是筆記本，繼之是蔡添秀，最後連陳
英傑也離我而去了。還有什麼事物能我使高興呢？（鍾肇政全集 2——濁
流三部曲下：頁 667）

志龍對於三件寶貝的失去，都比擬作為「愛」。這也正是這裡強調的精神
性戀愛，不帶有肉慾、情慾性質的愛。與素月的愛，就如同與那三件寶貝一樣
的愛，同性與異性之間，物質與肉體之間的差異，消失殆盡。

而由於素月的眼神使主角覺悟了自己欺騙了自己：

她朝我瞪圓了眼。她睜大的眼，黑白分明，湛若深淵，彷彿漾著千古之
謎。她是個動人的女孩——這事實又似乎要引起我的傷感了。就在這時，
我霍然驚醒了。原來，我的一切傷感，豈不正是緣她而起？柚子花的憶
念，「少女的祈禱」的傷懷，豈不都是自我欺騙嗎？是的，上次我彈這
個曲子時，想起的都是那個不幸的日本女人和有關她的事，而此刻，我
沒再想起她——至少在我做此自我剖析以前是沒有想起她的——卻想起
陳英傑、蔡添秀和那本筆記簿。這可能嗎？我不是在不知不覺間欺騙自
己？（鍾肇政全集 2——濁流三部曲下：頁 674）

主角志龍發現，原來自己的內心中仍存在著過去依戀谷清子的愛。也是一
種精神愛的遺跡。所以，總共有五種精神愛，在此刻的志龍心中發生作用。有

了這樣的領悟，反倒使志龍能夠脫離了對於谷清子懷念的潛意識，產生一種精神性分析的治療作用。

其實，精神性愛情、虛幻愛情等等，最主要還是主角歷經戰火下的不正常環境下，使愛戀的投射產生扭曲，加諸對於過去戀母性愛戀的失敗傷痕。根據佛洛伊德心理學乃是一種自戀的病態心理抬頭，自我意識的過剩，才是一切病態的癥結。是一種依底帕斯情結的倒退作用，成為前伊底帕斯情結。

從第一部《濁流》來觀察，主角有道德上潔癖，愛上傷感等等，都是自戀的傾向。當然這種潔癖，也會昇華成為純潔感，成為某種來自童年前伊底帕斯時期傷痕的形象。進一步解釋，這是志龍在戀母性愛情失敗後，更加的退化成外一類型心理問題，即自戀性病態。在佛洛伊德的心理發展理論，屬於前性器期（pregenital phase）的愛情。[8]

總之，最後志龍也終於失去了精神性戀人素月的愛。幾許憂傷難過之後，志龍將象徵依戀的馬司各特拋開，表達第一部第二部種種的依戀都丟去。陸志龍向下一個人生的階段、愛情歷程邁進。

這部書的胚胎，應該是作者在戰火下所經歷虛無感、無常感。所有的同性愛、祖國愛、異性愛、精神愛，在戰爭下的虛無感，都毫無意義，而突顯出來的是厭世的無解的心情。事實上，由於志龍因為瘧疾未及醫治而終於重聽，使其自第一部就說明志龍有的自卑感、畏縮個性，主角愛上傷感與寂寞，充分顯示志龍以愛戀自己的方式，讓自己來獲得愛的滿足，愛的來源來自於自己。終於使病態心理更加嚴重，而發展成「自戀」的狀態，無法真正愛別人，將愛戀投射到正常的對象。

從第二部志龍就有所謂的浪漫思想的發展刺激，在到了第三部故事發展初期，志龍則由「自戀」改裝為成為可笑的英雄主義，以自卑的雙生兒，即自傲感來武裝自己，度過光復後的臺灣社會的混亂。其後因為大地自然之美與純樸、銀妹的野性，治療了志龍的病態心理。終至發展為圓滿的動物性愛戀，志龍找到人生堅定的方向。

8　陳玉玲在〈孤兒的傷痕——吳濁流的臺灣悲情〉亦有提及，前伊底帕斯心理對應了臺灣人的祖國認同。收錄於 2000 年 7 月出版《臺灣文學的國度：女性‧本土‧反殖民論述》，博揚。

三、銀妹：動物性與自然純真

　　鍾肇政的愛情觀中認為「性」是男女最大的結合的穩定力量，這在其早期的中篇〈過定後〉以及與鍾理和的往來書信中，有過討論。主要的情況是發生在鍾肇政的生活環境中，夫妻大多非自由戀愛，這樣不認識的男女在一起，偏偏生活在一起又是美滿。因此鍾肇政的擇偶條件與女性的美醜關係有兩極的觀念。一方面他有同於杜斯妥也夫斯基的觀念，只要是女人就好。在他的第一篇小說〈婚後〉也提到荒島上若只有兩個男女，必定會結合。而一方面他又有日本小說的所描寫的觀念，女性一定要很美的。只是他在作品中所表達的理想女性卻都是很美。不過，內涵中也有強烈的觀念，就是「性」在兩情相悅中所扮演的重要角色，甚至是關鍵性角色。

　　在《濁流三部曲》中，敘事者在書中解釋第二部的主角因為生病的因素，所以很少聯想到性。在第三部，性的意識完全顯露出來，再度與第一部敘事中的性的覺醒串連在一起。下面這一段志龍對於自我認知的描述表現了以上的看法：

> 寫到這兒，我禁不住覺得這些話都未免說得太「高尚」了。不必隱諱，所謂結婚啦，婚姻啦，一言以蔽之，「性」的衝動而已。
> 好多年以來，我便已理解，在過去的我的伙伴們觀念上，結婚的意義是可以用一個性字來概括的，甚至大家也都似乎相信「愛」也就是「性慾」的說法。雖然，我也有過不少污濁的人性的流露，但我的本性毋寧是傾向於愛情是神聖的看法。
> 不曉得是因為我那時正在重病中的緣故呢，還是另有原因，對於學徒兵時我的那個愛人，我倒是很少聯想到性的問題。似乎是整個當兵的期間，我都頗為「清心寡慾」。這一點，除了後期是因為病以外，前期則無疑是身體太疲乏的緣故吧。
> 然而，這些日子來情形卻整個地改觀了。我的身體已不再像病中病後時的虛弱，而且我又終日無所事事，除了看書花些精神外，體力無處耗損，精力也就不免過剩了。（鍾肇政全集2——濁流三部曲下：頁902-903）

　　志龍對自己三兩年來的成長，與目前的狀況分析，是非常精細的。也由於有正確的自我的認識，坦白的態度，這時就預設了過去病態的心理，將發展為符合社會意義下、最符合人性的動物性愛戀型態。

　　敘事者先說明自己是純潔的，不過動物性慾望出現，便自覺與鄉村友人滿口粗話、下流，常常對女性講出不尊重的話語，兩相比較之下，自己與友人是完全沒有兩樣。

> 她小時候是不是那麼漂亮？她也哭過吧？也許更多的是無憂無愁的笑。自從她生下地，它就看著她了。她也流過鼻涕嗎？我清醒過來。這些可笑而幼稚的念頭，使我禁不住失笑。我不由得自問，你為什麼這樣子想她，關心她呢？難道你的心裏已經有了她的影子。僅僅一面之緣的。你幾時變得這麼容易愛人啦？愛，豈是這樣輕易簡單的嗎？
>
> 我清楚地感覺到，自從那一場大病，恢復了體力以後，我的慾念變得格外強烈。自然，我懂得憧憬女人已不止三兩年了。過去，經常有一股慾火在我體內肆虐，但我確實覺得從來也沒有這麼強烈過。我一向就認為那是十分污穢的，要不是書本裏的知識告訴我那是正常的現象，我恐怕要更厭惡自己。如今，它熾烈得幾乎到了難忍的地步，這使我想到我這個人是比我自己所想像的，更污濁，更鄙劣。在那樣的當口，不只完妹，我竟是拿每一個我所認識的女人來當著我那卑劣的想像的對手。那是那個蒼白瘦弱的童戀情人徐秋香，還有那個充滿野性與怪誕的銀妹和靜穆而膽怯的大辮子姑娘六妹。
>
> 這事實顯示著什麼？不容我否認，那就是我的愛情——如果還可以名之為愛情的話——較前變得更為動物的，原始的了。我恨它，我鄙視它，然而它是打從我的全身每一個細胞發出來的，我又能夠拿它怎樣呢？
>
> 我又上路了。腳下的木屐彷彿變得沉重起來。
>
> 我繼續想：我覺得阿河阿全他們都很卑污、醜劣。原始的衝動是應該受理智控制的，而這種理智的力量，必與知識的程度成正比例。準此以觀，我應該能控制自己的慾念才對。但事實又如何？我與阿河阿全他們豈不是一點也沒有兩樣嗎？（鍾肇政全集2——濁流三部曲下：頁915-916）

　　主角進一步對自我作分析，這裡也等於是與第一部來比較，與谷清子發生愛的衝動又有點不同，中間的差異正顯示出微妙的愛戀心理。但是也有相同的地方，都是有濃重的肉慾的成分。

　　在第三部是顯得天真、毫無顧忌的、在自然的性心理中追求所愛。而且這裡再也沒有第二部的愛情至上的觀點了。主角認識到自己肉體上的污濁，竟在思想上將所有的女性都當成性對象想像一番。總之這部是代表動物性戀愛，真確的在敘事者的筆下陳述出來，敘事者說：

> 前面我曾說過了，我是個對女人的美十分鈍重的人，因此品賞女人容貌的能力，連我自己都很懷疑其正確性，因為我的看法多半到後來會修正。我所以說她動人，不外是出自一種動物性的看法。身上的一起一伏，特別是胸前的隆起，都是會訴之於我的直覺──或者說本能──的因素。她，不只她，可以說沒有一個妙齡女孩，在我不是動人的。（鍾肇政全集2──濁流三部曲下：頁900）

　　志龍除了對奔妹產生動物性的慾望外，還有對童戀情人也產生了本能的慾望，似乎對於兒童的天真的不成熟的初戀，還念念不忘。並且又將乳姑山與本能的慾望互相結合，那是風景的描寫與童年記憶互相結合，構成一種暗示，塑造性慾尚未發展的本我。作者在潛意識的空間結構中做出了巧妙的安排，以為陸續的愛戀抉擇模式，預留空間：

> 成年後的她，確已失去了昔日的動人光彩，然而在我的感官上，昔日的光彩與現實的映像疊印在一起，因此仍然有一股媚力足以誘引我，蠱惑我。這種說法，雖然看來不無勉強之處，然而事實證明，我是常常想念她的。至於這想念是發乎對女性的一種純粹的憧憬呢，抑或只是起自本能的慾望，那就不是我所能明白的了。
> 那天前往九座寮，回程來到靈潭街尾潭邊。我很喜歡那兒的景色，所以駐足欣賞了一下。一條筆直的大馬路向西伸去，盡頭就是那座乳姑山。這山從這兒看最美，一面平坦的山峰，在中間忽然隆起，正像一個繃緊

的少女的乳房。（鍾肇政全集 2——濁流三部曲下：頁 956）

這裡的她，指的是童戀情人秋香，一個在國小時的戀人，原來完全不帶來性意識的。志龍自己懷疑著這個想念，究竟是對女性的一種純粹的憧憬，或者是本能的慾望。奇怪的是敘述者說自己不能明白，不知道是指寫作當下時為 36 歲的自己，還是 20 歲的自己。以讀者來看，這正是作者高明之處，因為被敘事者引入了神秘沒有完整意義的世界中，無法分清楚真實與虛幻的潛意識界。

不過，以我在本章中所強調的，這時 20 歲的志龍，已經是情慾橫流無可收拾了。所以任何女性都將染上為做愛的對象。正如下面說到志龍思緒一離開秋香，轉到身材高大的完妹。而完妹的家前有一個大電柱，不知何故，使得志龍激起詩情，將詩寫在完妹借給志龍的世界文學作品中：

你……我的眼光被對面岸上的大電柱吸住了。電柱上空正懸掛著一朵白雲，若有若無地飄移著。
你——
是夢的看守者
可告訴我昨夜她的綺夢？（鍾肇政全集 2——濁流三部曲下：頁 961）

詩的內容表現俗氣，尚未顯示出 20 歲的志龍有過人的藝術天分，但是句中有「電為血鐵為骨，頂天立地」還有綺夢等字，說這個大電柱是一個陽具的象徵物，反映主角此刻的心靈深處的慾情意識，大概不會太誇張。以下會分析，作為超我的愛戀對象，也沾染了成為動物性愛戀心裡的投射目標。

在動物性的描寫之外，接著作者論及與童心的純潔的矛盾，卻又發生在主角與銀妹遊戲奔跑互相捉弄的玩意兒上。敘事者也回憶著第一部時的歲月情致：

我覺得很可笑，這種舉動簡直就是個小孩的行當啊。為什麼要這樣呢？我的腦子裏映現了古老的往事，那是我還在大河當教員時的事情：宿舍裏常有些女學生來玩。我也常常跟她們一起玩，捉迷藏啦什麼的，都玩過了。一個成人跟一羣小孩子玩小孩的玩兒的心情是很特異的，說得好

聽些，就是回返童心，但是，假如一起玩的是一群情竇初開的少女們的
時候，我記得自己的意識裏，卻根本不是那麼一回事。當我當上了鬼的
時候，我可以任意抓人，抓到不該抓的地方，被抓的人也不以為怪，而
我則可以偷偷地享受觸覺觸到了異性的快感。我在那樣的情形下，抓過
那些剛開始發育的乳房。當然，我確實是無心的，可是我卻也不能否認
在期待裏有著那種預計。（鍾肇政全集 2──濁流三部曲下：頁 966）

　　同樣的，這種童心與慾情交織，而且模糊的描述這模稜兩可的狀態，是最
為真實之處。使得這裡的動物性慾情，因為成長的肉體而在今日的精神上與童
年之心的純潔加深一道鴻溝。敘事者說出了 20 歲的自己，已經不能自省自己存
心在此種童年玩耍之際，要摸毫無顧忌與防備的銀妹的乳房。敘事者說出了這
種醜陋心態，卻仍舊反映出自己實在是純潔的，因為一旦銀妹的衣領被志龍扯
下，露出了「兩隻一隱一現的乳峰、乳溝」，而且那樣白、那樣碩大、那樣的
豐滿。使得志龍愣住了。在這一剎那，敘事者認為自己是純潔的，因為沒有輕
薄下流的動作繼續下去，或者強暴動作。這一段描述是深刻與有趣，而所謂的
純潔乃是一種超我的心理投射而已，乃是壓抑自我下的想像。

　　另外「回返童心」在這裡的表現非常有意思，值得進一步分析。小孩子玩
小孩的玩兒的心理，與以大人之身卻是兒童之心，差異很大。尤其那種肉體的
帶來的污濁感，會讓大人童心，感到非常的迷惑可恥。等於是說，對於最為「自
然」的童心，產生一去不返的傷感。比較戀母性與自戀性的愛情，三者都是以
本我做為重要的「我」的構成，但是動物性的「本我」則較無超我的抗衡的作
用。

　　而傷感之外，肉體與精神的衝突，也正是志龍再成長過程當中最重大的考
驗與磨練。除了肉慾的苦惱外，天真的純樸的愛情在銀妹與志龍的表現裡，是
令人非常動容的。

儘管我心中有著這些懼怕在交織迴旋，然而我還是不能抵抗那股激流。
隔著窗前那塊晒穀埕，對面的那片屋瓦下，正有著那個我希望能讓它來
抵擋我那股堅硬力量的東西。我的內心裏有一股衝動，在慾恿我悄悄地

爬下床，在月光下橫過禾埕，蹓到那片屋瓦下，找到那個能抵擋我的堅硬的力量的東西。

我的腦子裏泛現了一幕遙遠往事的情景：幾個女學生在那兒橫臥著，腿把被踢開了，露出整隻的大腿。胸前的起伏在向我招引，我的血液在奔流，一隻小槌在篤篤地敲打著我的後腦。我撐起了身子。我徐徐地向前爬行。我伸出了右手。我的右手掌心感覺到硬梆梆的肉塊。她翻了個身，我猛然而驚，滑也似地爬回自己的床舖。

啊……我幾乎叫出來。這幕往事曾使我悔恨交加。為了它，我曾嫌厭過自己，憎惡過自己。它在我的道德感上留下過一道深刻的創傷。然而，此刻那已經模糊了的掌心上的感覺，又一次莫名其妙地復甦過來了。它煽起了原就在我體內燃燒的火燄，並且還誘發了另一個幻影。一頭蓬亂的髮絲，一身破爛的舊日本軍服。髮絲拂拭著我的面孔，從肩頭上我看到了隱現在掉了鈕子的衣襟下面的兩隻雪白的，碩大的乳房。（鍾肇政全集 2——濁流三部曲下：頁 1018）

這裡又再度回憶到第一部《濁流》的情形，依據黃秋芳所作的《鍾肇政傳》[9]，在作者本人生命中是確有其事的。我雖然強調是真實的，但只是人生的真實，還不是藝術上的真實。藝術上的真實，必須是美的真實。而藝術之美，則不一定是人生之美。比如說，18 歲的青年去摸隔壁的女孩之乳房，這是醜陋的，敘述者是以悔恨的角度回憶，並非是一個值得誇耀的事情。敘述者將之表達出來是需要很大的勇氣的。雖然《濁流》並非鍾肇政真正的自傳，但是距離也是不遠的，一般作家是不容易去面對社會道德形象的完美要求，尤其是作為一個國小教師的身分。可見作者追求文學藝術的理想之一班。

那麼此人生之真、之醜，如何成為藝術之美呢？因為那是一般凡人在作品中所設下的劇情發展，都會很自然的有此慾望與衝動的事情。美之重點倒不是在道德上站在反悔的立場。而是在於這個衝動與慾望是否值得讀者同情，也就在於慾望的描寫是否達到真實，而能夠感動人。當然假如說，敘事者是以樂於

---

[9]　黃秋芳，《鍾肇政——臺灣的塑像》，時報，2001 年。

為之的角度而沒有反省，相信讀者是不會同情、不會原諒敘事者的，自然不會感到有藝術的美的動人力量。

第三節　結論

第三部《流雲》在本章是採以動物性的愛情做為主角與銀妹的典型。不過，這部書中仍有其他女性做為主角的愛戀對象，而主角選擇的過程，可以作為前兩部書中的對照。根據詹宏志在與黃春秀對談中說：

> 第三部裡談到三個女人：阿銀、完妹、徐秋香。我因此而有個想法，我認為三個女人的這些描述，在心理學上很有討論的價值。這是我這麼想，跟作者不一定有關。書中說完妹，是個美人，長得很高大、家裏很有錢、有滿櫃藏書，可以說是理想型的人物。阿銀正好相反，原始、野性、粗魯、沒受過教育，但最容易親近。徐秋香則正好介乎中間。所以我以為這三個女人不一定代表三種愛情，甚至可以代表一種愛情的三個層面。一是理想的、一是慾情的、一是生活的。從心理學上看，這種形態可說為本我──即慾情跟超我──即理想之間的對抗。所以小說最後沒有清楚的寫出結局，但我想有結局的話，從結構和描述的性質看，和在生活上最顯得真實的徐秋香結合最可能。[10]

主角曾在第三部《流雲》回憶過去的戀情。在敘事上作者嚴守敘事觀點的發展，在第一部並未提及第三部的發展。而發展到第三部時，對於一、二部的事情做了描述、比較，使第三部無比的豐富，第三部有如一個交響樂第四樂章，作各個主題的大總結。如詹宏志所言來推論，童戀情人徐秋香也代表著志龍難以割捨的對於日本時代的依戀。也可以說是童年時代留存的戀母情結的依戀。

完妹則是取代第二部的精神性的愛戀，較少讓主角有強烈的肉慾感受。而

---

[10] 同註 1。

主角在向完妹借的書中寫上了情詩，而其知識女性的角色，與第二部的素月也有點對照的關係。是一種超我的表現，但是卻是立基於前伊底帕斯期的自戀性，對於純潔性的自我的投射。

作為第三部的作品《流雲》，其中幾位女主角可作為前兩部的總結，作者再一次讓主角經歷諸個愛情模式的選擇，使得第三部成為整個三部曲的敘事高潮。

本章討論的愛戀三典型中，所出現的三位女主角，在這裡可以跟作者本身的戀愛經驗作一個比對。找出三位女主角在鍾肇政的生活周遭所出現的模特兒，作者也經歷過愛情的三種典型。

前面提到在第一部《濁流》的愛情階段，將論述重點放在理智上不會愛年長女性，但是為什麼偏偏愛上了呢？這是一個本部書最神祕的問題。又根據筆者對作者另一部小說《魯冰花》的研究，谷清子的原型人物為古茶妹，並與作者的童年經驗對三姊的依戀相關。也就是說作為戀母性愛情的對象谷清子，其實來自於作者的姊姊。[11] 作者在這部書的配角人物，只出現妹妹卻沒有出現主角的姊姊的身影，但卻隱微的在照片中出現姊姊，還強調出週歲時脫光衣服的照片，與姊姊的關係作了某種聯繫作用的設計：

> 過了好久，葉看見我桌上的書架上有兩本貼相簿，便挪移了身子把它們抽出來翻看。有兩個女生看見是相簿，便起身走過來取了一本過去。於是熱鬧的聲浪暫時就跌入低潮，不過由於相簿，她們那邊又掀起新的熱潮了。美蓮成了中心人物，告訴她們相片裏的人物是誰，或者是我幾歲時的影子。有一張是我週歲脫光了衣服照的，由美蓮的說明，我知道她們看到那張了，引起了一陣驚叫和很特別的笑聲。
> 「呃，女人的照片呢！誰？」葉振剛的聲音鎮壓了女生們的笑。
> 「很漂亮嘛！」簡尚義加了一句爆炸性的話。
> 我記得那是我出嫁已久的姊姊好多年前的照片，只好苦笑了一下，正在

11 錢鴻鈞，〈《魯冰花》與《法蘭達斯的靈犬》的比較——談鍾肇政的創作歷程〉，2004年11月，臺北師院語文期刊第9期，頁267-292。

想說出她是誰時，兩個女生已擁過來了。（鍾肇政全集 1——濁流三部
曲上：頁 115）

　　這在作者另一部書，也是以《濁流三部曲》主角的更為年輕的歲月中，所
構成的《八角塔下》，即強調了這個姊姊乃是照顧他童年成長的重要人物，並
且描寫了姊姊清洗他的性器官的畫面。

　　另外第二部的素月原型人物則是鍾肇政的初戀情人，後來作為《青春行》
的女主角，代表著作者對於知識女性的失望。有關這次初戀戀情的失敗，相信
對於作者發展《濁流三部曲》情節的設計，如何選擇作者筆下永恆的情人是銀
妹，而不是有老師身分的完妹，也不是素月，是相當有影響的。

　　那麼，作為銀妹的模特兒，自然與作者的婚姻關係是可以推論的。另外，
在作者在閱讀西方小說中，所形成的永恆的情人的女性崇拜，相信真正的銀妹
的形象，主要是來自於作者心中，融合了不少位女性的優點，才得以永恆。

　　而所謂的日本女性、臺灣女性，在民族情感差異上並非作者的永恆女性造
型的重點，或者是作者的心理該是執著於知識女性與否，或許更為關鍵。

　　雖然本章的觀點將谷清子、素月、奔妹分析為三種女性典型。事情上各個
女性形象，但是也都帶有三種愛戀的內涵，只是比重不同。主角在每一部的形
象，在本我與超我的、精神與肉體之愛的表現，也都是交混著。正因為如此，
才有我所謂作者有精密的成長小說的設計，在精神意識的敘事中有流動性描
述。這正是符合西方所謂的意識流的表現方法。

　　像谷清子與主角之愛，在本章認為是戀母性愛情，但是兩人之間何嘗沒有
動物性的情慾表現？若不是作者設計因為防空演習結束了，而爆發出響聲，中
斷兩者膠著中的熱吻，兩人就會產生了性關係。這都取決於作者此作的意圖而
設計的。

　　因此，第二部的愛情我認為沒有慾的成分，不過是否就純潔了呢？我想也
不必然吧！在戰火中的空檔，對女性仍有強烈的憧憬。那是一個軍國戰火時代
下的泡沫般的愛情，愛情的破滅是必然的。主角一開始就不知道自己愛不愛她，
中間有許多友情、讀書的影響，最後主角反省到受到谷清子的影響，才愛上素
月或者離開素月。很快的主角因為耳聾，而顯得令人難以接近，拒絕了這段愛

情。

　　主角在三部曲中，也都有自戀的成分。幸好第三部的銀妹，卻救了這個殘障的人，使志龍繼續在生命中有驕傲，回復自然的童心，也使他肉體上的骯髒，得到淘洗。但仍是等到銀妹為他犧牲，在志龍大哭後，主角才真正的領悟到了自己的卑鄙。從此信心更為篤定了，終於到妓女戶，設法找銀妹回來，故事從此結束。

　　似乎第二部才是有彼此相戀愛情的關係，比較有一般性的戀愛情節。比較起來第一部的愛情模模糊糊的、似有若無，只以姊弟般的感情表現出來。第三部時，男方受了理想的抉擇與性慾的作用，到處搜索身旁的女性。到了男方真正與銀妹發生愛情時，已經是故事要結束了。銀妹根本不懂得愛情，甚至吻也不懂。女方則屬於一種原始的富含母性的溫柔、野性的騷味氣息又有童心的調皮。對於人世間的愛情，根本是無知的，純潔的有如綿羊如貓如鳥等動物。其實，鍾肇政是把舊時代女子的心性完全的重現出來了。這是鍾肇政最有透視力與富有同情心，表現了敏銳的美感經驗下的形象塑造。

　　有評論者或許會以二十世紀的心理小說來察看鍾肇政筆下的女性。認為鍾肇政筆下不寫入女性的心理是一個缺陷。但是，一個女性若是帶有「慾」的現代人的成分，是否還能保有原來鍾肇政所創作的「永恆的女性」的形象，是非常值得探討的。雖然舊時代的女性受到舊時代風俗的壓抑，不能說沒有性慾望。不過我們仍可以想像，有的舊時代女性就是如此「純潔」，就如同鍾肇政筆下的銀妹那樣，銀妹的形象是有其真實性的。而若以民族認同的投射，銀妹也有戀母性的愛情投射，即作為地母性的象徵。[12]

---

[12] 參考容格心理學之 anima 或地母的人類原型與集體潛意識之說法。

第七章　《濁流三部曲》的認同與愛情──精神分析研究

第一節　前言

　　研究鍾肇政的認同歷程，是相當有意義的，在解釋其作品將有相當幫助。藉作者想法再以分析作品隱微的表現，也是筆者的作家論的研究方法。觀察作者創作的軌跡，要注意的是《濁流三部曲》創作前身是在 1953 年，鍾肇政所寫下的《迎向黎明的人們》抒發自己在軍營中受虐的紀錄。但此刻在意識裡，鍾肇政已有寫以「臺灣人」為主題的打算。

　　而在 1961 年時代，鍾肇政強烈的標榜臺灣文學的特色，以私人日記為本，將《濁流三部曲》擴大、延伸到戰後短短的時間，距離發生二二八的前一年。書原題名《志龍傳》，這顯現他重視成長自傳體的文學觀。一般的論斷，《濁流三部曲》寫臺灣人的祖國意識的覺醒，在政治的意義與認同上的研究，這僅僅說對了一半並不完全。或者完全的是表面上的膚淺的解釋，筆者並不同意。因為原本是即將光復而迎向黎明的主題，1953 年鍾肇政重點在寫戰友偷槍挑戰日本人的英勇行為。這時卻擴大為三部曲，且光復後的主題為《流雲》，而非臺灣的真正「黎明」。[1] 這是鍾肇政文學的藝術眼光改變的重點，也是有認同的隱喻在其中的。

　　在研究文獻中以認同角度處理《濁流三部曲》的有客家族群的文化分析角度。[2] 其中最重要的乃是林明孝以自傳性小說處理的碩士論文，[3] 對本章以作者

---

[1] 本書第四章。

[2] 王慧芬，《臺灣客籍作家長篇小說中人物的文化認同》，碩士論文指導教授：洪銘水，臺中：東海大學中國文學所，1998 年。

論背景，印證作品中主角的身分認同，有莫大的啟發。只是林明孝以歷史傳記研究法，雖也以心理分析深入的探討主角的人格成長，本章集中在愛情的題材上分析，同樣的以精神分析法研究，可是進一步的將三部曲的結構整理出來。發現了愛情的心理分析與認同在三部曲中能夠一一對應。

在第四章已經發現了在三部曲中，可以說第三部《流雲》是比較奇怪的、最為異端的作品，寫作策略上「隱藏」很多的批判性內涵。充斥著鍾肇政歷經二二八後，由祖國愛到祖國恨的內心轉折。不深入1960年代的白色恐怖的寫作環境，是無法明瞭作者雖然想講祖國接收人員貪污，卻只能安排讓主角聽到友人傳來的消息是日本人向機場的零式戰鬥機潑鹽水以阻撓接收，也不敢暗示這個消息可能是錯的。只有等到1989年作者寫《怒濤》才敢將事實寫出來。以致在白色恐怖下，《流雲》到最後作者只能寫到主角內心中對祖國夢的期盼，希望亮晶晶的飛機掛著青天白日標誌飛躍於天上，留下一個光明的、浪漫的尾巴。也就是因白色恐怖的關係，寫作時強調了部份現實。[4] 這需要進一步的配合時代背景，挖掘情節中的細微處，才得正確的詮釋作品。

其實《江山萬里》、《濁流》也有此情況。雖然說是以民族覺醒來主題，不過主角自承是日本人，在作者的1961年的寫作時代是一種異端觀點，日本人身分是一種臺灣人的罪惡，很可能會遭到外省人批判與受到統治者虐殺。而且主角民族意識的覺醒有時強烈，有時寫的模模糊糊的、抗日精神表現的無力與淡薄。文學上則充分表現意識成長的細膩過程。作者用的觀點極為「異端」，常常在強調自己認同日本人，這在那個中國人仇日的時代環境是相當的奇特。所以作者安排主角去愛那個帶有母性的日本女性也是很正常的。而《江山萬里》中志龍對於像歌頌神風特攻隊的「預科練之歌」軍歌覺得很好聽，這也表示其對日本文化的認同與欣賞。

承續上一章以精神分析法來探討《濁流三部曲》的愛戀心理三典型，並分析各部女主角的形象。在本章於第二節，分為三部曲來討論愛情與認同的聯繫。

3　林明孝，《鍾肇政長篇自傳性小說研究》，碩士論文指導教授：龔顯宗，高雄：中山大學中國語文學系研究所，2000年。

4　同註1。

特別在《江山萬里》部份作比較多說明。

在第三節的第一單元為整理第二節的分析，並以三部曲一貫的觀點，提出民族潛意識三典型的結論。在延續筆者上一章針對愛情三典型的研究。本章要聯繫國家認同與愛情之間的關係。[5]在人類生存、社會永續發展的角度來看戀母性、自戀性、動物性的愛情價值觀下，在判斷上自然以動物性是最正常最穩定的，這在本章中將有說明。而在國家認同筆者認為也是有三典型而與愛情有相當的聯繫。而這聯繫，在國家認同的價值上會一致，這乃是根據作者的意識型態與價值觀而定的。因此本節的第二單元討論作者的女性愛情觀與價值觀。[6]並探討「永恆的女性」詮釋以區隔戀母性愛情。第四節作結論。

第二節 《濁流三部曲》的認同與愛情的聯繫

在繼承上一章的愛情認同三典型的討論後，本章分成三節討論，強調三部曲中，每一部主角所呈現的認同傾向，而在精神分析批評的引導下，如何與愛情三典型作連結。

一、第一部《濁流》

鍾肇政在《濁流》的主題之一是描寫臺灣人的民族意識，主角志龍與日本女子的接觸、衝擊下，所造成的覺醒。也就是「濁流」這個字眼作為總括志龍在愛情與民族意識的成長。很明顯的《濁流三部曲》每一部，都有一個愛情故事。第一部《濁流》主角與日本女老師談戀愛，並且有一個臺灣的女老師秀霞作為對應。故事開始主角對秀霞並沒有什麼惡感，後來卻非常的嫌惡。這可說是一種愛情與認同的糾葛表現方式，相當有象徵意義：

---

[5] 參見本書第六章。

[6] 本書第四章。以及錢鴻鈞，〈從《插天山之歌》的李喬批評史與〈泰姆山記〉的比較——鍾肇政、李喬的傳承與定位初探〉，臺北：師範大學與臺南：長榮大學共同主辦的「第五屆臺灣文化國際學術研討會——李喬的文學與文化論述」，2007年4月27-29日。

　　谷清子和邱氏秀霞——那差異是何等的重大！彷彿一個是在天上，一個是在地下；一個是雲端上的仙鶴，一個是溝邊的蕃鴨仔。難道我必須捨此而就彼嗎？

　　一如往常，我又成了幻想的俘虜了。但我在琢磨著谷清子的一言一語，回味著她的一個眼光一個微笑。我很想認為她也愛我。只是沒敢表示，也沒敢接受罷了。但是，就算我和谷清子彼此相愛吧，事情又怎樣呢？我和她都無能為力，就是任何人也不能成全我們，莫說人，就算神垂憐，也沒有辦法的——我仍是繞著那個死結轉，既無法離遠，更無法接近。可是在我這麼想著的當兒，有個意念倒漸漸清晰起來了，那就是邱氏秀霞這女孩益發顯得醜陋無可取了。我不能要她，無論如何不能娶她，否則我的一生便要破滅了！（鍾肇政全集 1——濁流三部曲上：頁214-215）[7]

　　作者以一種暗示的手法來表達主角崇日的意識。我在上一章中採取的解讀方式是作者設計了一種戀母性的愛情，而該文沒有強調認同日本人的意識，而認同正是本章的重點。[8]對於認同表現，在意識上的「模糊性」正是藝術的特徵。從精神意識的分析來可看到，其實是一種「真實」的景況，但以相當文學性的模糊與暗示來表現。從下面這句話，我們更能感受到作者的用意：

　　「是她真美真動人嗎？或者我的這種感覺另有某種東西在作用著呢？那東西又是什麼呢？」（鍾肇政全集 1——濁流三部曲上：頁141）

　　事實上，民族認同意識、心理學上的戀母意識，或者就是單純的男女愛戀情節，正是豐富的小說所表現的多面性的意涵，這裡正需要讀者參與解讀作者所設計的種種暗示。不過，《濁流》的日本女老師是愛戀著男主角，且最後還

---

[7]　本文採用版本為鍾肇政著，《濁流三部曲》，收錄於《鍾肇政全集1——濁流三部曲上》《鍾肇政全集2-濁流三部曲下》，桃園：桃園文化局出版，錢鴻鈞、莊紫蓉編，2000年12月。

[8]　同註7。

為志龍犧牲。關於這點是與作者本人情感的需求、對愛的幻想有關係，這裡暫且不論。但該強調的是，造成谷清子最後犧牲而亡的原因，是作者設計日臺民族的差異造成的，也使得主角獲得一種模糊的民族覺醒。而過程中頗多性壓抑，除了個人的心理外，也造成民族潛意識的表現。《濁流》中更表現出主角情感上有深入與狂暴的一面。這就是「濁流」的題意，並在《濁流》書中的末尾出現了：

> 車子載著我奔向前程，把這在我人生的第一站裏扮演了許多角色的舞臺──大河鎮──拋在後頭。我心裏有無限的感慨，也有灑不盡的淚水和發洩不盡的傷感。可是，啊，這一切，這一切都真正地成了過去！
> 車子在懸崖上的陡坡彎彎曲曲地向前滑去。不一會兒就下到河邊，走上那座鐵索橋。從車窗往外一看，橋下漲了許多水，往常那清澈碧綠的水流此刻已變成激盪奔騰的濁流，處處有些發黑的樹枝草叢，以及一些夾七雜八的東西在載沉載浮。想來是冬天積下的「垃圾」，因這幾天的春雨而被沖出來的。我可以想到，那些垃圾必須靠這一場濁流才能清除的，而後水一退，溪流一定更清澈了。一個人何嘗不是如此呢？感情上許多渣滓非有一場風暴帶來混濁的雨是清不了的。濁流本身也許是發臭的，混亂的，可是只因它的清除作用，溪流本身便可得到好處。啊，濁流，原來你竟有這樣的妙用呵！（鍾肇政全集 1──濁流三部曲上：頁337-338）

「濁流」所沖洗的，到底是民族的意識呢？還是谷清子帶來的愛情的傷痕呢？這是結構緊密的特性，在民族與愛情兩條線上處於有機的聯繫。「濁流」並非單純心情的反映，象徵人生的處境。在鍾肇政筆下，有主角承受情感的風暴後始得成長的象徵。作者以富有民族象徵意義的愛情擴展情節。事實上，個人的愛情世界也可當成獨立主題，只是純潔的愛情與價值觀、審美觀受到時代、社會的影響，志龍與谷清子的交往過程中的確透露出深刻的愛情悲劇。最後志龍終於超越了戀母性愛情與對日本的認同，不過也墜入了自戀性的愛情與祖國認同。

二、第二部《江山萬里》

在第二部的劇情中，志龍的愛情對手是李素月，一個很好聽的名字。她是崇仰「姬百合部隊」的知識女子，代表的是一個對日本皇民思想有著憧憬的階層。以這位女性角色來表現那個時代臺灣人的文化思考：

> 「我倒以為那個『予科練』更可憐。很多很多少年們都走上了同一條命運。戰爭真是殘酷呀。」
>
> 「呀？」她驚異地瞪大眼說：「可是那是不得已啊。為了遂行『聖戰』，我們一億皇國民都得獻出一切啊。」
>
> 「唔……」我真不曉得怎麼答才好。我知道她滿腦子都是「皇國思想」，而此時此地，要開導她也真有不知從何說起之慨。
>
> 「我真願意早些打完仗……」說到此我才覺察到，這話是不能公然拿出來談的，對她而言，也一定是不可思議的，荒乎其唐的。於是我未說完就嗓口不言了。
>
> 忽然我想起了前些天聽林鴻川說的有關「姬百合部隊」的話。便改口問：「你曉得姬百合部隊的事嗎？」
>
> 「曉得的。她們真是太勇敢太勇敢了，那正是『大和撫子』的最偉大精神。」（撫子為花名，日本婦女以『大和撫子』自況，猶男子自稱『日本男兒』。）
>
> 看情形，她是憧憬那些手持著「薙刀」向登陸的「敵人」突擊的琉球女人的作風，這就使我更覺不知如何措詞了。她們從小學時就被灌注「大和撫子」思想，不會很容易就接納別的想頭的。我發現我內心正有一股衝動，要開導她，使她知道自己的身分。可是我該怎麼做呢？我還沒有跟她熟得可以暢所欲言。（鍾肇政全集2——濁流三部曲下：頁678-679）

這裡表達志龍是超越了對日本的認同。也就是志龍看清楚到素月的文化特性是愛慕預科練飛行員，自然也就含有某一種民族意識的立場來評斷。而作者更安排眾多配角人物，有人是陶醉在純粹的愛情中，有的人是謹記著受到日本

人凌虐的不滿。

> 「可憐？這個時代的臺灣人，那一個不可憐。戰爭、統治，上級學校沒
> 有份。你看，有錢也沒用哪！」
> 這種論調使我很覺異樣。我當然曉得我也是個臺灣人，但我認為也是個
> 日本人，那是既成事實，無可改變，也無可動搖。戰爭、統制都是大家
> 的事，物資缺乏，人人都祇有忍受。至於上級學校，真正努力用功的仍
> 可以考進去。我覺得葉的想法有些過激而不穩當。（鍾肇政全集 1——濁
> 流三部曲上：頁 119）

　　對於日本人、中國人，敘事者皆以臺灣人處境與以思考。日本人身分雖然
說既成事實，無可改變。其實正是作者細膩真實的鋪陳主角並不認同日本人。
語意在表面上是符合創作當時白色恐怖統治下國民黨意識形態，事實上這也是
一種表達臺灣人並非是中國的叛國者的事實。隱藏更深的意義是在批判支那人
給臺灣人惡劣的印象：

> 「我是支那人，日本人，全部殺死了，好哇！」
> 當然，報刊或話劇裏的「支那人」，都是操一種瞥腳的日語，嘴巴兩邊
> 留著兩撇泥鰍鬍子，腦袋後拖著一條大辮子的人物。這些形象，在我們
> 腦子裏都成了一個牢不可破的印象。吳裝出來的，正是那種腔調與模樣。
> 這些，引得大夥笑得前仰後合。
> 我莫名地感到一種憤怒與屈辱。但是，這憤怒並沒有在我心中激起任何
> 浪花，相反地，我不由得也承認，那也正是我心目中的「支那人」。
> 我還必需進一步地承認；在宣傳文字圖片上，「支那人」是不明事理的，
> 貪得無厭的，殘暴的，而「支那兵」則是個個貪生怕死，見到「皇軍」
> 就棄甲逃走的，對於善良人民則肆意搶劫奸淫，無惡不作的，這些觀念
> 深深地植根於我的腦海裏。
> 我還明白了一件事：當我看到江山萬里碑，想到不久我們臺灣人會回到
> 祖國時，心中仍不免有某種不能釋然於懷的感覺，也正是起因於此。（鍾

　　肇政全集 2──濁流三部曲下：頁 779-780）

　　從志龍明白了看到「江山萬里碑」難以忘記的感覺，我們翻回故事發展到
志龍第一次發現到江山萬里碑，而領會了蔡添秀、林鴻川等人的仇恨，也的確
提出了自己不能釋懷的心情。而顯示出主角的認同要從日本人換為對祖國的認
同：

> 我這樣結束了我的一場探索。我不能否認，在這些想頭之間，仍有個不
> 能釋然於懷的某種東西。我累了，再也沒法追究它。倒是把自己的這些
> 發現──或者說答案，告訴我的好友陳英傑，成了我所渴盼的事。（鍾
> 肇政全集 1──濁流三部曲上：頁 566）

　　原來，鍾肇政在這篇作品作了嚴密的佈局，要將自己內心中真正的、醜惡
的支那人形象暴露出來。鍾肇政是有意識的在主導著臺灣人的認同問題。故事
表面是說志龍覺醒了，事實上鍾肇政知道這是虛幻的。在 1962 年創作《江山萬
里》時，由鍾肇政給文友的信件看出來，鍾肇政內心中對於臺灣人受到外省人
的壓迫與感受到二二八等歷史悲劇的慘痛。因此祖國愛的認同僅僅是表面的。
在鍾肇政的精密佈局下，在第三部《流雲》看到祖國軍隊的形象，讀者將知道，
志龍內心真正對祖國形象感到破滅。

　　而在這些認同問題的描述上，鍾肇政以模模糊糊的筆法描寫覺醒。又牽扯
到對古老的記憶，這是一種對人物的心理結構上的佈局，使人感到人物的意識
潛流細膩與複雜。這並非單單一種現代文學的技巧，而是牽扯到作者的勇氣與
智慧，沒有勇氣，作者不敢發表異端思想，沒有智慧，無法做出安全而有內涵、
深度的情節設計。在主角有意識的思考主導下，志龍又抓出藏在箱底的回憶裡：

> 我如果回溯到更遙遠的往事裏，我還可以剖白出另一個印象。兒時，我
> 見到幾次「長山人」，他們似乎是來臺灣謀生的。最早的一個是這樣：
> 他穿著「臺灣衫」──一種已不容易見到的服裝，其實這正是我們中國
> 人的普通服裝，只是在見慣了西裝的我，看來特別奇異而已。他在我家

吃了一頓飯。飯後父親要我捧茶給他，他接過了茶杯，喝了一口，卻咕嚕咕嚕地嗽了半天口，然後骨嘟一聲吞下去。我幼小的心靈，覺得這人太不清潔了，那是應該吐掉的，人人都如此，學校的先生也教我們如此，而這人卻吞了下去。我起了一陣噁心。我還記得，當時我問父親那是什麼人，父親答說是「原鄉人」，我不懂，他便改說就是從長山來的長山人。這是我對長山人的第一個印象。

其次，是個補皮鞋的。這人似乎在鄉下各地做那種生意，手裏提著一串用鐵片綴成的東西，肩挑著擔子，擔子裏有幾塊皮革捲起來豎著。走路時手一甩一甩地，那鐵片綴成的東西就發出一種刺耳的叭啦叭啦聲。而且這人的服裝又是那種「臺灣衫」布鞋。我覺得太新鮮奇異了，便和幾個玩伴跟在後頭看他。他在一棵樹下停下來。那時是夏天，很熱。他一屁股坐在地上，掀起了褲腳，露出裏頭包得很密的小腿，看來很髒。這又使我感到噁心。（鍾肇政全集 2──濁流三部曲下：頁 780-781）

作者批判完了支那人，或許由於創作時感到白色恐怖的壓力，趕快辯稱自己是中了日本人宣傳的毒。或者另外一個角度在說明，臺灣青年對於祖國的憧憬，也正是因為種種的反省，而有更甘美與幻夢般憧憬，形成一種精神性的、虛幻的自我陶醉。作者在種種的有意識、有意圖的描述下，作了很多層面、正反面反覆的描述，表現功力是相當可觀的。

或者我可以說，「支那人」所給我的印象並不是好的。然而，我卻一直在憧憬著「祖國」。這其間，誠然有著某種矛盾的成份。我只能解釋成那種憧憬是本能的，而印象則是後天的，特別是戰爭開始以後，日本人的宣傳在不知不覺中蒙蔽了我的觀感。

但是，這些想頭都在一個事實前被粉碎了，那便是：我們就可以不受異族的統治了，我們就可以脫離四腳仔的控制了！

沒有比這更有力的事實了。我已吃夠了臭狗仔們的苦頭，這種事將永久不再發生。還有比這更令人興奮的事嗎？

前面，我提到對祖國的憧憬。「祖國」這兩字，一直與一種甘美的傷感

並存於我心靈深處。我看過德人費奇特的「告祖國同胞書」，從那時起，祖國兩字就深深地鏤刻在我心中。報刊上也經常地可以看到被遣往前線的出征兵士懷念祖國的文字，而我知道自己的祖國正是「支那大陸」。這就是我之所以會常常連帶著一份傷感想到「祖國」兩字的原因。

終於，我的心情也開朗了。脫離日本人，這使我興奮；回到祖國，這滿足了我那感傷的憧憬。我暫時忘了憂愁，隨著大夥沒入於瘋狂的當中了。

（鍾肇政全集 2——濁流三部曲下：頁 781）

這裡提到對支那人印象不好是後天的、受到宣傳影響的。而主角卻認為憧憬祖國是「本能」，可是在這裡也預設到在第三部真正接觸到祖國時乃是幻滅的。而進一步強調，日本人走了是令主角最高興的。主角認同日本人的心理，早就在第一部時破碎了。而接著本能上認同一個沒有接觸過、沒有去過的祖國，比較第三部的對於主角接觸到真實的土地、故鄉的，以富於泥土味的銀妹代表臺灣的認同，我說這才是正常的本能的認同。而認同祖國相當於一個久遠的自我、祖先的自我，這對於說是將自我投射到童年時代的自我，那也就是自戀性的認同。只要接觸真實的祖國時，自然自戀性的認同也就覺醒了。特別是有更自然純真美好的動物性、永恆的愛情可選擇時，主角提昇了自我、獲得了救贖。故事也就進入到第三部。

在第二部，志龍一開始對於素月的皇民化思想就表現不以為然的態度，可見在第一部《濁流》已然對志龍的思想造成了某種影響。配合著發現「江山萬里碑」的過程進行，在劇情交錯著愛情的選擇又再度反應了志龍的民族認同的態度。綜合以上，志龍的複雜心理轉折——因受日本教育而崇日，帶有日本精神的潔癖、大男人思想，這是臺灣特殊歷史造成的。在第一部提到了志龍回憶到中學時受日本老師責打後覺醒，第二部描述志龍當日本兵時受辱的情況，志龍民族情感又再進一步的覺醒了，但是仍因為受日本教育與認同日本文化，日本的情感在志龍心中是根深蒂固了。所以有了極微複雜與微妙的心理描寫：

有一次，我下了班，蔡剛好換上班在揮十字鎬。我看守著他吃力地工作的情形。忽然，我覺得他的面孔有某些地方跟某個人很相像，是像誰呢？

什麼地方像呢？我一直想不出個究竟。輪到我換上時，我用力地揮動十字鎬，陸地，我覺得有一雙頗為熱切的眼光投射在我臉上。無意間頭一抬，我看到那正是蔡添秀。不曉得是不是錯覺，我竟覺得他的臉頰，尤其眼眶周邊泛了微微的紅色。他衝我點點頭，笑笑。就在這一剎那間，我明白過來了，原來他是像李氏素月的，是那雙眼兒相像。而且他眼眶周邊泛紅時，更是酷肖得一模一樣。這個發現使我心懷起了一陣震顫。我發現江山萬里碑，就是在這種複雜心情的當口。（鍾肇政全集 1——濁流三部曲上：頁 558）

這裡表現出志龍與蔡添秀的同性之間的感情。很奇怪的是，為什麼要說像李素月呢？又為什麼在此複雜的心情發現「江山萬里碑」呢？不禁令人深思起來。作者安排蔡添秀這個母親是日本人、父親是臺灣人的角色，不正是與鄭成功的背景相同嗎？也因此志龍將對於李素月的精神之愛，完全與「江山萬里」的意涵結合在一起，李素月是一個沒有覺醒的女性，這裡與志龍的情況成為一種對照。也就是從志龍愛素月，聯繫到蔡添秀。而蔡添秀又聯繫到鄭成功，這就象徵了主角在中國、日本的認同之間作轉換。

我明白那並不是自然地豎起來的，而是人工砌了一方基石，豎在上頭的，並且我也看到那四個斗大的字：「江山萬里」。
到底這四個字是什麼意思呢？以我貧弱的「漢文」知識，實在無法索解。通常，碑子的背部都有些文字，記載立碑的緣起什麼的，我繞了一周，可是圓柱形的一塊大石頭，就只有正面那四個字，此外一個字跡一個鑿痕也看不到。
……
讀者們也許看到這兒要笑我未免小題大做，這四個字有什麼難懂的含義可言？其實只要你想到這時的我——當然不只我，可以說絕大部份的臺灣人都是如此——是個講日語比講自己的語言更流暢，更便捷的人，而且中學時雖有所謂漢文課，其實對漢文連一知半解都談不上，便不致怪我了。

閒話表過。當我脫離不開日語時──這時的我自然是用日語來唸這四個字的──我就是絞盡腦汁，也沒法獲得一絲這四個字的含義。但是，我想久了，不知怎麼地，忽然一句客話脫口而出，我用客話唸道：

「江山萬里。」

立即，有個思想閃過腦際。江山，豈不就是天下嗎？天下豈不就是國家、國土嗎？

這兒且讓我分析一下我的思想所以能夠做了這項飛躍的經過：當我用客話反覆地唸了幾次江山萬里後，我注意到「江山」這個詞在我腦海中並不陌生。孩提時，我喜歡看臺灣戲，在臺灣戲裏頭，「謀篡江山」這句話是常常可以聽到的。「江山」兩字上加上「謀篡」，自然而然地，我就聯想到天下這個詞。記得有一次我看到戲棚上的一齣戲，什麼戲碼已想不起，只見有兩個農夫打扮的人在犁田，忽然來了隻烏鴉用人語叫道：「陳友諒打天下！陳友諒打天下……」於是那個農人就丟下犁耙「打天下」去了。

由江山，聯想到打天下，這又是一個思考上的飛躍，於是，江山這個詞的意義就清晰地在我腦海裏浮上來了。

其次是「萬里」。這個較單純。在漢文科裏讀到李白的「白髮三千丈」這個詩句時，先生說三千丈只是表示長，「支那」的古代詩人都是喜歡誇張的。準此，我把萬里也解釋成很寬很廣的意思。（鍾肇政全集 1 ──濁流三部曲上：頁 563-564）

　　所謂日本文化的認同與祖國意識的表達是極為複雜的。作者表現的手法是非常的微妙的。鍾肇政描繪著主角的思惟與語言，對於「江山萬里」字眼的吃力的分析，從看客語戲劇的經驗得來的印象，一點一滴的將祖國意識的覺醒予以揭露。這種表現上的困難，還需要讓敘事者也就是 1961 年時代的鍾肇政走到小說舞臺上告訴讀者，當時的作者受到日本教育的影響，而滿腦子都是日語。也就是作者一方面描繪祖國意識的覺醒，一方面也強調了自己曾經是一個日本人、受日本教育成長的事實。

　　在第一部《濁流》志龍的思考結構在鍾肇政的設計下，偏好用日本人的諺

語，並大量出現日本式的辭彙，有日本色彩的文化事物、殖民地機關、老師稱謂等等。在第三部《流雲》則表現的更為微妙，志龍運用剛剛背誦的唐詩宋詞表達自己的思考與對生活的理解，或者會冒出日本式罵話來表達心中的憤怒與不滿。這是三部曲中最精彩的部份，表達了戰後的語言的混亂與主角腦中的思惟結構。這是非常精彩，顯示出作者學習語言的心理過程，以「小說的語言」揭露了歷史時代與主人翁的文化內涵。將臺灣文學的混亂的語言環境的特色表露無遺。

　　在《江山萬里》接著，主角另外以中學時學過鄭成功的歌謠，而瞭解了「江山萬里」背後的意義。志龍領悟到：

> 「江山萬里」，豈不就可能是從鄭成功內心的慨嘆而發出的？
> 或者，他北伐到鐵砧山，站在立碑的地方，眼見美麗的萬里江山，情不能自禁地慨嘆一聲「江山萬里」？
> 或許，他站在山頭，望望海，──我猜到那時海岸線就在不遠處──故國就在一衣帶水的海那邊，不由得想到自己的大志不知何時方能達成，而唸了一句詩：「江山萬里今安在」，於是有了這四個字？
> 不管這些解釋對不對，總之，這碑石與鄭成功有某種關聯，則似乎是確切不移的。是的，他一定想念他的故國──支那……啊，支那……支那……是的，支那也是我的故鄉，我是支那人。鄭成功的慨嘆也正該是我的慨嘆啊……（鍾肇政全集1──濁流三部曲上：頁564）

　　如同「濁流」的亂流與情感的景物象徵，那是一個戀母情結下的愛情的衝擊，水正等於母親的意象。這裡「江山萬里」的景物與風光，照應了志龍對鄭成功的故國情懷的想像，在想像的過程裡明白了自己「原來」是支那人。鍾肇政由個人學徒兵經驗結合開臺英雄鄭成功的故事是非常有趣的。事實上，鍾肇政在創作《江山萬里》前一年1961年，正是鄭成功開臺三百年紀念，郵政總局還在第二年發行紀念郵票。報紙廣為宣傳是不必說的，鍾肇政受到啟發也是自然的。而也恰好，在大甲當過學徒兵的作者，那裡正好留有鄭成功遺跡或傳說的鐵砧山。這也成為鍾肇政反映臺灣現實的很自然與巧妙的構思。

　　「江山萬里」成為小說中重要的象徵。志龍一開始是有意識的，展開一連串的分析與反省。友人將民族血恨告訴志龍。志龍最後「真正的」醒悟過來，認為自己是臺灣人，也是支那人，而並非日本人。因此那些日本人之所以那樣對付他，正是起自民族的優越心理，與民族的優越感。這裡不禁令人感到，作者於 1961 年能夠作那樣複雜的思考，設計出民族認同辯證過程的小說情節，顯現出是相當的藝術創作表現力。當然仍有必要強調對於戰後的省籍意識，作者自然有更深一層的比較。

　　作者雖然給人一種民族血緣的本質論的看法，[9] 事實上他精心的在設計「臺灣人」受到歷史乖戾作用下的種種細膩的認同過程。而這種民族血緣的，對鍾肇政這一代人是不會進一步的獲得思考上的深入。其個人，一旦遇到真實的祖國的接觸，就回到日本經驗、日本文化的認同了。這種特殊的豐富多元、多民族的文化認同糾葛的敘事基調，在鍾肇政的小說中是非常特別的。

　　我認為，假如有「濁流第四部」，以上細膩的認同過程，將成為主角又再一次遭遇認同的扭轉。他會成為帶有皇民遺毒的臺灣人、臺獨份子、或者就是真正的臺灣人，我們都不會訝異。事實上《濁流三部曲》第三部《流雲》正是隱含了臺灣人認同的暗喻了。那是非常小心與高技巧的表現，背後顯現出作者的苦心非常令人感動。[10] 也因此，也不必存在《濁流第四部》了。

　　《江山萬里》與《濁流》在題意中，都有一種明顯的覺醒與覺悟。主角在日本教育的成長下，日本文化的思考味很重。在《濁流》志龍興致在日本和歌，《江山萬里》則傾向世界文學。於《流雲》則開始接觸祖國文化。但是志龍的思惟方式是日本式，已是根深底固。敘事者以主角剛剛學到的祖國文化，以自己的母語客家話來唸書，且應用到生活上的思考、比喻，非常有趣。

　　不過，作者深懂得什麼是虛幻的、什麼是真實的。主角發現祖國的情感，在發現「江山萬里碑」時已經達到最高點。雖說是骨頭、血液都是支那人的，但卻沒有真正與祖國人士接觸，這要等到《流雲》，志龍才有祖國經驗。所以

---

[9]　施正峰，〈鍾肇政的認同觀──以《濁流三部曲》為分析主軸〉，發表於臺北：真理大學主辦「鍾肇政文學研討會」，1999 年 11 月 23 日。

[10]　本書第四章。

這種祖國愛的感情，雖然是純潔的，也讓讀者感動的。但是他是經不起現實的考驗，一下子就破滅了。所以我說這是自戀性的。如同第一部的愛情，也同樣是感人的，但卻是虛幻的浪漫的，經不起現實的打擊，終究無法有幸福的結合。所以我說是戀母性的。

志龍在達到最高點的祖國愛，終將受到實際經驗的質疑，受到無情的現實的考驗，在下一部《流雲》裡，鍾肇政將以神秘的風景描繪，暗示風雨欲來，象徵祖國情感破滅風暴的前夕。這是種虛幻愛情的高潮與受到歷史環境與現實破滅的模式。只不過鍾肇政找到了堅實的對臺灣的愛，也就是以銀妹作為象徵。

三、第三部《流雲》

第三部《流雲》，時代背景是臺灣光復了。全書充滿鄉愁，從主角踏上故鄉開始描寫，也自此開始觀察故鄉，在自己離開好多年後的變化，而自己忽然長大似的，更敏感於故鄉的殘破。這種鄉愁與這個小地方，事實上是象徵著整個光復後的臺灣的變局。主題也在表現主角將立志追尋永恆的故鄉的理想。

觀察愛情與女子的描寫表現出時代的推移是很妙的。女主角銀妹的穿著舊日本軍衣，後來脫去了讓主角發現銀妹皮膚很白。這是刻意設計女性身體與衣著成為帶有時代轉移的象徵，從日本舊軍衣脫去就是很白的肉體將引誘主角的本我的潛意識衝動。而就以「流雲」風景的書名所影射出飄忽不定的形象，與光復帶來的光明前途與喜悅氣氛似有點衝突。民族的覺醒在「濁流」、「江山萬里」兩個風景的影射，從日據下的混雜扭曲的社會，到強烈的對祖國江山的憧憬，而到「流雲」更不定的未來命運。似乎在這裡暗示主角的命運將再度轉為失望、流離了。當然就主角來講，他是因為帶著日本兵時代的殘廢的身體所影響，原本就是很痛苦的掙扎，光復能帶來的喜悅，當然是被沖淡的。不過，這也象徵光復並沒有帶來主角真正的救贖。

比較前兩部，這裡在敘事結構上從志龍對於銀妹的認識、交手經過，到性愛高潮之際作為一個敘事的凝聚點。不再是如前兩部的民族意識了，雖然本書明白表示者時光的流逝中志龍遇有國慶日、臺灣光復節，這讓他感動流淚等等描繪。事實上這本書的奧妙，也就在於這個愛情的凝聚點象徵上。必須對於志

龍追尋這個泥土味濃烈的、懷有野性與富有生命力量來源的女性做進一步的詮釋，我們才能知道作者的用意。書中也另外設計主角可追求的對象完妹：

> 「很漂亮，頭腦也好，又乖，什麼事情都會，學問也不錯，針線也在行，擔肥鋤頭，樣樣都拿得起來。」（鍾肇政全集 2──濁流三部曲下：頁1150）

　　但是主角並不選這一位，因為「太完美」並非永恆，主角是選擇更為突顯的有個性、反抗性的銀妹。這是鍾肇政的審美觀也是價值觀所在。而所突顯的銀妹，將整部書所象徵主題意識都在這微妙的精神上的凝聚。銀妹的特性、銀妹的美是根基於銀妹的反抗性、野性，其悲劇的來源雖然是封建制度下的童養媳，但是銀妹的養父卻象徵著日本人要控制擺佈銀妹之後，要推給豬一樣（書中所強調）的兒子番仔，番仔更像是貪污腐敗什麼也不會的國民政府。敘事者設計銀妹逃到美麗不定的遠處，找尋一個新的天地，也要找尋自己真正的父母。這也使得主角更為堅定的往人生下一段路走去。追尋銀妹形成了志龍的救贖的象徵。

　　更重要的是，上面提到了第三部的重心不在如同第一、第二部民族意識的覺醒。而是對於第三部出現女子作為理想女性的選擇對象，此處同時也回憶了第一、第二部的富有民族象徵意義的女性來作為對照。銀妹成為了整部作品中的重心中的重心。也就是說「流雲」的題意、志龍未來的追尋、經濟的惡劣、天候的苦旱，使銀妹的苦難與所顯現的高貴凝聚成高潮中的高潮。這種以理想女性的抉擇與銀妹為重心，而缺少前兩部的民族的覺醒重心，作者似乎希望讀者進一步思考，銀妹與民族認同的象徵意義。另外，藝術結構上顯現出來前兩部的有機的民族與愛情結構，到了第三部表現個人愛情與民族認同的雙重救贖和二為一，這種平衡感與一體感，是非常的優美。

　　這種因為白色恐怖所造成的作者敘事上的困難，而在永恆的女性的美的思想與高度技巧的表現下，所造成的銀妹也就是臺灣的象徵性意義。這其中的關

鍵，我已經在本書之前的章節[11]中有許多討論包括光復、降伏，光復節日期的荒謬，顯示出作者對於祖國並非如表現上所顯示的是透明的百分之百的純潔的祖國愛，其中已經套露出於 1961 年代的敘事者有很多恨與不滿。像我以癥狀閱讀法討論《流雲》[12]中發現的「敘事者寫下日本人搬離侵佔父親的宿舍後，志龍住進去了自己的房子，卻遇到了誤以「南京蟲」為名的臭蟲的攻擊，但原來只是普通的跳蚤的毒蟲，拚命的吸主角的血。」敘事者寫：

> 日本人所留給我的，已經夠多了，我被迫負荷著那樣沈重的擔子，成了一個廢人，想不到在臺民已乾乾淨淨摔脫了日本人的枷鎖的今天，我還要受這樣的苦，這也是命運的愚弄吧？（鍾肇政全集 2——濁流三部曲下：頁 992）

原本只是簡單的跳蚤小毒蟲咬人，卻以嚴厲的口吻「誤稱」為「南京蟲」在吸血，所以自己被「南京蟲」咬，其實是作者有意指向整個臺灣人的命運，不言可喻。並且以「恐懼」形容其影響。自認為臺灣客家系的中國人知名學者戴國煇就曾經在其所著書中抗議，日本人將臭蟲說成是南京蟲。頗有污蔑中國人的意味。在《流雲》鍾肇政則以南京蟲作為影射中國人、祖國來的人貪污腐敗的抗議，是作家一種小小的戲法。這個小小的戲法被揭露出來，已經經過了幾乎達四十年了。解嚴前，不容易被發現，但是也要等到解嚴後十多年，才獲得解讀。

因此，銀妹的象徵意義，這使一般人想都不會想到，但是講出來又是那樣的合理，不過也要經過作品發表二十年後，由李喬予以揭露出來。[13] 不過，李喬以大地之母的土地認同，與本章的動物性、自然本真的童年故鄉、鄉土認同的詮釋並不相同。這在下一節的第二單元進一步討論。

《流雲》另一項可貴的成就在鄉愁味、泥土香的情調，這也正是銀妹的象

---

[11] 本書第四章。

[12] 同上。

[13] 李喬，〈女性的追尋——鍾肇政的女性塑像研究〉，《臺灣文藝》25 期，1982 年 2 月。收錄於《臺灣文學造型》，高雄：派色文化出版，1992 年 7 月。

徵性意義底下，有了扎實的戲劇般的、畫面般的基礎，這也正是「小說」而非歷史學、哲學所顯露出「真實」本質的特色文類：

> 從大河，而彰化，而大甲，多少歲月打從我的指縫間溜去了。那許多人，那許多事，都成了過眼雲煙，一去不回。那些夢──有溫馨的，有悲悽的，有使我歡懷顫動的，也有使我悽惶哀傷的，也都如一隻隻水泡般破滅無蹤了。如今，我還有什麼呢？環繞我的，是一座座緘默的層巒，一坵坵蒼白的稻田，一條條鳴咽的細流，還有就是那少數的山村青年，外加我這卑鄙的生命與百無一用的軀殼，如此而已，如此而已。（鍾肇政全集2──濁流三部曲下：頁822）

　　鍾肇政連故鄉的幾座不算橋的橋加以描繪，而橋下的水，更是主角常常來到這個地方讀書閒晃之處。這裡的水，還有天上的雲的多寡，往往都是象徵乾旱與戰後的經濟景況。不過，也因為這許多可愛的小溪河水。銀妹曾在此放牛吃草、洗菜。志龍在這裡沖涼，並順便洗內褲那乾乾的遺精殘留物。銀妹則晚上在此洗浴。終於，志龍則在此與銀妹邂逅：

> 現在，我下到溪裏沐浴一番，順便把那個部份也揉揉，即使污漬是洗不淨的，不過那種乾硬了的粘液總可以洗掉吧。
> 我看了看溪水，只有靠岸的一邊有一道水流，寬約一公尺多，深也不過十幾二十公分光景。幸好那裏沒有泥巴，都是石頭和砂礫，水量少也無妨。
> 我四下瞧瞧，沒有人影。我脫下了上衣外褲，只留下內褲。手一摸，那個部份乾而硬，結成一個疤也似地。
> 我下到溪裏，溪水很涼，沁人心肺。忽然我想起了美蓮告訴我的話，她說銀妹也常在夜裏到溪裏沐浴。阿全也說過，銀妹那妮子，好像一個妖怪，有人在晚上看到過她在溪裏洗澡，被嚇得幾乎魂飛魄散。我有些好笑，一個年輕女孩，縱然是在晚上，也不可能到溪裏洗澡。第一她沒有這個必要，而她也不可能有這種膽子。就算她不怕鬼，也該怕人。（鍾

肇政全集 2——濁流三部曲下：頁 907）

　　最後主角期盼流雲能夠凝聚起來，解救臺灣的乾旱，充滿了象徵的意外。在仔細的故鄉風景描繪下，風景與愛情、人事都成了作品中有機交融的成分了。往後鍾肇政另外一部作品《插天山之歌》也作了同樣的表現。可以說，《插天山之歌》是《流雲》自我的仿作，在女性、風土、追尋、成長在清淡的臺灣歷史背景所突顯出來人性的光輝，所烘托出來的臺灣人的精神與苦難。而最重要的是，作者韌性的、溫和的文字風格所表現人的品質的韌性、溫和與精確。兩者的藝術成就，都有一番值得細細品味之處。

第三節　作者與作品

　　本節第一單元先綜合前一章的討論，然後第二單元對作者的女性觀、認同價值觀加以探討，以印證本節對作品的詮釋。

一、綜合整理愛情與認同的聯繫

　　比較第二部與一、三兩部，較特殊的是沒有出現了乳房的崇拜。所謂的「崇拜」其實就是依戀與羨慕，就是一種認同。我說過第二部作品中，祖國情結發揮到最高點，到了最高點時，總會開始走下坡，尤其是虛幻的崇拜，特別是接觸到祖國的真實後。

　　在第二部，祖國猶如母親，但是卻沒有產生母親的乳房的象徵。當然虛幻的女性、虛幻的同性戀、同性之愛怎麼會產生有乳房的意象呢？這在形式上透露出非常有趣的事實。似乎暗示著作者本人對於祖國母親是比日本母親的崇拜還要來得虛幻。日本雖只是養母，這顯然也不是作者所選擇的最終最美滿的愛情。無論如何，作者並未設計主角吸取虛幻性的生母或者養母的母乳的時候。

　　但「乳房」的存在象徵著情慾與愛情的穩固的基礎。到了第三部，雖然主

角似乎開始吸食祖國語言乳汁，不過也同樣的與幻滅同時進行，這就是葉石濤所評論鍾肇政寫二二八作品《怒濤》，所諷刺的接回去的臍帶。而象徵臺灣泥土的銀妹的青春乳房真正為主角所掌握與觸及。這是一個真正的讓主角擺脫一切，而有性結合關係的女性。葉石濤正是第一位論及「銀妹」是鍾肇政「永恆的女性」形象的塑造者。[14]

當然，在第三部主角努力學習國語文。我們也可以說銀妹象徵祖國大地。銀妹的乳汁，供給志龍祖國文化的養料。但是銀妹是野性、反叛的，「流雲」意象本身的時代意義，已經很明顯，志龍為光復節哭、為十月十日、為唱國歌哭，對於 1946 年 21 歲的志龍這是很純潔的心靈。不過，這只是作者要賦予時代色彩，對於 37 歲的敘事者而言，祖國愛的意義是表面的。深入一層的是 37 歲的敘事者對於與祖國接觸後的臺灣的悲慘面的象徵與暗示。而且志龍是以臺灣的客語來念漢文。這與鍾肇政開始創作的十年來，想要以「自己的語言」來對抗北京話，或者「國語」。當然客語仍源於祖國。不過，以反抗中國與國民黨來講，客語畢竟是唯一的選擇。而且客語早成為代表臺灣特殊性的語言了。只是主客觀因素，鍾肇政終於無法以自己的語言建設臺灣人自己的文學了。而只是以客語的特殊詞彙來匯入作品中。總之，銀妹絕對是代表臺灣的形象。

在第二部，雖然說素月是戀慕皇民思想的。但是她的眼神卻是與充滿祖國愛的蔡添秀相像，這不能不說，作者對於意識型態上，一種聯繫性的象徵表現。然後表達個人在早期對於臺灣本身一點也不瞭解，所以設計了銀妹，做為臺灣的象徵與追尋的對象。在故事中可以判斷作者的意圖，在臺灣故鄉與泥土的追尋、在日本文化上的依戀，對祖國文化的隔閡與仇恨，都表現於這部大河小說之中了。

志龍在精神性的戀愛之中，有一個最大的秘密，在於第一部就揭露的自戀性問題。這才是最根深柢固的心理性疾病。而「江山萬里碑」所代表的民族歷史觀，正是這個人的自戀性的一種民族性自戀的象徵。在佛洛伊德的心理發展理論，屬於前性器期（pregenital phase）的愛情。[15]陳玉玲提及吳濁流在《亞細

---

[14] 葉石濤，〈鍾肇政論〉，1966 年，收錄於《臺灣鄉土作家論集》，臺北：遠景出版。

[15] 陳玉玲在〈孤兒的傷痕——吳濁流的臺灣悲情〉，收錄於《臺灣文學的國度：女性‧本土‧反殖民論述》，臺北：博揚，2000 年 7 月。

亞的孤兒》的表現中，存在前伊底帕斯心理而對應了臺灣人的祖國認同，似乎鍾肇政在《濁流三部曲》中更落實在文學表現裡。

江山萬里碑中，鄭成功光復臺灣、戀母祖國，而讓後代志龍瞭解到臺、日民族間的仇恨，志龍將自身所背負的仇恨，認知為自己的骨、血乃是祖國的骨血。這也正是在吳濁流的《亞細亞的孤兒》所表現的歷史觀，只是沒有吳濁流那個時代表現的那樣清晰。[16] 因為這種不清晰、但細膩的表現，正是飽含一種虛幻認同的可能性。在第二部時，主角將自己的歷史骨血、與現實上的骨血與祖國的骨血加以聯絡，而非是將自己的骨血與此地的風土自然、鄉村子弟、大地之母作連結。「江山萬里碑」的象徵與「亞細亞的孤兒」的明朝遺民歷史觀，都牽扯到臺灣人最深層的民族心理情結中。何欣在《鍾肇政論》談到：

> 「陸志龍的瞭解『江山萬里』和產生『祖國之愛』顯得相當無力，這愛還沒有浸滲到他的思想、感情，成為他的一部份」[17]

前半部談到「無力」，這是何欣相當高明的看法。但是他沒有看出來，這種無力的背後，正是鍾肇政的異端思想。在吳濁流處理《亞細亞的孤兒》同樣的發揮了異端思想，要反映出臺灣孤兒的現實處境，這不能不說需要勇氣與反抗思想的。而鍾肇政深切體會戰前臺灣人的祖國夢是純潔的，另外一方面來講，也是無知的。只憑血緣、民族認同，無知於祖國現況而認同祖國。雖然主角擺脫了日本人的支那人負面宣傳，卻落入了等同於心理學的「自戀」狀態，沒有找到「有性別的主體」──這代表真實健康的世界，而分不清男女之別──這代表無知於現實的祖國的惡劣混亂景況。因此這種自戀性的祖國愛是無力的，將來一旦接觸到真實的祖國，思想、感情都將冰凍起來，所以何欣感到「無力」，在鍾肇政方面則是相當有隱含意義的，也就是自戀性的認同而致「無力」。

與素月的相戀而錯誤收場，是重複了主角在第一部捨棄了秀霞而取谷清子

---

[16] 錢鴻鈞，〈從大河小說《濁流三部曲》看臺灣文學經典《亞細亞的孤兒》〉，臺灣文藝 180 期，2002年 2 月。收錄於同註 5。

[17] 何欣，〈評鍾肇政的《濁流三部曲》〉，《中外文學》，1980 年 4 月。

　　同樣的道理。也可以十年前臺灣的客家人無知於客家語言的崩滅，或者只能以誇耀客家漢族的中原正統性、血緣性，實際上虛無貧血無能面對變局。果然，吳濁流遇到孤兒意識、二二八，產生有強烈的省籍情結，但是吳濁流卻仍舊是採取明朝遺民的史觀。鍾肇政則《江山萬里》後，緊接著在《流雲》中則充分暗示了新的史觀正在醞釀，而與銀妹的濕淋淋的血作為結合象徵，兩人在小溪水中、在泥水中緊密的結合在一起。

　　其實，臺灣人對於光復的喜悅、對於思慕祖國的感情，在《濁流三部曲》是表現的十分的真實與真切。在日據統治下，那種殖民地下生活的痛苦，是那時臺灣人才能體會。當然對於戀慕祖國與對光復的期盼，仍舊是那一代的人才能體會。這就是在某一層面下，作者所表達的真摯的感情。也唯有這一層面的感情，也才能進一步的瞭解作者作品在更深一層面幻滅的感情與追求踏實的對泥土故鄉的感情。

　　以上的分析，不免被認為是一種「政治正確」的主觀解釋，而且也是由作者的成長歷程來「附會」，而終究「很自然」的強烈出來聯想與象徵意義。但事實上，「政治正確」的批判，也來自批判者自己存有另外一型的「政治正確」價值觀。以純文學的角度，有關臺灣人未來的歸向，這是身為臺灣人處於滾滾的洪流的世界與歷史下，所產生的歷史觀、民族觀與世界觀。是一種崇高的、進步的為臺灣人奮鬥自救，而戰鬥不懈努力追尋下，所散發出的不屈服的人性的尊嚴。《濁流三部曲》深刻將臺灣人的處境藝術化高度象徵化的歷史重現。也是臺灣人共同的民族心理的表現，也就是本書表現了臺灣歷史上的苦難中所凝聚出的民族潛意識心理三典型。

　　此種民族潛意識高度的象徵與分析，可為追求作品的神秘性的讀者所要求，或者批評者加以分析。可增加藝術的感染力與思想性。若為滿足一般的讀者，在趣味性上各種的愛情造型與認同的聯繫，是非常突出的。

二、作者的女性觀與價值判斷

　　我們可以說從《濁流》、《江山萬里》一路下來，直到《流雲》，鍾肇政終於找到了他的風格，愛情、臺灣風景、美麗的女性、青春的男性、泥土味的

文字、溫暖鼓舞人心、崇高的、緊密的形式。另外也適合了白色恐怖下的社會型態來書寫。

　　本章所論述的是《濁流三部曲》女性角色刻劃的成功的外在因素，我也論述從一個「性」的觀點來探討《濁流三部曲》。另外一面，也就是童貞的問題，也是純潔的問題，個性的問題。鍾肇政如何設計男與女的性關係，他為什麼將之設計成一種象徵，除了一種文學上的小技巧外，背後不能不說作者有某種神秘的有關於「性」的觀念與看法。

　　至於主角與作者之間的聯繫如何，就佛洛伊德的講法，藝術家都是自戀的、自我陶醉、發育不全的、殘酷、自私、虛榮。鍾肇政在教師生涯中，將所有精力運用於閱讀與寫作，而被教師同事看成怪人，這是值得思考的。我們可以說，文學創作等於其自戀病態的昇華。而且就其一輩子都在寫「臺灣人」這部小說，「臺灣人」成為他的「夢」。由這個觀點，該也可說臺灣人的民族潛意識被二二八所激動，是「臺灣人」這部作品造成了鍾肇政。

　　我們知道是作者在戰後除了遇到悲慘的二二八時代以外，還遇到失戀的打擊。也因此，作者才那樣的對於女性所帶來的救贖觀，甚有感受吧！也才讓筆下的女孩都主動積極的愛男主角，使作者從中獲得某種滿足，從這裡我們可以說「文學創作」是作者的救贖吧。而同樣的這位主角志龍是塑造的相當活的、富於真實人物的心理內涵，值得加以分析的人物。那麼他在歷經戀母性愛情、精神性自戀性愛情之後，他在第三部中如何得到解救，而救他的又是怎樣的女孩，這是非常令人期盼的。又銀妹怎樣解救這個主角呢？除了充滿動物性、純真的特質外，也是要主角本身的純真與動物性愛情吧！銀妹使得志龍對外來的方向更加堅定了。

　　若以雙重的結構來看，三部曲中每部都有愛情與民族的覺醒兩線發展，我們發現，書中的女性都各個依照情節安排、人物設計的，愛情結構與第一個民族認同的結構相互的影響。在李喬對鍾肇政小說挖掘出大地之母象徵的「發現」之前，鍾肇政的文學被看成是只有愛情、一般的浪漫故事。其實寫愛情並沒有錯，如同我在第一章所引用的愛情正是浪漫文學中的首要主體。問題該在這個愛情是否轟轟烈烈、女性的塑造是否動人。文學並不一定說都要描繪反抗精神、戰鬥精神，表現出一種國家大愛，才是好文學。

　　本章則談鍾肇政如何有機的表現反映歷史現實的基調與浪漫的、理想的愛情。也就是鍾肇政如何處理雙重結構使之緊密，將兩個主題融合的非常巧妙。上一章提到臺灣之愛是鍾肇政的救贖，那麼他在筆下發展另外一種救贖，就是永恆的女性。這雙重的救贖為其故事的兩大支架。

　　可以說他以寫實的筆調重現時代，而以浪漫思想的色調作為文學感染力的來源。鍾肇政希望反應出臺灣歷史、臺灣人的真實，不過他是以他理想中的臺灣人來反映，而這中間便以理想的「永恆的女性」與愛情故事來作為一種臺灣人的高潔的象徵。在描寫臺灣人的「真實」下，鍾肇政有一種浪漫的鼓舞臺灣人精神的理想。

　　這裡要先解釋來自西方文學中「永恆的女性」的思想源流，在第一節提過有關世界愛情史的第二階段，有關崇拜女性的思想。這裡另有歌德的「永恆的女性」的典型表現：

> 歌德的心決不會因戀愛而滿足。他希望在一位女性的身上，發現出永遠的女性，以全心全靈來愛她。一瞬間，他覺得從她身上發現到永遠的美，但是，倏忽間它又那麼無常地消失了。那兒並沒有永遠的女性。為了在另一位女性身上發現到失落的永遠的像，而悵悵然去之。他就這樣，不住地從這位女性到那位女性，繼續他的愛的遍歷之旅。然而，永遠的女性永遠在遠方。在這個意義下，「永遠的女性」是在地上永遠無法到達的理想而已，為了尋覓這個理想，他就在地上永無休止地繼續他的追尋之旅。[18]

　　這解釋了鍾肇政的創作心理，為什麼他在每部作品都安排很多女性，並且在每一部書，特別的塑造其中的一位如《濁流三部曲》中的谷清子、李素月與銀妹。這是鍾肇政內心中對女性的精神之愛的反映，表現於小說創作裡，這是屬於很普遍的藝術性的人類心理昇華、轉化或者淨化，而不會流於肉慾中的苦悶。不過，鍾肇政精神之愛的淨化，有個特色是男女主角仍有合體之愛的描述，

---

[18] 伊藤勝彥著，鍾肇政譯，《愛的思想史》，臺北：久大文化出版，1989 年 8 月，頁 134。

這是與臺灣故鄉泥土之愛作為象徵的轉化。符合愛情第三階段中的靈肉合一的現代愛情觀。關於「永恆的女性」歌德有一句名言：

> 浮士德的第二部，以如下的詩句結束：永遠的女性，使我們提昇。這就是在地上的冗長的尋覓之旅後，最後到達的境地。倒底「遙遠的愛人」還是沒有來到這裡。在這意義下，歌德的所謂永恆的女性，只是繼承了中世文學的根本主題，並使它發展開來而已。歌德的愛絕非基督教式的「神愛」之愛。寧可說，那是異教式的愛洛斯的愛，即憧憬永遠的遠方的無限尋求的愛。所不同的，只是透過地上之旅程，來尋覓永遠的在遠方的理想。（《愛的思想史》頁 134）

「永遠的女性，使我們提昇」這句話，是一種救贖的觀念。鍾肇政將之化為文學上的表現，就是臺灣愛的象徵與追尋臺灣的救贖。這裡常引用歌德，而很巧合的是歌德與母親相處並不融洽。這在鍾肇政晚年常數及母親偏愛於姊妹較多而稍有怨言，顯示兩人心理與家族結構類似。而鍾肇政晚期創作《歌德激情書》，以此觀之並非偶然。[19] 進一步的說「永恆的女性」在作者來說，永不存在。在現實是殘缺的、遺憾的，所以也才投射到歌德身上，在文學之中表現女性的崇拜。要瞭解鍾肇政文學，非要透視鍾肇政的女性觀不可。

　　從鍾肇政的在 1950 年代創作軌跡觀察，有助於了解他在反殖民反封建的主題，提昇到了永恆女性的形象的型塑。對於他如何表現臺灣人民族意識覺醒的主題，不無有益：

1. 1951 年〈婚後〉，1954 年〈圳旁一人家〉，1957 年中篇〈過定後〉，1959 年短篇〈榕樹下〉。表現反封建意識的養女制度，隱含對舊式婚姻的探討與批判。也表現鄉土風光與臺灣舊時代女性的美。
2. 1953 年長篇〈迎向黎明的人們〉，1954 年中篇〈老人與牛〉，1956 年長篇〈黑夜前〉。表現臺灣人反抗精神的原型。是歷史見證與使命感主題的前身。

---

[19] 鍾肇政，《歌德激情書》，臺北：草根出版社，2003 年。

3. 1955 年短篇〈老人與山〉〈老人與豬〉，表現了男性的堅強的韌性，是鍾肇
　政的男性的理想典型的原型之一。
4. 1958 年創作中篇〈大巖鎮〉，出現鍾肇政第一次提到「永恆的女性」，似借
　主角表達自己有創作「三部曲」的意圖。將自己的靈魂與筆下以李榮春的為
　模特兒的靈魂交融在一塊。[20]

　　另外，在觀察鍾肇政筆下女性。對鍾肇政所塑造出的女性形象，這裡提出
兩個疑問？第一：鍾肇政筆下每一個女子為什麼都是美的。都顯示出是鍾肇政
所愛的。而女主角也都一一的深愛男主角。第二：為什麼最後主角會挑選一個
泥土味重的，而終於兩人在臺灣的山河泥水之下有了合體之愛，而令讀者這這
位永恆的女性解讀成象徵臺灣的永恆的女性。此時，有必要先了解對作者創作
的心理背景，才可回答以上兩個問題，也能進一步體會鍾肇政在 1950 年代創作
的軌跡：

1. 作者與能吃苦耐勞的太太之婚姻生活的成功，與知識女性初次戀愛的失敗經
　驗。兩者的因素結合起來，一方面對愛情不滿而對女性有更多需求、一方面
　有良善的家庭生活而不至於痛恨女性，因此永恆的、理想的女性的形象建立
　成為作者的創作動機。
2. 日本精神教育的陶冶。產生了鍾肇政作品下女性都是追著男性跑的形式。維
　持了武士的尊嚴。又一種日本式的責任感使鍾肇政憐惜女性，保持了為女性
　處境著想的思惟習慣。使其浪漫意識在生活上有所節制，並昇華於文學藝術
　之中。鍾肇政崇拜父親鍾會可先生，基本上是鍾老的父親的歷史觀與吳濁流
　類似。不過鍾父喜歡山歌民俗、農事勞動、也與原住民相善，這讓曾是一個
　崇洋的日本人的鍾肇政，在歷經祖國幻滅後，有個回歸臺灣風土的思想路線
　可依循。
3. 而永恆的女性形象，便從實際客家女性的巨大的形象取材。這是活生生的臺
　灣女性形象的模特兒，而無法虛構產生的。而不取知識女性的形象與作者的

---

[20] 同註 6。

失戀經驗有關。客家人晴耕雨讀的現實想法，影響了鍾肇政在生活上產生能幫助他「筆耕」的女性，才是理想的女性。這現實想法在吳濁流的《無花果》也有提及。而臺灣風土之地形地貌土肥多高山，對應於與女性的乳房的性象徵。西洋文學的浪漫感傷與永恆女性觀念對鍾肇政有相當多啟發。

　　因此，鍾肇政的永恆的女性，是能幫助他耕讀傳家的女性。在現實上就是幫助他寫作治理的家庭的女子吧。這與西方的歌德、但丁筆下的永恆的女性，表現富有宗教性的聖女極為不同。真要強調，假若鍾肇政婚姻不幸福美滿、性生活不滿足，鍾肇政筆下的永恆的女性將會完全的扭轉到或許變成宗教式的聖女了，或者其他不知名的類型了。甚至於能否有龐大的深厚的鍾肇政文學的產生亦未可知。而鍾肇政這種來自西方思想崇拜女子的心理，是騎士的、女士優先的，只是也是將女性當神看，供奉在神桌上，使女性失去了自由自主權。而真實的情況是，鍾肇政的家庭頗為幸福，而致在作品中都表現光明、美好的一面。而仍有幸福之外的對於異性的期盼與幻想，這也是鍾肇政式的、客家式的、土女式的永恆女性形象產生的原因。

　　鍾肇政曾經說男性與女性都是人，這就影射出鍾肇政要突破男女之間的界限是很有把握的。尤其，鍾肇政自小與多位姊妹生活在一起，又因為是單丁子，受到父親母親與眾多姊妹的疼愛，這種充滿著愛的成長背景，使其文學富有溫暖的一面，毋寧是極其自然的。尤其家中沒有兄弟，充斥著女性，學習到女性的氣質與女性對生活的看法、思想，該也是正常的。當然，作者可以說相當程度的崇拜父親鍾會可，來自雄性的父親的影響也是很大的，他的日本精神教育也不允許他表現像個女孩子。或者說，鍾肇政將真正的自我與理想的自我，拆成男主角與女主角兩部份。而將好的、高貴的、理想的部份，完全灌輸到女性那邊。而男性主角，則充滿掙扎、徬徨，但是表面上雖然有懦弱之處，實則堅忍與堅定。最後男的獲得了女的幫助與得到性愛的結合，終於提昇了完滿的自我。也就是象徵著民族的苦難中，個人如何獲得完整人格的救贖。這就是鍾肇政的創作之密吧。

　　其實，另外有白色恐怖的特別的原因，逼使鍾肇政對臺灣的愛，化為筆下臺灣的永恆的女性的形象。所謂抗日、反殖民的主題，在鍾肇政筆下，事實上

有當代的意義，也就是反國民黨。鍾肇政將反抗國民黨的意識昇華為永恆的女性的塑造。以浪漫感傷的氣氛，細膩的描繪，將臺灣人的處境，以愛情的抉擇與追求，做象徵性的表達。這種白色恐怖的壓力，使其《濁流三部曲》處理「愛與美」的形式，同樣的搬到《臺灣人三部曲》與其他長篇小說。《濁流三部曲》的成長體筆調，可以臺灣人的啟蒙小說觀看。所謂民族意識的覺醒，其實就是臺灣人意識的發展，這是未來的《臺灣人三部曲》的先聲。

　　本節最重要的結論乃是，印證第三部《流雲》是「永恆的女性」塑造，在價值觀上以動物性愛情，代表成熟的、自然的感情，與臺灣、故鄉、鄉村、鄉土的認同發生聯繫。而不以其他論者說法的戀母性與臺灣大地的認同。[21] 基本上，以戀母情結理論來分析鍾肇政作品，並不符合其經歷，自然不夠準確。[22]企盼與「永恆的女性」結合，乃是一個獨立精神為出發的，而非童年的戀母情結影響。以非依賴的精神，企求健康的、根基於成年的動物性自然吸引愛情才是最佳選擇。這是積極的、自由的精神。可說是經由第一、二部的愛情的失敗，所獲得的成長經驗而得美好的成果。

第四節　結論

　　《濁流三部曲》的第一部、第三部的愛情對象，因為分別有日本人身分與強烈泥土味代表臺灣身分的女性。所以在分別以戀母性、動物性愛情描述這兩段感情外，要將之聯繫到國家的認同，這是很輕易的事情。當然本我是潛意識的一部份，而戀母性、自戀性、動物性是屬於本能受到壓抑的愛情典型。主角在愛情上與認同上想愛象徵日本的女性，也不能愛象徵祖國的同性男性，則主角最後受到挫折。而動物性愛情乃是屬於沒有受到壓抑的本能。因而主角受到動物性的嗅覺、視覺影響，愛上純真的而代表臺灣泥土的銀妹。最後作者安排

---

[21] 同註 13。

[22] 錢鴻鈞，〈《魯冰花》與《法蘭達斯的靈犬》的比較——談鍾肇政的創作歷程〉，臺北師院語文期刊第 9 期，2004 年 11 月，頁 267-292。收錄於錢鴻鈞著，《臺灣文學的萬里長城——鍾肇政六百萬字書簡研究》，臺北：文英堂，2005 年 11 月 30 日，頁 91。

兩人有美好的性關係，象徵主角對於臺灣鄉土、泥土的認同。而根基於動物性的愛情有了美好的發展與前景，主角追求到永恆的女性，生命有所提升。

而第二部要從愛情的自戀性型態，聯繫到祖國的認同，原本這是比較困難的。因為愛情的對象素月，並非與祖國有任何牽涉。不過，恰巧由中日混血兒蔡添秀的眼睛，在主角眼光下認為很像李素月。而蔡添秀又是強烈認同祖國的。因此李素月便與祖國有了聯繫。更重要的是由於陸志龍經常以戀愛的態度來對待蔡添秀，這又引起了同性戀的疑慮。而同性戀正是自戀性的愛情，聯繫到陸志龍的個性也是憂鬱、內向的自戀性表現。

總之，三部曲的主題是第一部寫民族覺醒，第二部寫祖國情結到最高潮的境地，到第三部真正接觸到祖國了，主角感動流淚。其實，作者在第一部表達了主角的日本文化認同最強。第二部強調祖國認同，也隱隱含著一種崇洋的心理表現於看不起日本文學，拋棄了古和歌，取而代之的是世界文學，為第三部開闊的世界作了預告，從認同祖國文字到以文學為志業作準備。第一部、第二部的結尾都是離開故事的悲劇場所，第三則隱藏很深的本土情懷。也就是最後主角迎向陽光與理想、爬上山坡眺望遠方，而立定在故鄉發展，並希望追尋以臺灣為象徵的銀妹、以動物性愛情為根基的愛情理想，並決心反抗追尋所愛。這正是作者的民族認同所安排的主角認同方向的寓意所在。

三部曲形成了細密的、流動性的有關民族文化認同的敘述與轉變。那麼，每一部都有一個女子來發展種種文化敘述，到了第三部也要設計一個女子，是一個臺灣的永恆女性，這在作者背後有某種思想在作用著。而愛情的戀母性、自戀性、動物性三典型，一一對應到對日本、中國、臺灣的認同，而能在精神分析的理論上呈現是非常的巧妙。可說是從個人來看是愛情心理學，而進一步聯繫到從國家認同的民族潛意識。

而從作者的「永恆的女性」的愛情觀、臺灣故鄉泥土的認同觀，筆者從作者的創作歷程、童年成長經驗來塑造作者的創作意識。更可以進一步說明作者創作大河小說《濁流三部曲》的意圖。與本章所詮釋的愛情精神分析三典型與民族潛意識的認同三典型聯繫，與作者的意識三方面作互相印證的、沒有矛盾的理想詮釋。

第八章　《濁流三部曲》的結構藝術

第一節　前言

　　筆者在第二章談臺灣大河小說的起點，提及開創大河小說的構想的起點外，還討論鍾肇政的創作歷程，並與鍾理和的「大武山之歌的計畫大綱」給人的聯想，做一比較探討 [1]。文中還特別針對《濁流三部曲》的創作歷程探討，並在文中包括筆者前此的研究，對之綜合而論。但大多是政治意識上的隱喻與文化心理學上的探討。而若言大河小說，是起至法國寫實主義開始作風俗性內涵與社會生活，利用多部作品而展開。則小說中包含的，該是對風俗史、生活史的描寫，該是眾多人物，而表現豐富的人情與生活。

　　第二章也綜合多家評論，似是對《濁流三部曲》的大河小說定位，有所質疑。特別始自葉石濤的批評，對於鍾肇政在該書所表現的中心思想、世界觀與理想主義在何處感到疑惑。[2] 葉是對《流雲》在光復後，認為鍾肇政的描述並未摸著那半年來的鼎沸、動盪不已、形形色色，而又變幻無常的社會各樣相。而批評故事是周旋在男女愛情之間，是「賺取傷感的青年男女之情淚罷了」。這是對作品中的反抗意識沒有集中整理，也對志龍個性本質與成長有所忽略所致。相信在作品一發表，葉石濤就評論而從此看法，這是他自然有的歷史侷限性，今日評者應重新閱讀《濁流三部曲》。

　　另外一批評者李喬雖對男女之情的象徵性有廣泛評論，但對於鍾肇政式的主人翁的形容「內向的，自省的，抑制的，含蓄的；感情的表露優柔而矛盾，

---

[1] 本書第二章〈臺灣大河小說的起點〉。

[2] 葉石濤，〈鍾肇政論——流雲，流雲，你流向何處？〉，收錄於《臺灣鄉土作家論集》（臺北：遠景出版社，1979年）。

敏感而懦弱；少行動而多幻想。經常在自設的道德牢獄裏撞得頭破血流。他們表現在外的，卻是浪漫而富英雄色彩的傢伙。」[3] 對鍾式主角內外在的形容固然不錯，李喬還曾以窩囊、討厭形容，也可以理解。

但是陸志龍也另外有堅韌性格、有思想深度的一面，甚至還有強烈的反抗精神的一面。而這個反抗精神是有教育讀者一起思考，並激勵讀者的反抗意識而緩慢建構而得的。這種方式遠比扁平的設定主角的反抗意識還來的豐富。另外還牽涉到題材與主角個性，如何的轉化、醞釀。也涉及到閱讀者的理解。當然，特別是主角有懦弱、感傷的個性，但是這也有成長的變化。而將堅毅的思想灌入艱困的時局，過於容易解讀而非以隱喻象徵的形式表現，也讓作品傾向通俗化。

筆者已經有其他論文對書中有堅定的臺灣未來的走向。以及主角的成長，正是往強烈的反抗意識方向邁進。[4] 筆者認為陸志龍並非那麼單純的懦弱、猶疑。而是有堅定的意志與韌性，而本質是純潔向善的。綜合天性充滿傷感與憂鬱，甚而頹廢、沮喪。但是在充滿挑戰與迫害當中，因為愛情、友情與親情，他仍就是熱愛人生，努力向上的。

本章認為，對於《濁流三部曲》之所以被稱為臺灣第一部大河小說，除了是超大長篇，有六十萬字的數字以外，其藝術價值被肯定，應該是首要考量或者是基本考量。架構的完美更是不可或缺也是困難的挑戰。而在女性主角的分析、時代精神、含有政治內容的民族意識隱含意義的分析以外，其為表現臺灣豐富的風俗史、生活史也是重點，否則題材上不足以構成六十萬字的小說。

就與同樣表現臺灣人心聲與命運的二十萬字長篇《亞細亞的孤兒》來比較，《濁流三部曲》有更多的人物、更深刻的內心分析與追求光明與不斷成長、熱愛生命的人生之普遍性的內涵，更是《濁流三部曲》該被肯定的原因。配合近年相當多論文提出臺灣在《濁流三部曲》之前，有另外的大河小說，[5] 這自然是

---

[3] 李喬，〈女性的追尋──論鍾肇政的女性塑像〉，收錄於《臺灣文學造型》（高雄：派色文化出版社，1992 年）。

[4] 錢鴻鈞，〈《亞細亞的孤兒》與《濁流三部曲》的比較──從吳濁流與鍾肇政的浪漫精神談起〉，收錄於《戀戀桃仔園：桃園文史研究論叢》，2008 年 6 月。

[5] 褚昱志，〈臺灣大河小說之先驅──試論李榮春的《祖國與同胞》〉，《臺灣文學評論》第 5 卷第 3

好消息。但是，多半在比對《濁流三部曲》之下，有諸多批評，筆者覺得不以為然。所以有必要更廣泛的對《濁流三部曲》進行發言。

換言之，本章並非要定義何謂大河小說。或者說僅從字數而言，是超越長篇的小說，就名為大河小說的必要條件。這在第一章的綜論中已經有提及。因此本章將從藝術性、豐富性、感受性來論斷《濁流三部曲》的大河小說的地位。在結論，本章將回應其他學者在大河小說的定義中，所看重的社會關照、歷史縱深的表現。

作品中有大量的飲食、居住環境、穿衣、交通與文化習慣的描繪，除了表現風俗外，也能反映人物的階層、個性。對時局的艱困，以及人情義理的表現，藉由生活瑣事，能夠更精細的刻劃。外貌的描寫，有時深入到蓄髮與否，比較人品的高下。

這些風俗的刻劃表現於地方色彩、時代風情，與眾多人物、主題意識構成有機體，同樣是是大河小說必須的組成成分。本書的藝術性就在於是否組成完善的結構表現，環環相扣。並且現代小說當以心理描寫為重，風俗描寫僅為寫實見證的配角。

從過去的研究來看，超過一百位的作品人物中，作品分析不多，特別在眾多的男性人物、老一輩人物的分析比較缺乏。作為臺灣人各階層的各種典型人物來分析，以組織成有機的結構，應是相當有必要的。在研究的方法上，採用的是歸納法，對男性人物的形象作描述。

而本章另外從主角對女性人物的審美觀分析補充這部作品的藝術內涵。審美在本章表現為作者描述女性與風景的一貫角度，或者說是歸納而得的模式即作者風格，得到感傷性、日本精神式與泥土味的三種審美風格。[6]

然後回頭看反抗意識的模式，加以對應也呈現同樣的三種風格。更印證出

期，2005 年 7 月，頁 84。陳凱筑，〈試就李榮春《祖國與同胞》探其與臺灣大河小說之淵源〉，北教大臺文所與市北教大國語文研究所、臺東大學語教系碩士班合辦「三校研究生碩博士論文聯合發表會」，2007 年 4 月 28 日。陳芳明，〈戰後大河小說的起源——以吳濁流的自傳性作品為中心〉，收錄於《臺灣現代小說縱論》(臺北：聯經出版社，1998 年 12 月)，頁 84。

6　作者的風格討論，另見錢鴻鈞，〈論鍾肇政的隱喻風格——從《八角塔下》談起：日本精神與感傷的對話〉，（中央大學客家學院主辦「第二屆客家語文研討會」，2011 年 12 月 11 日。

作者書寫的豐富性。最後在本章的結構裡、或者對鍾肇政風格的結構中，歸結到銀妹象徵意義的重要性，與理解到與敘事者多重又單一的角色「陸志龍」的真正意義，乃是瞭解到主角對生命與鄉土的熱愛，他的心靈世界呈現不斷的時間流轉，不斷向上，勇敢生存、追求未來生命境界，表現人類鬥志與反抗的精神。

第二節　老人與青年階層

本書中的故事場景分別為三個不同的小鄉鎮，兩個在北、一個在中。少部份也觸及到臺北與南部、東部。人際往來分別集中於教育界、軍隊與農村，場景中涉及權力階層的運作，形成社會的小縮影。並且故事是以庶民生活本質作為探討，在日本人、臺灣人兩階層與閩客族群的生活背景中，能夠反映出臺灣在光復前後的文化與精神樣貌。本節主要探討故事中的男性配角人物，分成老人與青年兩類進行分析，各部含有愛情、友情、親情、同事同袍之情的描寫，各種人情味充溢其中。故事雖由主角第一人稱單一觀點進行，但是充滿敘事技巧性的反映出廣大的社會、時代風情與探索到不同人物的內在心理。從《濁流三部曲》可以觀察到代表典型大眾的生活與社會樣貌。

一、老人形象

老人基本上可能是守舊、迷信的一群。但是在這部書中的安排代表傳承作用，也是保有反抗意識的一群。比較《臺灣人三部曲》筆下的老人是忠厚、扮演關鍵性的反抗意識；而在《濁流三部曲》中的老人，表現濃郁的人情味，代表閩客族群和諧相處的典型。從閩南人的憨嬰老人、素月的父親，對待客家人陸志龍可以看出來。更特別的是廖春田的阿公值得重視。

（一）廖春田的阿公

在這部作品中，最富有人情味的，也是相當有美感的一幕，而令人感動的，

該是陸志龍受到時局的影響，學習到日本人、本島人痛打學生的習慣，教育風氣受到皇民化精神的影響，承襲了軍事教育的作風。學生犯了規或稍不聽話，陸志龍也忍不住痛打學生。特別學生中有一位長的像羅斯福的學生廖春田經常缺課，又加上志龍受到愛情上的因素，精神受到嚴重刺激，竟喪失控制，猛摔廖姓學生。事後才知道廖生缺席乃不得已，家中很窮死了父親，媽媽也出走，只靠祖父打零工養活老小，因此春田必須常常幫忙家裡田事。

於是，志龍非常不安的到該生家中拜訪，後悔自己竟然那樣惡毒的打春田，認為老夫婦會懷恨志龍。作者特別讓春田在用日語向先生問好後，改用閩南話跟阿公說明老師來了。老人原以為志龍是日本先生，志龍以很不流利的閩南話說：「我也是臺灣郎啊。」老人從志龍的腔調，進一步認識到志龍是客家人後，仍毫無責怪志龍的意味，邀請志龍到家裡坐坐。

志龍推卻，但也更瞭解到春田家裡苦楚，說會替他補習。老人回答：

> 「先生這麼好心，真多謝啦……哎哎，我們臺灣郎都是苦命的。我們都是臺灣郎……哦，是臺灣郎，大家就要相愛相護。先生的話，使我很感動……多謝多謝，那我就不教他退學好了。」(鍾肇政全集 1──濁流三部曲上：頁 289)

回程時，志龍不斷的在耳畔響起「是臺灣郎，大家就要相愛相互……我們臺灣郎都是苦命的……」。作者讓志龍反反覆覆地默唸著這些話。相信讀者，也不得不跟著念上幾次。這表示著這一段是作品中，看起來毫無起眼的支線，但是卻有重大的意義。算是揭開作品中暗含臺灣意識的序幕。

這一段，除了讓主角再度想起自己在中學時期、在教書時期的幾次記憶，這讓志龍更清楚的體會到臺灣人與日本人的對立。志龍總算有了思想的啟蒙，成為有思想的人，那也就是最為珍貴的反抗思想的覺醒，能夠突破現實上的假象，行動之前，已經有了堅定的思想走向。不受最為恐怖與壓榨的思想上、肉體上的迫害。更不會懵懵懂懂的過此一生。

更重要的是，作者在本書一再地強調或者透露出來，寫作的年代早在許久許久以後，所以作者對話的對象，已經不是日本人。臺灣人與日本人的仇恨已

經是見證、是過去式。特別在最後一步已經觸及到與祖國交手。雖然沒有清楚
的刻劃祖國到底是如何對臺灣人，但是一樣的反抗思想、啟蒙的過程來面對祖
國，與祖國對話，那將如何？簡單的說，《濁流三部曲》乃是隱含激發、啟蒙
臺灣人意識的內涵。

（二）志龍的父親

　　志龍回憶，曾經是很以父親為恥的。這原因主要是就讀中學時，與大多家
中是貸地業、富商的同學相較經濟上的弱勢。又父親任職教員，日語讀音樟腦
丸，也叫臭丸，而臺語也因為臭丸（chhau-wuan）與「教員（gau-wuan）近似
同音，主角因此以父親為恥。這讓主角是終身感到遺憾的。為自己少年時代的
虛榮心與傷感為恥。也因此在日後回憶到父親，也就格外的尊崇他，以他為傲。
特別志龍的父親雖然是被村民視為神，可是陸維祥卻勤於農事、有空時仍會揀
塊農地，種種蕃薯與花生。毫不偏離農人的勤勞的宗族傳統而成為無用的小知
識份子。

　　在志龍瞭解到父親值得尊崇後。書中也表現兩父子的感情，甚至在志龍獨
居時剖材火剖得細細小小的、需要暗力的鋸材，並且打包到破麻袋捆好，讓志
龍帶到宿舍，或者跑山路為志龍帶來生活必需品，為志龍的前途謀職等大小細
節都照顧到。特別這時候的維祥年紀都有 55 歲，對於單丁子陸志龍遲遲未有婚
姻，仍能見容於父親。父親寬大、包容的個性在臺灣人當中相當少見。父親的
教子方式，都是以間接的話語，留有空間讓志龍自己決定方向與未來。

　　戰時當兵，剛下部隊苦等不到父親書簡而心焦不已的志龍，當下看著只剩
幾根豬毛的牙刷，他回憶到在彰化青年學校時，沒有牙粉牙刷只能用手沾肥皂
來用的苦楚。如今父親寄來用品，想到那是父親走了四個鐘頭的路才到街上買
到的難得的物資。這中間讓志龍等著有如等待愛人的信那樣形容，可見父愛對
志龍的重要。終於在部隊中苦等多時後，原來父親是因為搬家的緣故而耽擱來
信，一來就是好幾封。父子兩人通信往來之勤也是少見。

　　最令人感動的一幕則是志龍身心疲憊，成為半聾的殘障者身分回到故鄉，
眾人皆一起憂慮著志龍的現況，試著志龍的聽力到底如何，這關心反倒給志龍
相當的難堪。只有父親喊了志龍一聲，獲得回應後，哈哈大笑幾聲，說志龍沒

有問題的，完全聽得見，相信不久就可以恢復的。這給志龍莫大的安慰與鼓舞。

對於民族意識啟蒙上，志龍的父親陸維祥在本書也有重要的地位，對於改姓名一事，則拿出族譜，表示陸姓代表著與過去出過幾個大人物的祖先的關連。不會受改姓名的好處除配給增加糖、豬肉，還有其他的特別配給如純棉布匹、魚類與糖。所以陸維祥抱持著得過且過的心理，雖然沒有強烈反抗的心理，也不會過度配合，被一點優先配給而收買。相對的，志龍的同事葉振剛改為竹田尚義，敘事者說主角志龍感到葉振剛快速改變，失去了「臺灣人味」。

（三）其他老人

小商人也是五寮村中的首富憨嬰老人是高度尊崇志龍的父親陸維祥，可說是當之為神。他是愛唱山歌的閩南人，常以最好的金雞酒招待陸維祥。或許看在志龍的父親的面子上，也是他尊重知識份子，對志龍非常疼愛，要把孫女秀霞給志龍作太太。並且常用俚俗甚至粗野的口吻暗示男歡女愛，讓志龍大感受不了，但也引起許多遐思。這是一個相當典型的山中老人。對於歌曲方面，志龍倒喜歡的是流行歌與世界名曲，而認為山歌太不高雅了。

而素月的父母親都近六十，也是小地主的階層、典型的有錢人家庭，素月有四個哥哥，三個在內地讀書，其中之一還是醫生。這給志龍心靈上的威壓與膽怯。但是就算素月的父親知道志龍的腔調怪怪的，是客家人的關係，仍是親切溫和的予以談話，在戰時的緊繃空氣，給予志龍相當的溫暖。老夫婦在熱情招待之後，留下志龍與素月在一起。最後家人都留志龍晚飯，只是志龍沒有答應。

再來是在戰後，志龍一身疲憊，回到不熟悉的故鄉，在山路中頻頻打轉，終於來到人家居住之處，遇到遠親陸阿海。親切氣氛頗另在當兵時期受到各種肉體與精神的虐待感到放心。陸阿海瞭解到路過的是遠房陸志龍時，並不追問什麼，趕緊請家中青年端出面帕與臉盆讓志龍擦臉。並好言請志龍別急，慢慢吃了飯再走。一方面也誇讚讀書人了不起，能一個人找到這兒。而志龍也從老人言詞、眼光、神情都沒有感受到一絲一毫的鄙視、甚至同情之意。相反的還對志龍有某種敬意與欣悅，充滿熱切與純樸的好意。最後志龍僅留重物寄放，打起精神走上最後一段，終於回到家中。陸阿海一段描寫，表現臺灣風土民情

濃厚，富於安慰人心的動人畫面。

　　不論老少的日本人對待臺灣人大都是蔑視的、高傲的，特別在戰時非常的殘暴。而在戰後則顯露出高傲的知識份子。但是也有安排年紀稍長的的日本人屬於平等對待、理解型，如老教師中原重夫的誠懇厚道與鋼琴教師青山的客氣有禮。以及日本人部隊長白川，也還算公正明理。

　　綜合以上老人。基本上面對統治者都是相當的溫和、甚至懦弱的好好先生如山川教頭（原名張阿富），但是大都仍保有臺灣人某層次上的意識。特別是風俗習慣上，堅持漢人的過年與飲食方式，無意識之間作了對抗的關係。更重要的則是給予年青人，不論是客家閩南、親人外人，都有一種寬厚包容的性格。並給予相當的期待與盼望。當然特別表現在婚姻觀念中，社會上仍存在相當的封建、階級意識，不論是戰前戰後皆然，本書仍可體會出，只是在此書並未刻意描繪在筆下。因此老人在作品中的民情風俗上的描寫，佔了重要的地位，而且是寬厚的形象。

二、青年層級

　　青年層級在三部曲中是出現最多最頻繁的人物。並且由於與主角有共通的國語（日語），因此並不刻意強調彼此為客家人、閩南人。除了幾位愛講三字經時，各以各自的語言表達出來，才顯現為族群身分。而主角的罵人髒話，倒皆以日語馬鹿或者馬鹿野郎的方式喊出。本章發現作者鍾肇政多以反抗意識的有無、深淺為核心加以組織、發展周邊人物與主角的關係。並表現出人物往來間的生活方式，表現眾人性格。在情節與人物結構上呈現有機的構成。

（一）《濁流》的悲劇英雄：李添丁、簡尚義

　　在第一部《濁流》所出現的青年，大都為知識階層在國民學校中任教，但僅為三年間的師範學校，比不上志龍的五年中學畢業。分類的方式為臺灣人、日本人。而臺灣人的典型則由青年們在面對日本人統治的反應心理來決定。當中有反抗意識強烈的葉振剛、服從合作的簡尚義、忠心耿耿的李添丁、老到有

表裡的劉培元。[7]但是各個角色卻並非那麼單一扁平，而是在陸志龍對民族意識的認識上有層次、有深度的，由剛開始表面上的認識，到深入認識的過程。並且在為人與日常生活中也表現出一個平凡人的個性，有吃醋、爭勝種種的人性面的表現，各個有獨特的性格。

志龍是租借在大河街名人大山亨家中，藉此介紹了五十年前大嵙崁溪運輸便利帶來大河鎮的發跡。以及至今由內在陳舊的志龍感到破滅，表現大山亨的沒落。故事發展開始，緊接著早晨的晨會、青年團總檢閱、組織藝能挺身隊、小型遊藝會、白木入伍等等，教育機構中的戰時日常節目、課程安排外，也表現了時代空氣，日本人與臺灣人的互動情形。特別在入伍的壯行會，安排社會有力人士來會。那些慷慨激昂的發言，表現了悲壯的情懷，作者不無同情日人之意。妙的是身材高頭的大山亨，表演了一支兒歌，是趣味橫生。

由於是以主角陸志龍初次踏出社會，渴望友誼、受到協助的角度來接觸各個角色，剛開始，反而無法親近隱藏反抗意識的葉振剛。特別是受到情敵的立場來對待時，受到誤會。而在一開始與老到有表裡的劉培元互動機會較多。他們交往的方式，往往是在酒菜中進行。配以花生仁、鹹菜乾，還有甜點鳳梨乾、烏麻糖，藉此熱絡感情、彼此瞭解個人背景如畢業何處，薪水為何？還有各人性情。然後就是聊女人，談嚮往的愛情對手了。有時他們在各人宿舍、值夜室聚會，也有到暗娼館樂樂的方式。志龍啟蒙的旅程於是展開。

最後反而是葉振剛贏得陸志龍的尊敬，而且深受到民族意識的啟發，或者說是反抗意識的啟發。雖然陸志龍知道自己與真正的日本人有所差距，但是也是接受現實安排，認為自己是日本人。終於讓陸志龍從現實上並沒有受到日本人一視同仁的待遇，並透過自己在中學時代所受到的仇恨式攻擊的回憶，終於瞭解到自己是支那人、臺灣人，更重要的是有了概念上的反抗意識。

而葉振剛的父親過去是漢文先生，家裡有些田產，是同事間唯一努力想要考上級學校的。並且懂得比較大河鎮為小鄉村，比不上大城市的開放風氣。並且父親在日支事變之初與大陸方面還有聯繫，也讓葉振剛對於時局特別敏感。從這兩代關係的說明，而表現出反抗意識的傳承。

---

[7] 本文對臺灣青年人物的典型分析，主要參考鍾肇政於 1960 年 1 月 1 日啟用的 memo 資料一本。

　　最特別的是陸志龍能夠認識到原本認為是忠心耿耿的李添丁，這個「認識」本身最為有意義。最重要的是陸志龍本身也有輕微的反抗意識的覺醒，而且富於探索真相的心靈。從表面上李添丁高喊天皇萬歲，願為皇國生死而戰的內心中，而志龍看到了其實是充滿恨意的。作者安排酒後吐真言，讓陸志龍瞭解到一切都是被逼的，在嚴酷的現實時，只有努力的幹。到了關鍵時刻，才能知道槍口到時是對誰了。慷慨激昂，李添丁雖然講出了口是心非的話語，仍是相當的動人。妙的是陸志龍也跟著喊出願為天皇而死，希望之後能緊跟著李添丁而赴戰場。這部份，表現了相當動人的時代氣氛，讓人不由得、不自主的喊出配合時代氣氛的話語。

　　李添丁年紀最輕，想不到也有反抗意識。看似單純的人，卻有滿腦子的反抗思想。相同的，則有簡尚義是思想單純、行事呆板，容易受到志龍謊稱得意於女人圈子中。但是簡尚義卻也認清楚唯有努力的、拚命的才能贏得日本人的肯定、眾人的肯定，而獲得佳人的愛情。作者一再地確認，「愛國願意為日本帝國而死」這種話，乃是沒有一個人會真心說。陸志龍已經知道這是常識，也是每一個臺灣人內心的狀態。作者還特別加一句話，要志龍不可以暴露出自己的幼稚與無知。這裡，在在有與時代對話的暗示。

　　在青年層人物除了以反抗意識上作為分類外，還有副線搭配著主角與日本女性谷清子的愛情。特別是竹田尚義無論如何努力，本想追求藤田節子，最後僅得臺灣人教師山川教頭的女兒熟子。劉培元的婚禮不涉及民族意識則簡單帶過。最後葉振剛對街上名人大山亭的女兒。

　　因此，李添丁、葉振剛最努力的、拚命的幹，不讓日本人看不起。縱使為他人誤會，仍努力以赴。屬於悲劇英雄的角色，令人動容。特別是李添丁的發言：

　　　　我不會怕什麼的，我還要說，我一定要說，為什麼不說呢？我們臺灣郎
　　　　並不全是瞎子，也不全是走狗。幹，我會拚命幹，讓那些臭狗仔曉得臺
　　　　灣也有人。不過到時候，看看我的槍口會對準誰吧！(鍾肇政全集1──
　　　　濁流三部曲上：頁317)

從「我們臺灣郎」並不全是瞎子」可以猜測，雖然是李添丁所講，卻可能是代表敘事者內在創作當下、面對時代的心聲。這段話是相當突出，代表著李添丁在本書是最令人意外的角色。李添丁也認為陸志龍是最有思想的人，能夠看穿他的心。也間接顯示了反抗思想在書中的重重建構與步步覺醒的書寫地位。

（二）《江山萬里》的特攻隊英雄：林鴻川、吳振臺

在《濁流》的幾位年輕先生學歷仍輸陸志龍，僅有高等科、師範與專檢及格的。對於學問、知識上的研究都少有興趣。在《江山萬里》則有陳英傑、富田喜讀世界名著而啟發陸志龍。並且朋友出身處來自於臺北（宋仁義）、臺中（吳振臺、賀久良夫、林文章）、宜蘭（蔡添秀）、臺南（陳英傑、梅村義雄）等各大城市與階層，學歷則大都為中學畢業。其中林文章喜讀海涅詩集。這裡似乎暗示著中南部的青年，最認真用功有讀書氣息。

作者強調在十三班的同期生中，主角是唯一的客家人。所以很少人以閩南話跟陸志龍交談，都以日語。表現著溝通毫無問題之外，也不會有任何的閩客隔閡。而志龍聽到閩南話，也想到是由於很久沒再聽到的緣故吧，而給志龍一份說不出的親切感。主角表示他也會講閩南話的，只是怕講得不好，反倒叫人笑話，因此很少在同學前說過。所以往往以微笑與點頭來代替意思。

這些人日常面對的就是死亡、食衣住行的匱乏與不自由，飯量不夠、味噌湯可說是清水，更找不到應有的青菜豆腐。也因此，最大的快樂就是休假時去採買與洗澡。整個大甲街市是古舊門窗，戰時景色。商店中也空盪著，原本該是有雞、鴨的玻璃裝中，如今只有幾個鐵鈎掛著。苦找之後，好不容易才有排骨湯與樹薯粉造的麵茶。而且還是本地人吳振臺消息靈通才找著。或者遇到掃墓，在墓地中吳振臺搜刮了橢圓形的紅龜粿分給大家。或者他偷來的米和糖，吩咐當地人炒過成糕仔粉，經由蔡添秀而給陳英傑與志龍分享。

在這造成虛無的、食物缺乏、更受到精神虐待的戰場上，愛情是這些年輕人最好的點綴。有的成功如林文章與冰店的女孩、安本尚志新婚常給大家取笑、廣谷則與家鄉的愛人。最妙的則是有愛人後，流行的原為「千人針」，戰爭末期則改為「馬司各特」。有的則背負過去的傷痕如陸志龍、陳英傑，更有富田、蔡添秀背負家庭的沈重負擔，而顯得時局是黑暗、虛無的。

　　比較奇妙的是蔡添秀的背景，母親是日本人、父親是宜蘭人，暗示著與鄭成功的身世若有所合。而父親因為抗日竟然為日本人所害死。祖父則是在日軍來臺時被逼為日軍嚮導。巧妙的把臺灣的歷史帶入了五十年前。除了表現蔡添秀的反抗意識外，志龍倒是安慰蔡，要孝順日本的媽媽。又再度的引起志龍思考臺灣人的地位將如何轉變等問題，全民玉碎以後，臺灣人的命運到底怎麼樣。那麼，此時是否也有益引導讀者思考，戰後「臺灣人的命運」又該如何呢？

　　在主角志龍方面則另有歌唱、彈鋼琴自娛調劑。歌曲有美國歌「科羅拉多之夜」「春回落磯山」、德國的「羅絲瑪莉」，也有「少女之禱」、日本軍歌，志龍最喜歡的則是藝術歌曲有舒伯特的菩提樹和 Grieg 的蘇爾貝克之歌。因此讓同學取個渾名「貝多芬」。特別安排在此之際而與女老師等有所接觸。

　　軍中生活有更嚴重的階級觀念。上官部隊長、小隊長，連分隊長都是日本人，而之前則僅是同學而已，卻都那麼毫不客氣的羞辱臺籍同學。當然，也有日籍同學遭受到同樣的對待。作業主要在鐵占山構築工事，過程抬著重裝備最是辛苦。除了飯量不夠、肉體上折磨外，心情上則是晚上常有人被叫到隊長室痛打一頓。臺灣人所受到的最深刻的日本精神教育大概就是在此，特別要以毅力忍受下去。服從之外還是服從。

　　吳振臺類似第一部的劉培元，是志龍的二期生學弟。能夠與日本人親近、似乎是一個雙面人。而且表面上更加的討好日本人，喜用食物如米飯換來日本人對他的善待。私底下則喜用閩南話罵日本人。言語言動非常的矛盾，讓陸志龍非常不以為然，但也常擾大家笑鬧一場，屬於甘草型人物。而也被蔡添秀認為吳振臺與內地人在一起，那麼他就是走狗。哪知道書中發生的日本人遭到謀殺案，竟然是吳振臺所為。

　　林鴻川則如第一部的葉振剛，有強烈的反抗意識，而且更有行動力，認為機會是可造的。在鍾肇政的創作中，林鴻川的造型是鍾肇政在 1953 年的遺失稿《迎向黎明的人們》的核心人物。但鍾肇政在 1952 年 4 月 1 日刊登於《自由談》的〈臺灣青年淚和血〉有類似情節。而葉振剛則表示時機將會自然有所轉變。林鴻川堪稱真正的英雄，果然偷了部隊長的槍枝，在面對小隊長第二次要修理他時，事先就對戰有交待後事，勇敢的去面對日本小隊長們，讓日本人個個感到恐懼、跪下，深深覺得對不起這些同學，也徹底感到自己被打敗了。比起來，

吳振臺也是英雄，也冒了相當大的危險暗殺了日本人，只是沒有林鴻川那麼光明正大。

本部就在主要的英雄吳振臺、林鴻川發展出不同的反抗情節，進一步激勵主角的熱血。也在蔡添秀的身分上呼應了故事中的鄭成功的江山萬里碑的地景中，帶來的祖國象徵，讓志龍思及祖先來自何方，並繼承了第一部《濁流》的身分反省。就在這周遭都是福佬人的同伴中，詳細的描繪衣食、娛樂，構成緊密與豐富的敘事。

（三）《流雲》的無名英雄：敘事者

第三部所出現的青年以鄉村農人為主，表現棄農而嚮往公務員的戴帽子式、食頭路的工作。努力向學的行為顯得相當的奇特。學習新的語言與文字，為的就是能夠取代過去的日本人政府單位職位，而考取及格在公家工作。比方阿河想到街路的役場，阿全想當驛夫，阿沐則是巡查。志龍的人生看法卻不同，覺得作一個農人更有意義，特別是受了父親的講法影響：

> 土地是最誠實的，你出了多少力量，它就回報你多少東西，絲毫不爽。(鍾肇政全集 2——濁流三部曲下：頁 831)

比起前二部的特色之處是這幾個青年都相當的純樸、質樸，而散發出濃重的泥土氣息。特別是主角從阿河的穿著是細布衫和長褲來判斷阿河的性格，另外阿河講話有點口給。阿全是阿河的叔伯兄弟，他是剛當兵回來的關係穿著「襦絆」，比較世故圓滑，最後走剝狗皮做生意並且迷上了賭，驛夫的理想當然是無法實現了。阿全並且喜歡以客語講「X 他媽的」的口頭禪，是徵兵適齡者。有關粗話，志龍只記得過去住在五寮時，接觸到閩南人才有「幹伊娘」「賽伊娘」之類的。志龍反省到是自己與鄉人接觸較少。也因為阿全跑臺北剝狗皮的生意，書中對於戰後臺北的街景有些許描寫，對牟利的人們拚命追求金錢的社會現象，有不少感慨。

但是奇妙的是，雖然欣賞這些青年的質樸，可是志龍卻也不能想像跟這種土裏土氣的年輕人衲交。住在阿河上屋的阿沐，當過海軍志願兵，在志龍的形

容是略微蠢笨的山村老粗。但阿龍仍樂意與他們在一塊，並以大他們幾個月，說他們都得叫志龍阿哥了。彼此非常融洽。

其他三位知識階層的有涂邦亮、林盛光與年紀略大的黃水潭。涂邦亮曾留學東京的中學四年，一口流利的日語，不拘形跡、磊落爽朗，頗富日本武士的氣息，似乎更讓志龍覺得可親。但是似乎有點炫耀的樣子，與真正的日本精神不怕死但謙卑的態度，似乎還有段距離。林盛光則是社會化、拘謹，太過於矯飾，志龍感到做作，日語普通，老愛用敬語。黃水潭的日語更不純，但是為人誠懇，很懂得令人發笑。

幾位鄉村青年、林盛光與陸志龍在一起就是討論漢文的語言知識。一開始志龍的文學之路此時僅僅是在心湖深處的思維而已，尚未當作一個生命的目標。但是他已經有了素月的祝福，決定永生要持續這一份熱切的心情。於是志龍認真讀書、學習驅遣文字的力量。從「三字經」、「七言雜字」開始，到「漢文教科書」「千字文」，一直到更深奧的「唐詩選」「高等漢文」「漢詩抄」。其中志龍特別喜歡蘇東坡、史記、杜甫的文章而含有濃重的傷感味的部份。每當志龍心情抑鬱時，或以日文、或以客語用自己的方式來背誦那些詩句、文章段落，特別讓閱讀者感到趣味昂然，如吊著書袋的傻讀書人。

晚上志龍看書則需要竹篾，有的用拇指大小的桂竹浸泡在河中做成，再拿來燒，利用短短的一截微燈，五分鐘就要換一支。驅趕蚊子的問題則用河床上長著地方人叫「燻蚊草」的一種有特異氣味的植物，連根拔起來晒乾後用。但是效果並不大好，人比蚊子先被燻昏了。

而白話文則是志龍在稍後才接觸到，志龍對於父親告訴他從前在臺灣也有過白話文運動，有不少人用白話文寫小說，也出過不少書。志龍很感慨的說：

> 生為臺灣人，而且一直未離開過臺灣一步，對於臺灣的一切竟然會這麼隔膜。如果我早些曉得這個事實，也許我便可能不是現在的我了。但是這種悔恨顯然是多餘的，因為我可以想見，縱使我早幾年曉得有這樣的東西，願不願意去讀這樣的東西，卻也大成疑問。我怎能懂得這樣的東西呢？(鍾肇政全集2──濁流三部曲下：頁994)

「生為臺灣人」，這句話敘事者似乎意有所指，在盡可能之處，標舉臺灣人意識。這也是在第一部時老人，即廖春田的阿公灌輸到志龍的臺灣人意識。特別在創作年代的脈絡下。比較起志龍的父親給予的祖國意識的喚醒，作者是更刻意安排臺灣人意識。當然，父親在知識份子的身分上，還是充滿泥土味、庶民性，仍是給志龍重要的愛泥土、愛土地的思想根據。當然，也有日本人來時，臺灣人走反的悲慘史，是志龍所諮詢這對歷史的對象。不管這個臺灣人意識在祖國意識下、或者獨立的臺灣人的意識，在今日來看，在思考性上，都是相當深刻、富於辯證的。

比較作者另一部作品《插天山之歌》，也發生在接近的皇民化時代，作者也常常強調，該時代的年輕人無論男女，完全對日本人的皇民化教育沒有反省、覺醒的能力，而對於祖國完全的陌生。比較一九六〇年代，也是同樣的道理，許多年輕一代的臺灣作家的失去了泥土味、鄉土的意識，更有許多青年完全無知於日據時代的臺灣歷史，更無法覺醒於當下的白色恐怖、天羅地網的意識控制。許多未來的反抗者、臺灣意識論者往往要到國外才開始猛然清醒。由此點來看《濁流三部曲》對於逐步漸進、層次漸深反抗意識、思考上的辯證，是相當有深度的。

回到學習語文上頭，往後志龍還是在漢文的道路上，還有就是日文譯本的世界名著用功。就算志龍曾經到臺北去剝狗皮，遇見了祖國運來的書籍，也尚未決定購買。依舊認為「讀漢文」才是目前的急務。敘事者在日後回過頭來想，認為自己並未懊悔，走了許多冤枉路，因為他認為走文學之路，是註定要摸索的。

在愛情的抉擇中，阿沐想要的也是富有泥土味的阿六。阿河與阿全則都想要阿銀。這些鄉村青年一味的喜歡有泥土味的女性，特別是阿河與阿全眼中的阿銀特別讓志龍感到好奇。有一段比較離奇的，牽涉到日本的年輕醫官米村與志龍妹妹美蓮的短暫戀曲，有一點類似電影「海角七號」的情節。米村終於在 1945 年 11 月 18 日要搭船回日本，並給美蓮一封告別信，留下美蓮憂慮、憂愁的一段苦日子。

比起前兩部的年輕人，都是知識階層，且兩部都以反抗意識、祖國意識作為分野、區隔的方式。在第三部《流雲》卻不再見反抗意識的男性年輕人，卻

奇妙的轉移到女性人物阿銀身上，這在整部作品在若以反抗意識為思想核心，最後在結構上，卻終結於銀妹。這是令人稱奇的。

否則一定要找的話，還有一個隱含的反抗者，那就是敘事者。敘事者雖然就是主角陸志龍，但是發言的位置卻是距離光復幾達二十年。敘事者在這一部更頻繁的跳出來，講出的話，完全不像是剛剛光復時的陸志龍的口吻，常常對時局如光復節、國軍形象、經濟社會動盪、北京語為國語的說法，加以疑惑、批判，說些反覆、莫名的牢騷話語，這些需要讀者細思與解讀。[8]

三、小結

臺灣戰時，除了閩客相處的情況，不管是兩代之間甚至是平輩之間，都是相當融洽。這代表著作者對時代族群間的觀察外，也是作者的一種塑造臺灣人整體形象團結的意圖。而且也在書中出現原住民的形象，配合著明治節，在大河郡青年團的秋季大檢閱，主角眼中的高砂族是飽滿、令人振奮，踏著隆重的青年腳步，主角說：真是不愧是山地人。表示作者一直是相當的欣賞原住民。角板山團獲得概優秀，在青年團運動競技會，也獲得總錦標。

在這中間還出現臺灣文學作品中少見的平埔婦女，嫁給憨嬰老人，以蓋棉被聽憨嬰老人唱山歌的，兩夫妻熱愛客家文化，又愛又羞的形象出現。作者且利用山歌表現了俚俗上對於婚姻關係的開放態度，其後又對比鎮市上的名人大山亨則對子女婚姻小心翼翼。而從山歌也衍生出志龍這種現代青年，對於山歌露骨的表現並不欣賞。

書中的民族意識，似乎讓人以為是本質性的，但是事實上是被喚起的。也就是有本質性的存在，但是更重要的是受到周圍的人的影響，而且是與環境有關係的。因此，民族意識說是本質性，在這本書的意識分析來看，也可以說是建構的。民族意識更本質的起因，則是人類求生存、發展與尊嚴。其中最重要的也就是反抗意識的建立，並且在愛故鄉、愛人類，也在被故鄉所愛、被愛人所愛而鼓舞，漸漸成長茁壯。

---

[8] 本書第四章。

作者在《魯冰花》時代就有的批判與諷刺。那麼，在《濁流三部曲》這部書的批判與諷刺在哪裡，與時代對話的部份又在哪裡。那裡有作者對反抗精神與時代對話的設計，思考上的精細的論辯？又具有相當的在民族意識上的啟蒙意義？

從以上探討，在本章中可找到許多答案。《濁流三部曲》雖然反抗意識的建構是由於面對日本人而來。但是，也可以看做真正對話的對象則是國民黨、中國人。這也可以證明作品的政治意識型態，除了富於隱喻外，還有更基本的人性的、普遍性的反抗意識。

第三節　愛情對象與景色的審美

在女性人物的構成上，除了愛情中的身分，成為男性人物在民族意識與認同的關係外，富有男性人物的文化認同象徵意味筆者已有不少討論。[9]而女性人物本身似乎是沒有政治意識與民族的歧視。特別是谷清子、藤田節子兩位日本人，對臺灣男性毫無間隔，能夠相親相愛在一起作同事。臺灣女性則受到時局影響呈現時代下的意識型態，比方說李素月就是仰慕大和撫子的戰鬥精神。而其他臺灣女性如秀霞、志龍的妹妹、完妹、秋香則表現單純、沒有在作品中反映出對時代有任何的意見。

以審美的角度來研究女性角色是相當少見。本章則以作者所採用不同的審美觀而型塑的女性來分析。並賦予作者對於場景的描寫在各部有不同的審美觀，並且與女性的審美加以配合，增加作品在審美意識的表現。反過來說在自然景色的審美觀，做為三部曲中各部的審美基調，構成該部作品重要女性的審美形象。

更特別是配合上一節，以審美的角度來看男性人物的反抗特色，本節中的對女性與景色的審美方方式，也暗合於各部反抗意識的審美風格。奇妙的是這些都是經由主角的性格的變化而進行的，從而也顯示出主角形象的豐富性。

---

[9]　本書第七章。

一、感傷味的谷清子

　　過去筆者曾以戀母性、自戀性與動物性愛情，表現主角的愛戀三典型與民族意識的潛意識心理。[10] 本章從審美的角度重新組織三部曲中女性形象的表現。本部有相當多的山村女孩，秀月、月娥、王氏粉、碧蓮、腸娥、嬌妹表現青春少女活潑、大方的時代氣息。志龍也比較了街路上的女學生言動更是放肆、盡情。山村的少女則胸脯縛得緊緊地。最重要的是嫦娥的胸部常引起志龍遐想、在遊戲間志龍常不小心去碰觸到，而嬌妹也讓志龍深夜去探觸過後悔不已。

　　臺灣的女教師則有山川淑子、李氏碧雲、廖氏足與陳玉鳳。但似乎各個引不起男同事的興趣。除了大山亨的女兒是葉振剛的對象外，其他臺灣女性在作者筆墨中相當稀少，主角對這些人印象都不鮮明。因此，最重要的女性就是日本人谷清子，呈現傷感的審美觀。在志龍拜訪谷清子家庭幾次，充分了描繪日人的禮儀與飲食、洗浴方式還有家中的擺飾。

　　從原型人物來觀察，自作者鍾肇政的第一部成功發表的長篇小說《魯冰花》到《八角塔下》《青春行》都有一傷感型女性與活潑、嬌媚的女性與之對比。分別是谷清子與藤田節子、林雪芬與翁秀子、阿純與彩霞、蓮貞與美鶯，前者的美，來自於一種傷感。往往是女性表現寧靜的外表，但是蘊含了淡淡的感傷意味，沒有人工粉飾的面容。而後者則豐滿華美，特別是有紅紅的唇瓣對主角造成威壓感、主動貼近。有的則美艷如大理花，且有悅耳燦爛的笑容，讓志龍或對手男主角往往舉止失措。

　　從作者現實生活經驗來看，谷清子、藤田節子是有模特兒的，實際上作者是喜愛活潑型的扮演藤田節子的模特兒。可是有必要從典型人物看，代表時代苦澀的氛圍。因此作者選擇谷清子作為搭配陸志龍的愛情對象是較為適當的。從其他男性人物的愛情氣氛，也是傷感的，甚至是絕望的。這個命運帶著黑暗與死亡的女性，原型除了來自《武藏野夫人》外──該故事描寫有婚外情的女性。作者在〈殘情〉也刻劃過一位會命中會害死所有她所愛的男人。

　　那麼，作者所愛的谷清子的美，原來不被周圍的同事所看好。雖然說有日

10　本書第六章。

本古典美人的美感，但是更重要的是憂鬱的靜態之美。陸志龍進一步的觀察與分析谷清子：

> 她的個性也似乎是古典的，常垂著眼瞼，不肯輕易仰起臉看週遭的一切，並且眉宇間總似乎含著一抹憂傷和悒鬱。那種神情常常使我不免也有些悵然。是她的丈夫遠在南洋的戰場上，才使她這樣憂愁嗎？抑或是她生就一副傷感心腸？(鍾肇政全集 1——濁流三部曲上：頁 111)

正是傷感性的符合陸志龍的審美品味，所以志龍愛上谷清子。陸志龍暗地裡，細細的觀察谷清子喝茶、笑、走路，表現了清子的教養、性情。並且仔細刻劃了她的眉、眼尾，甚至睫毛，還有鼻紫、朱唇、面頰都有著浮世繪裡頭人物的韻味，表現柔態、百看不厭的風韻。從頭到腳都是女性化，有母親的體貼、姊姊的深情。這種母姊的形容，似乎也暗含了不倫的、不可接近的美。從而讓志龍感到對現實的不滿而傷感了。

而從風景的描寫自然也是有機結構的作品應該搭配的。這才符合作品整體的藝術美感。故事提到志龍回憶中學時代放了假，回到父親任職的住所，原來是厭惡山村路遠，可是志龍漸漸的懂得品味人生，志龍說：

> 那種情調太美了，我失神地佇立了片刻。一種少年的感傷衝激著我，在我的腦海裏浮泛出童年夢裏的小舟。我也彷彿成了一個童話裏的人物，乘著那在虛無縹緲的雲海上載浮載沉的小舟盪漾開去。
> 「也許能找出家裏的火呢！」那是並沒有完全脫離幻境的希冀——父母、弟妹，以及故鄉——啊，多麼能給一個少年以憧憬之夢的詞——都與夢溶合而為一了，那隻小舟也正是駛向故鄉的。(鍾肇政全集 1——濁流三部曲上：頁 23)

這就是一個少年，然後第一次踏出社會時，在變成成人時在自我的認識，特別在審美觀的成長，來面對現實的，本來或許是抱怨的人生，卻以美的角度來欣賞。這也是一種人生境界的提升。

在第一部即將結束時，志龍望著所有的風景，回憶到第一次來校，也是沿著這條碎石子碼路走向學校後門。一切讓志龍感到傷感起來。特別看著清秋氣象、天上的藍和地上山面的綠都塗著一抹微微的灰白色，這是一股濃重的傷感味的秋意領有宇宙的一切。由於志龍的感受，使得一開始支持志龍的一句話：「一切都會過去的」這個想法，再度讓志龍挺起胸膛。思考到一切、未來與過去的一切，這是主角當下的對人生的看法。當然也是一種美感，而帶有傷感味。

在第一部也描寫在五寮的山村居民都是出外人，還保有誠樸、誠實、勤奮、節儉。但也在心靈深處有一股身世飄零而沈澱下來的哀傷的渣滓。故常常在夜裡聚在一起，炒一碟花生仁、沽一瓶搖頭仔，淺斟太息而以沙嘎的聲音唱起如怨如訴的山歌。表現無限的感傷味。主角還以蘇軾的〈赤壁賦〉加以比擬。當然這是以日語來念的漢文，並且是以自己的心懷來闡釋的。那也就是傷感的情調。最後，除了傷感以外，作者還是賦予主角有某種隱形的強韌，故作堅強的一面。

> 我浸沉在追憶谷清子的又悲苦又甜蜜的感受裏。淚水靜靜地流個不停。好久好久之後才覺得時間已差不多了，便起身走向回路。我向自己說，傷感到這兒為止，以後仍要勇敢地堅強地活下去。(鍾肇政全集 1──濁流三部曲上：頁 336)

車子載著志龍往前走，也等於志龍的人生繼續往前。回看大河鎮，志龍仍有淚水與無盡的傷感。終於志龍理解到人正是需要感情的風暴來清洗內心的污濁。於是志龍把視線改投擋風玻璃，代表往前、堅定的往下一階段的人生而去。

這堅強的一面，往後幾部書中，對主角的刻劃也將與感傷同步成長。也會有新的審美方式進入。不過，在風景與女性審美的融合上，主角往往以兩顆高高地伸向天空的檳榔樹代表谷清子。那是在谷清子有燈籠花的紅色花朵而配合衰敗、古老的房屋氣息，而呈現深邃而神秘的氣氛。檳榔樹就在房屋的窗外，中間還隔著樹叢籬笆，高高的升向天。日後，在難以接近谷清子、或者有任何的尷尬時間，便以兩顆高高象徵難以接近的檳榔樹，取代對谷清子的想望。特別在學校校庭裡、出到公園也看得到這兩顆檳榔樹，志龍便讓傷感埋在公園裡。

日後，志龍離開了大河鎮，來到大甲時，聞到了熟悉的香氣，花是白瓣黃蕊，志龍滿身浴著那濃馥醉人的香氣，引起的模糊褪色的記憶，就是不幸個谷清子的回憶。志龍重覆著：「世上無可如何的事情多著呢！」這句谷清子所留給他的話。

二、日本精神式的素月

谷清子自然也可以說是代表日本精神的代表人物，但她是屬於日本古典美。而與作者在感傷的氣質上一致，而被主角青睞。一方面也是主角對於日本文化、日本人的審美觀的方式所影響，而喜愛上谷清子。

而在主角所領會的日本精神，主要是屬於軍國主義教育下，有進取與男子漢精神的人格教育上的一面。以此觀點，李素月的名字所代表的潔淨、敢愛敢恨的身影來看，更符合本章說的日本精神式美感的女子。更遑論李素月認同日本精神軍事教育的思想。

但是，主角所體會的日本精神是更深刻的。而觸及日本精神的本質，生命的飄零、孤獨，特別是在戰場上所激發出來的氣質。特別主角聽著戰局不利的新聞時：

> 日本人的字典裏是沒有投降兩字的。而他們所強調的日本精神、大和魂，正如日本國花那樣，絢麗地開，絢爛地謝。看來，寧可相信他們是會堅持「全民玉碎」的作風，這似乎也就是厭世的日本民族的基本精神。想到此，我被梅林的話所激起的興奮消失無蹤了，代之而起的是一種沉重的感覺。臺灣人到底會怎樣呢？(鍾肇政全集 2──濁流三部曲下：頁 774)

在戰場之下，作者所描寫的風景，居然移到墓地表現死亡的淡薄的美感。在到處都是黑黝黝的墓穴，氣氛應該是相當可怕的，可是主角竟然說是愛上那份不平常的陰森味：

> 在本書的開頭幾章裏，我分析過自己的思想形態。讀者們當已知道我的

本性是傾向於厭世的、傷感的。我在青師就讀時，常常一有空便帶著一本書到校舍附近的墓地徬徨。在因開墾而掘出的白骨堆旁，正適合我沒入於叔本華的厭世哲學。不少次，書看倦了，便在那兒睡午覺。那時，我以為自己已懂得了死，認為死不過是那麼一回事，所謂「出生入死」，在我的感受裏是平平淡淡，不足為奇。(鍾肇政全集2──濁流三部曲下：頁747)

由於谷清子的死，更激發主角的感傷情懷，而墜入厭世頹廢的境地。那麼主角對日本民族的美感，如歌詠朝開夕謝的櫻花，也就是「大和魂」的表徵。作者自然有特別深切的理解。對於日本軍歌也很能感受到一股悲壯蒼涼的哀調，滿心的感動。特別的是作者回顧以往喜讀日本和歌，裡頭的內涵即是有濃重的厭世觀與出世的思想。這裡有一段相當的美，就是志龍在彈奏厭世傷感的〈予科練之歌〉給同僚聽時，教室兩邊的窗口都擠滿了人，是一隻隻小面孔爬滿了窗。接著窗口的小學生也跟著唱了，這一幕非常的可愛。青山與素月這時也跟著進來教室了。

在戰爭的時代下，充滿了毀滅與死亡，可說一無所有。活在此，人人都被死亡的影子所籠罩，主角亦然。因此志龍特別產生一種孤獨癖，喜歡欣賞看月亮：

很久以來我就喜歡看月，也喜歡看月時在胸中一定湧起的傷感與寂寞，或者，我只不過是愛上那份能讓我耽溺其中的寂寞感也說不定。(鍾肇政全集1──濁流三部曲上：頁410)

因此，主角所愛上的女性的名字，自然是有月字的李素月了。素月雖然敢愛敢恨，正也是思想單純。因此任課、彈鋼琴比較單板。並且未聽主角吩咐，把主角耳聾的消息報給同事。原來是好意，卻傷了志龍的自尊心。

總之，在戰場上，隨時都有可能死，愛情是生命最重要的安慰。志龍與素月的愛情，從素月的敢愛敢恨來看，是那麼乾脆有力。正適合於厭世、頹廢思想的時代氣氛。也因此志龍對素月的審美，也正是日本精神式的。其中也特別

多男性人物加以搭配，特別是富田、蔡添秀都有沈重的家族負擔，以致於氣質呈現憂鬱。

　　雖然說感傷、厭世、頹廢，是志龍在這兩部作品中所表現的審美觀。但是志龍也有另外的人生境界的想法，這也是進展到第三部作品時，將會發光發熱的。說起來，日本精神似乎是兩極化的，一方面有進取潔白的一面，一方面又是頹廢、憂鬱的，甚至是虛無的，走向死亡陰影、厭世的。而志龍也同樣的有兩個方向的人生看法，志龍說：

> 唉，想這些幹嗎呢？我不是曾竊笑過詩人林文章太喜歡留戀過去，而認為那是廉價的感傷，俗不可耐的心懷嗎？面對現實，堅強律己──這才是我平時心焉嚮往的人生境界啊。對啦！睡不著就不要睡，看書吧。幾天前才下了決心，要利用空閒的時間來看書，現在有段可觀的空閒時間，為什麼不實行呢？(鍾肇政全集1──濁流三部曲上：頁446)

　　當然，這需要一份新的愛情與審美觀來激發，使志龍真正能符合理想的人生觀了。這也可以說，志龍每遇到新的精神危機，自然富於下一階段的轉機。就如同柚子花與少女的祈禱，原來與谷清子有關係。現在這鋼琴曲與柚子花香，讓素月與志龍連的更緊密。志龍說：

　　大地上每一棵柚子樹，將因它而與我的一椿回憶緊緊連接在一起，而在我的生命上被賦與了特殊的意義。特別是柚子花，我曉得，不論何時何地，我都可以讓它的香氣在我的鼻腔裏復甦過來。我曾在它馥郁嗆人的香味裏，跟她談了不少賞心怡情的話，彈過心愛的樂曲……啊，但願我能忘卻它。(鍾肇政全集2-濁流三部曲下：頁757)

> 我又一次來到那棵柚子樹下。成串成堆的果子，每粒都有拳頭大小了，枝葉特別茂盛，綠中帶黑，形成一堆濃蔭。我在那兒的一塊石頭上落坐。我取出素月為我縫的那隻馬司各特，不厭倦地撫摸。（鍾肇政全集2──濁流三部曲下：頁771）

柚子樹的花朵漸漸凋謝，除了顯示心情外，柚子樹綠中帶黑的果實，又顯示了時令。志龍這時取出素月給他在戰時流行為保平安的馬司洛特，不厭倦地撫摸，這時除了傷感進而頹廢意外濃厚了。

但是奇妙的是在第三部也出現柚子，卻是銀妹裝在洗籃子裡的柚子葉，為的是蒸菜包用的。幾次出現的都是柚子葉，是那麼鄉土、泥土味而實用。這裡也預告出第三部的審美觀已有轉變。

總之，這是一個自我分裂的意識狀態，對日本精神認識上的分裂。一方面是虛無、厭世的，一方面仍是潔白的、進取的。表現在愛情與友情上、對祖國的認識強烈疑惑不夠踏實。更糟糕的是來自於戰場的現實與聽覺的喪失，對生命的生或者死的衝擊更大。在第三部時，這個分裂的日本精神的美感，將會如何？更分裂，或者更堅定於一方。

三、泥土味的銀妹

在《流雲》仍舊有感傷、厭世虛無的美感，回憶過去、欣賞風景、人生觀與對女性的審美方向。如童戀情人徐秋香，就一直帶給志龍感傷的情懷。更不用說素月、谷清子帶給志龍的不同程度上的感情創傷了。但是在這一部，特別有新的美感產生，那就是泥土味的美感。幾種美感互相競爭，交錯進行。作品在第二部中也曾預告故鄉三洽水的的景致，農家散佈、有幾處都是三條河匯聚在一塊，兩旁有不少農田，還有許多小橋。是所謂的「愛美三洽水」之處，盛產美女。也因此，最後是最富於泥土味美感的銀妹獲得作者的青睞。讓主角與銀妹野合於大地泥水之中、在大自然中。也因此主角在失去童貞的過程中，主角形容那是神秘的片刻，宇宙的運行在那片刻中完全亂了：

> 小溪、月亮、山巒、草木，一切的一切都在那片刻中羞怯地隱藏起來，剩下的，只是那相求相引的兩個靈魂。(鍾肇政全集 2——濁流三部曲下：頁 1091)

在作品的最後部份，都是主角在抉擇、猶疑，到底哪一個女孩最適合他，

最能夠幫助他實現文學的理想、晴耕雨讀的生活形態。一般讀者或許會被這個浪漫的愛情故事而吸引，或者不喜主角面對抉擇的猶疑的個性。精明的讀者可能認為這時的內容完全脫離時代、社會。其實，一個在鄉下算是高學歷的知識份子，要抉擇銀妹作為最適當的對象，那幾乎是不可能的。特別志龍一直對高女畢業的女人有鄉愁上的憧憬。在這階段，書中除了表現童養媳在年底婚配的封建習俗，一般人只能眼睜睜的、甚至嘲笑銀妹，而漠視這個不合理的婚姻制度。最重要的是為什麼作者讓主角選擇銀妹呢？除了書中內在的邏輯外，作者是什麼原因，讓主角最後仍選擇銀妹呢？那就要看銀妹所象徵的意義了，也就是作者賦予作品的主要意識。

並且從人物比重來看，在前二部幾個男性人物的戲份算是重要的，而第三部，雖然也出現知識份子型與鄉村型的小人物，可是幾個女性人物似乎在主角的腦中出現的更頻繁。也就是在第一部有李添丁，第二部有林鴻川這樣的反抗性人物，而前面兩部也有重要的女性如谷清子、李素月。而第三部出現的反抗型人物，除了敘事者而清楚表現於作品中的人物，卻只有一位，而且是女性的，那就是銀妹。

而銀妹在生理與對志龍肉體上的吸引，造成兩人合體相愛，情節上也有不少安排讓兩人如孩童親密般調皮聚合，用蕃薯板拉近關係、提供銀妹賣菜的本錢進一步獲得好感，並回報銀妹給志龍野草莓與馬甲子。但是同樣的作者也可以輕易安排谷清子與李素月與陸志龍同床交合。特別是志龍與谷清子就差一步便在一起了。因此，在三部曲中最後一部安排志龍與銀妹的交歡，舊日式軍服、臺灣褲都為了志龍脫了下來。連銀妹所穿著的都含有特殊意涵。並且，志龍強調，特別在沒有月亮的日子，被夜景所吸引的嗎？就出去走走了。這暗地的把愛看月的志龍與第二部的素月作了連結，而與第三部愛銀妹的飢渴，有了強調性的對比。

在第一部已經有暗示故鄉與性愛的強烈聯繫，可稱之為夢中的乳姑山之戀。雖然三部的場景都在臺灣。但是在故鄉的泥土還是有特殊性。而且審美的角度是不同的。在三洽水有相當多的土土的地名，老坑、南坑、大北坑、小北坑、店仔湖、南蛇崎、下伯公、上伯公形成一個有趣獨特的小峽地三洽水。而且這地方五臟雖小，卻有理髮店、茶廠、豬肉攤、雜貨鋪、藥商、布店、米店，

最後還有小廟，前有空地可以搭戲棚演戲。

　　陸志龍最喜歡的地方是居住地屋後的山路，那兒有柑園、竹林，坡度較緩的山面則有茶園。志龍就是在地方與銀妹追逐、玩耍，特別是茶園間的泥土剛翻過，很鬆，不好走，每一腳都要陷入泥土當中。銀妹的腳印清楚地打在那兒。志龍在此抓到了銀妹的乳房，將臉孔埋到銀妹亂髮中，盡情的聞銀妹衣服上發出的牛騷味。而異性作為與大自然與泥土的聯繫，在書中也有明顯的聯繫：

> 外頭，誘惑我的事物也著實不少——說是大自然在引誘我，未免有些冠冕堂皇，不過確實也是戶外舒暢些，爽快些。特別是山腰上的羊腸小徑，蒼翠的林子，還有山上空曠的茶園。然而，我也並不隱諱此外還有誘引我向外跑的事物，自然，那還是異性。(鍾肇政全集2——濁流三部曲下：頁953)

　　銀妹是謎樣的女孩，眼光中有倔強，顯示了野性的脾氣。但是也有著少女的嬌羞。一身是舊軍服、臺灣褲。剛見面時，銀妹正在牧牛，顯得有點半瘋，面孔不肯洗乾淨些。但是，志龍的妹妹卻說銀妹很美。阿河與阿全也偷看過銀妹在溪裡洗澡，身體白的像妖精。天不怕地不怕，不把男人放在眼裡，痛恨男人，常跟村子裡的男人相罵，還會咬男人。與六妹雖然都富於泥土味，但是銀卻敢把視線停在男人的臉上，倔強的態度遠大於六妹。六妹的性格容易害羞。而且阿銀眼光中有對人類的怨懟與命運的反抗，有強烈的反抗意志，以及守護著自己免於屈辱、迫害的魄力。

　　若說那瘦楞楞而高挺的鼻子，和充滿強烈個性的嘴唇，志龍認為這是超越美醜的一種發自個性的美。那麼，最能代表臺灣的美，也該是最充滿臺灣泥土味的美感了。因此銀妹本身具有美感意義、象徵意義與精神意義，那也正是作者的理想所化身的。特別是三部的結構愛情與女性典型與競爭、比較之下，原本是最不可能選擇的銀妹，卻讓志龍選擇了。因為那是永恆的女性，最能提升志龍的生命境界的永遠向上的。也是最具代表臺灣的、泥土味的女性，美的象徵。

第四節　結論

一、廣泛社會背景與反抗意識的美感

　　本章主要分析男性的臺灣籍人物，而少數觸及日本人。在十多位主要人物的列舉中，分別代表年齡、經濟階級、閩客、南北地域、鄉村城鎮、知識等級，也多少略及原住民的形象。而強調的是反抗意識深淺為核心的性格典型。

　　這些分野，往往以頭銜、衣服、飲食、居住環境、談話方式、交通方式，也有鋼琴音樂、採茶戲、山歌、年節、掃墓、婚俗等等來作描述。充分了表現各人生活與時代社會的互動關係，反映了人類社會中的親情、友情、愛情的表現。

　　在老人方面鍾肇政製造有不少的感動場面，影響著陸志龍的生命。而且老人除了寬容、親切的意識對未來都抱著堅定的信心、樂觀。老人則有傳承歷史意識、並且有相當的草根味，也自然帶有反抗性。而這個反抗性是有與時代對話的意義的。換言之，也可以是普世的反抗意識的理想。

　　年輕人自然的圍繞在主角陸志龍周圍。互相的影響、交往。而這些年輕人最重要的除了對時代的反抗以外，就是與愛情的關係。而在對三部的反抗模式加以審美，若合於志龍的愛戀的態度與作者對風景的描寫，那分別是感傷性、日本精神是與泥土味的反抗形式。相信這三種審美風格的歸納，對於讀者閱讀《濁流三部曲》時，在美感的體會上，更容易掌握。

　　並且當一九八〇年代本土文學在為鄉土文學正名時，鍾肇政在五〇年代就是打出臺灣文學的口號。鄉土文學在他而言，頂多是在七〇年代一方面是在白色恐怖下的保護作用、一方面是順應第二代臺灣作家的習慣講法。在美感上，他更喜歡用泥土味來取代鄉土味，也泥土味也正是臺灣味的的另外一種特色，是臺灣味的典型。在一九六〇年代臺灣人與臺灣味，也是表現了臺灣人式的美感與尊嚴，本身就是有反抗性與顛覆性，也是對下一代有教育意義。

　　若比較《臺灣人三部曲》與《濁流三部曲》的審美觀，前者在三部中都是飽涵臺灣特色的美，那也就是泥土味。三部的主角也都是充滿反抗意識的。而

後者則是反抗意識的啟蒙與覺醒，最後才找到永恆的歸屬、無窮的力量在於熱愛大地與鄉土。《臺灣人三部曲》的優點是刻劃了臺灣三個時代的生活氛圍，《濁流三部曲》也從不從角度表現了臺灣人各階層的生活，有眾多的人物與生活的描寫，構成有機的，浩浩蕩蕩的、時間不斷流轉的小說。

二、敘事者、陸志龍與銀妹

特別是對主角陸志龍的視野是否過小而質疑小說的寬廣度。其實，主角自己也曾經反省過，當在《濁流》時期，出現過一位多少有泥土味的鄉村女孩秀霞，但是志龍把她與日本高貴的女性谷清子比較後，當成如蓄鴨，谷清子則如天鵝。好像是上天有意懲罰他，讓志龍在戰時失去了部份的聽覺。戰後日本人走了，志龍說這是日本人留給他的迫害。好像是一個罩住志龍身上的罩子，使得那絢麗的光線照射不到他的身上。

然後，志龍仍舊迷戀高女出身的童戀情人秋香，三洽水美人完妹雖是有學歷也有姿色、更能是晴耕雨讀的好幫手，還是遭到志龍的嫌棄。最後志龍終於認識到了，具有泥土味的銀妹，才是真正他該追求的永恆的女性。在經歷了父親的親情、陳英傑的友情，志龍已經覺醒，除了有反抗意識外，而更加堅韌。更有了銀妹的愛，而更堅定方向，往光明的方向走去。志龍所走的路，代表了人類的不斷向上、追求美好的生命的象徵。銀妹則是美麗、美好的化身，更是能夠象徵臺灣的女性。也就是志龍找到生命所依賴的女性，那也是代表臺灣的女性。

特別志龍分別在《濁流》、《江山萬里》、《流雲》經歷了幾個風暴讓他清洗自己情感上的殘渣。有谷清子的死、自己在軍中遭受痛打虐待、受到身體殘障的傷害。他仍能夠挺住，繼續往未來走去。往生命更美好的境界走去。

從另外一個觀點來看，志龍的視野是否過於狹窄呢？從主角陸志龍也是敘事者的觀點來看，作品的敘事時間，有三到五個。一是1943到1946年的故事當下，也有故事當下的晚上，有如寫日記，這是第二種。也有幾天以後追記的，這是第三種。更有若干年後，此為第四種敘事的時間點。甚至是敘事者常常跳出來，與讀者對話的創作時間點、或者發表時刻，在1961到1965年，幾乎也

可以說是與當代讀者對話了，這是最後一種。

　　也就是這個多重的敘事者，重點還是放在主角的故事發生當下的心理狀態的描寫為最要。鍾肇政對於青年的心理意識、潛意識上的變動，刻劃的相當細膩，讓讀者能夠進入過去時代、甚至是主角內心世界，優遊於陸志龍的靈魂與肉體。因此，雖然破壞了敘事者、作者不干預故事發生當下的詹姆斯的小說理論。但是仍是相當成功的重現主角當下的心理變動。而敘事時間的介入，往往有向時代對話與隱喻功能，實際上豐富了陸志龍的視野。

　　一個重大的矛盾是敘事者一方面讓讀者知道若干角色的未來發展，可是卻隱藏了主角與銀妹的結局，更隱藏了主角是否真正走向了光明之路。當然，重點是主角歷經銀妹的出走，更堅定自己是愛銀妹的，永恆的女性的形象是建構出來了。但是，讀者還是會很好奇，到底這光明未來如何了？其實，作者已經隱含了臺灣的未來將發生更大的動亂的暗示。書末所留下的光明，將再一次的歷經幻滅。

三、作者與時代對話

　　對於作者而言，臺灣人的命運乖舛。書中對於祖國的戀慕，無論是短暫的、還是虛幻的，當日本人走後，一切都不重要了。臺灣人脫離了殖民地的桎梏，那種喜悅，就是臺灣人的心聲。也因此，更感受到祖國的美好。但是，腦子中的祖國也確實陌生，日本人所宣傳的支那人是那麼不堪。就陸志龍在光復當下，是不會認識到祖國真正的面目為何，但是有了創作當下的敘事者的角度，那時的志龍，其實也就是作者，已經經歷過。這從《流雲》中隱藏的批判的話語，[11] 重現鍾肇政在《魯冰花》時代就有諷刺與批判，[12] 時時可見。也就是作者絕對不滿足於單純的把熱愛祖國、熱血澎湃的心情刻劃而滿足。那是純潔的，陸志龍在 1945 年時，切實的心聲。筆者閱讀時，也感到熱淚盈框了。

　　但是筆者也發現到，特別在《流雲》，創作當下時的敘事者的聲音，特別

---

[11] 本書第四章。

[12] 本書第四章。

的多。許多是 1945 年代的志龍所不會有的眼光，對當下的語言的混亂、光復節的日期作深刻的反省與批評。然後，作者明顯的跳出來，希望讀者能夠理解作者的用意並非要批評、要懷疑。其實這就是白色恐怖下的作者的確切聲音。

在左閃右躲中，仍能解讀出作者與時代的對話。祖國愛、幻滅、恨日本又多少留戀日本、崇拜日本精神，更深的是對臺灣的愛，就這麼紛雜的在《濁流》《江山萬里》、《流雲》的各個角落裡。舉一例是志龍在《流雲》末尾登高，看那日本人留下的戰鬥機，他希望有一天會塗上青天白日而高飛。一般的讀者解讀，那是對祖國的期許。但矛盾的是，《流雲》前面已經交代，這些飛機被人灑上鹽水破壞了。對臺灣史有所瞭解的，知道這一定是來接受的國軍幹的。但是，鍾肇政卻不可能真實的寫出來。[13] 他寫的是傳聞說是日本人幹的。那麼，鍾肇政故意扭曲事實嗎？要討好國民黨嗎？既然要討好國民黨，那又為何常常在書中冒險露出批評、質疑的口吻呢？既然如此，又為何不能真實寫國民黨軍隊所為，又偏偏要留下這個錯誤的說法呢？那是鍾肇政認為，反正讀者都知道，絕非日本人幹的啦。或者說，有了陸志龍當下的祖國愛的心情，也有敘事者創作當下的時代對話，臺灣人就是經歷那麼扭曲、變化的時代，也因此《流雲》也就自然的留下種種疑惑、矛盾的聲音了。

這種敘事者混亂的思維模式，在《插天山之歌》也發生過一次。明明是追捕者日本人，卻寫的光明正大，成為正面的敵人。而在最後還出現時代上的差錯，意識上浮出了唱日本軍歌，僅僅在日本投降的第一天，而感到害怕。[14] 這是不符合作品中的情節邏輯。這個小小的細節，竟然產生了與創作當下的時代對話。

在《江山萬里》也有幾個例子，特別在作品《流雲》中的另一例是，作者常常要藉由日本人的宣傳為由，把主角內心中的支那人的惡劣形象，用不少的

---

[13] 曾與《鍾肇政全集》影像集編輯梁國龍先生，他是對《濁流三部曲》相當熟悉的讀者，彼此討論這一段的劇情，他的記憶、印象鍾肇政所寫的是國民黨軍隊所為，他認為畢竟這是巷里人盡皆知的常識。可是，回到戒嚴年代，他又猛然感到，鍾肇政寫出來的話，那是混淆視聽、會被密告為叛國的死罪。所以，鍾肇政不可能寫國軍所為。可是，梁國龍從《濁流三部曲》所閱讀的印象，又覺得日本人不可能這麼做。這形成閱讀上的有趣的記憶矛盾與扭曲。

[14] 本書第十一章。

文筆加以描寫。並且把自己將成為支那人的不安、惶恐，無法適應自己將成為日本人宣傳中的惡劣的支那人的形象而排斥、噁心。哪知道，作者所遇到的祖國來的軍隊、接受人員，竟然比日本人所宣傳的還要惡劣。這或許尚未在《流雲》所觸及的年代發生，但是創作者的年代則早已瞭然於心。這些都要留待未來而寫了。這也是鍾肇政在書末留下一個光明未來的原因。不僅表現主角不斷追求、奮發、樂觀的精神，也埋下不安的種子。

因此，整部《濁流三部曲》從對日本人的反抗意識，實際上是與當下的統治者對話。或者說，這本來就是一個反抗意識建構的、啟蒙書。能夠突破政治意識的封鎖，而建構反抗意識。通過層層的辯證關係，讓讀者藉由主角不斷的思考與反省，而獲得成長與學習，也就是學會思想。不僅僅是反抗意識，而且是人類追求更美好的生活的、獲得尊嚴的意識。不僅是做為時代的見證，也是與時代對話，更是永恆的反抗意識教科書。臺灣意識，也就是反抗意識，這是臺灣意識更本質的說法。來自於不公平的環境的對待。透過藝術形象的象徵與刻劃，獲得感動。

四、大河小說的定位

一般《濁流三部曲》被認為在社會層面的關照、歷史幅度上是稍小。特別在與鍾肇政另外一部大河小說《臺灣人三部曲》相比較。除了前者時間限定在臺灣光復前後四年間，更重要的是敘事手法採用了類似自傳式的第一人稱的筆調，而更給人感到限制了視野。

但是，若反映臺灣人的歷史意識，表現臺灣人的精神而言，《濁流三部曲》充分了表現臺灣人的反抗精神，只是以覺醒的過程、細膩的內心世界，受到周邊人物的反抗人物所引導。

特別在歷史幅度上，比《臺灣人三部曲》而言跨越到戰後半年間。而在皇民化運動、太平洋戰爭最嚴酷的時代風貌，《濁流三部曲》比較起《臺灣人三部曲》的最後一部《插天山之歌》是精細太多了。

且以國家認同而言，《濁流三部曲》顛覆了過去小說中表現對於認同日本人與中國人的印象。也就是國家民族意識都可以在後天加以建構。更特別是對

於臺灣意識的呼喚是溫和而帶有傷感性，也有激昂的日本精神味。更有泥土味的美感誘使讀者貼近臺灣的土地。

而在社會意識上，《濁流三部曲》大量描繪青年階層中閩客間融洽的互動。更有福佬籍老人對於客家人志龍的親切的互動與關懷。也表現了社會中經濟、教育。而在與日本人相處上也藉由愛情有不少往來，更有些許平埔族、高砂族的身影。在語言的表現上自然有客語、日語、福佬語，以及戰後的漢語、國語的學習問題，而約略出現了幾位長山人。

因此，時代社會雖然限於北部、中部與光復前後四年。由於在人物結構、情節有機安排的構成上，達到藝術上要求，而對於臺灣人在最重要的身分認同上，給讀者豐富的思維。且以眾多周邊人物反映出社會上男女、年齡、經濟差距、職業，在愛情、教育、文化、節慶，食衣住行種種的豐富的社會風貌。《濁流三部曲》在藝術上的成就外，依據本章解釋應該甩開自傳性小說的狹小印象。也就是自傳小說的寫作，仍可以表現出大河小說中廣闊的時代社會風貌、深刻的反抗意識的要求。

國家圖書館出版品預行編目(CIP) 資料

鍾肇政大河小說論/錢鴻鈞著. -- 初版. -- 臺北
　市 : 元華文創股份有限公司,2021.04-
　面 ; 　公分

　ISBN 978-957-711-206-4(第1冊 : 平裝). --
　ISBN 978-957-711-207-1(第2冊 : 平裝)

1.鍾肇政 2.臺灣小說 3.文學評論

863.57　　　　　　　　　　　　110002088

鍾肇政大河小說論(第一冊)

錢鴻鈞　著

發 行 人：賴洋助
出 版 者：元華文創股份有限公司
聯絡地址：100 臺北市中正區重慶南路二段 51 號 5 樓
公司地址：新竹縣竹北市台元一街 8 號 5 樓之 7
電　　話：(02) 2351-1607　　傳　　真：(02) 2351-1549
網　　址：www.eculture.com.tw
E - m a i l：service@eculture.com.tw
出版年月：2021 年 04 月 初版
定　　價：新臺幣 400 元

ISBN：978-957-711-206-4 (平裝)

總經銷：聯合發行股份有限公司
地　址：231 新北市新店區寶橋路 235 巷 6 弄 6 號 4F
電　話：(02)2917-8022　　　　傳　真：(02)2915-6275